천하무적
윤가장

KB123992

천하 무적 운가장 7

2023년 9월 8일 초판 1쇄 인쇄
2023년 9월 13일 초판 1쇄 발행

지은이 운천룡
발행인 강준규

기획 이기헌 왕소현 임동관 박경무 강민구 조익현
책임편집 금선정
마케팅지원 이원선

발행처 (주)로크미디어
출판등록 2003년 3월 24일
주소 서울시 마포구 마포대로 45 일진빌딩 6층
Tel (02)3273-5135 Fax (02)3273-5134
홈페이지 rokmedia.com E-mail rokmedia@empas.com

운천룡 신무협 장편소설

7

ROK
MEDIA
로크미디어

천하무적
은가장

차례

제一장

분노한 만독암제 당천군의 목소리가 사방을 울렸다.

하지만 당벽 역시 물러서지 않았다.

"안 됩니다! 소자는 절대 허락할 수 없습니다. 무엇보다 아버님을 다치게 할 수 없습니다."

그 말이 당천군을 더욱더 자극했다.

"뭐라? 너 지금 내가 저 조무래기한테 당할 것으로 생각하는 것이냐?"

"아닙니다! 물론 명왕도 위험하긴 하지만 진짜는 안에 계신 분들입니다. 그러니 제발 그만하십시오. 그분들이 나오기 전에 그만하셔야 합니다."

"닥쳐라. 어디서 이상한 것에 현혹이 되어 왔는지 모르겠다만, 일단 내 화산 말코들과 연합해서 저놈들부터 처리를 하고 다시 이야기하자꾸나."

자신을 말리는 당벽을 밀쳐 내며 매화단이 있는 곳으로 성 큼성큼 걸어가는 당천군이었다.

당천군의 가세에 매화단의 기세가 올랐다.

하지만 아직 불리했다.

그때 또 다른 곳에서 여러 명의 남자가 다가왔다.

그들 중 한 명을 제외하고, 나머지 사람들은 어디서 많이 본 도복을 입고 있었다.

"무당?"

바로 무당의 현진과 무당검수, 그리고 진천이었다.

홀로 다른 복장을 한 사람은 조방이었다.

둘은 사이가 매우 친해져 이제는 거의 붙어 다니고 있었 다.

거기에 같은 오행체라 그런지, 같이 수련을 하며 숙련도와 무공에 대한 모든 것들이 전반적으로 빠르게 상승했다.

그들은 수련하고 운가장으로 돌아오는 중에 운가장을 방 문하러 내려온 현진과 마주쳤다.

그래서 같이 오는 길인데 저 멀리 운가장의 정문 쪽에 수 많은 사람들이 심상치 않은 분위기를 만들고 있었다.

서둘러 다가와 보니 화산의 도인들이 눈에 들어왔다.

갑작스럽게 등장한 무당에 당황한 화산의 매화단과 천화검.

자신들의 영원한 맞수인 무당.

평소 같으면 무시를 했겠지만, 지금은 한 명이라도 아쉬울 판이었다.

왜 이곳에 저들이 있는지 궁금했지만, 지금은 그게 중요한 것이 아니었다.

다급하게 도움을 요청하는 매화단이었다.

"무당의 도사시오?"

"그렇습니다. 저는 무당의 현진이라고 합니다."

"현진? 무당일검!"

"그, 그렇다면 그 옆은 무당검수?"

무당의 정체를 안 사람들의 표정이 환해졌다.

무당의 등장에 기세를 올리던 장천과 울지랑은 어느새 기세를 거두고 구경하고 있었다.

"덤빌 마음들이 없는 거 같은데요?"

"일단 기다려 보자. 안 덤비면 더 좋지. 괜히 이 앞에서 소란 피우다가 그분들 심기 건드리면……."

"꿀꺽…… 그, 그렇죠?"

장천과 울지랑은 가만히 상황을 지켜보았다.

상황을 보아하니 대충 안 싸워도 넘어갈 분위기였다.

거기에 상황을 보니 화산 빼곤 다 우리 편이었다.

물론 당가는 조금 애매했지만.

현진은 천화검에게 현재 상황에 대해 들었다.

"우리 같이 힘을 합해 이 수상한 곳을 자세히 알아봅시다."

천화검의 말에 현진의 표정이 굳었다.

"지금 무슨 말씀하시는 겁니까? 우리는 절대 그런 일에 끼어들지 않겠소!"

"네?"

"어디 감히 운가장을 그런 식으로 말을 한단 말이오! 당신들이 봤소? 운가장이 나쁜 짓 하는 것을?"

"아, 아니, 그게 아니고 수상하니……."

"수상? 뭐가 수상하단 말이오? 더는 운가장 앞에서 소란 피우는 것을 우리 무당이 용서치 않겠소!"

그러면서 현진과 무당검수들은 장천과 올지랑이 있는 곳으로 이동했다.

"그동안 강녕하셨습니까? 상황이 안부를 묻기엔 조금 뭐한 상황이네요."

"하하하, 자네들은 저기에 붙어야 하는 거 아닌가?"

"왜 그래야 합니까?"

"저기 다 무림맹 소속이거든."

"하하하, 저희는 운가장 편입니다."

현진의 말에 당벽이 달려와 말했다.

"저, 저희 당가도 운가장 편입니다. 정말입니다."

당벽이 달려와 울먹거리며 말했다.

그런 당벽을 토닥여 주는 장천이었다.

천하무적
운가장

"그럼요. 잘 알고 있지요. 사소한 오해가 있을 뿐 아니겠소?"

"크흑! 그, 그리 말해 주시니 정말 감사할 따름입니다."

얼마나 마음고생을 했는지 장천의 한마디에 눈물을 떨구는 당벽이었다.

그 모습에 어처구니가 없는 표정으로 바라보는 당천군.

"너…… 너…… 지, 지금 뭐 하는 거냐?"

당벽을 가리키는 손가락은 부들부들 떨리고 있었다.

천화검 역시 지금 이게 무슨 상황인지 갈피를 잡지 못하고 있었다.

무당과 당가의 가주가 운가장에 붙었다.

누가 제발 이 상황에 관해 설명해 주었으면 했다.

당가, 무당, 화산은 무림맹 소속이다.

거기에 제갈군 역시 무림맹에서 보낸 것으로 추정되는 인물이었다.

그런데 자신들과 당천군을 제외한 모든 사람이 운가장을 옹호하고 있었다.

이미 싸우겠다는 마음과 운가장을 철저하게 조사하겠다는 마음은 사라진 지 오래였다.

상황을 정리해야겠다는 생각에 제갈군이 나섰다.

"다들 오해가 있으신 것 같은데 이러지 마시고 진정들 좀 하십시오."

제갈군의 말에 당천군이 더는 말을 하지 않고 행동으로 옮기려 했다.

그가 자신의 무공을 선보이려 자세를 잡고 있을 때였다.

"그만! 거기까지. 거기서 더 움직이면 정말로 혼난다."

하늘에서 들려오는 목소리.

모든 사람들이 하늘을 향해 고개를 올렸다.

무광이 천천히 계단을 내려오듯이 허공에서 걸어 내려오고 있었다.

"허, 허공답보!"

화산의 무인들이 경악했다.

당천군은 기세를 올리며 경계를 하기 시작했다.

"남의 집 앞마당에서 이리 소란을 피우면 안 되지. 안 그래? 천군?"

자신의 이름을 동네 친구 부르듯이 부르자, 기분이 상한 당천군이 외쳤다.

"어린놈이 한 수 재간이 있다고 하늘 무서운 줄 모르는구나! 죽고 싶은 것이냐?"

당천군의 말에 당벽이 사색이 된 채로 달려 나갔다.

그리고 이어 나온 당벽의 외침에 화산과 당천군은 기절할 듯이 놀랐다.

"아, 아니 됩니다! 무, 무황 어르신! 아, 아버지가 지금 잘 모르셔서 실수하고 계십니다. 부디 저를 보아서라도 용서해 주시면 안 되겠습니까?"

"무, 무황?"

"서, 설마…… 저, 정말로?"

"다, 당가주가 하는 말이니 사실이 아닐까요?"

당황하며 허둥지둥하는 매화단과 천화검.

특히 당천군은 얼음이 된 채로 자기 아들에게 천천히 고개를 돌리며 물었다.

"뭐, 뭐라고?"

자신이 잘못 들은 것은 아닌지 재차 확인했다.

"저분이 바로 무황이십니다! 반로환동을 해서 저리 어려지신 거고요."

아들의 절규에 당천군은 얼이 빠졌다.

무당검수들 역시 포권을 하며 무광에게 큰 소리로 인사를 하고 있었다.

정말로 무황이 맞았다.

당천군의 바로 앞까지 내려온 무광.

"간만이다? 잘 지냈나?"

자신을 동네 친구처럼 불러서 화가 났는데…….

친구가 맞았다.

"그, 그래. 자, 자네도 잘 지냈지? 아, 아니, 잘 지낸 것 같군……."

식은땀을 흘리며 대답하는 당천군이었다.

말이 친구지, 붙으면 자신은 일초지적도 되지 않았다.

거기에 반로환동이라니.

반초지적도 안 될 것이다.

그냥 지금 친구 대접해 줄 때 조용히 있는 게 상책이었다.

'운가장이란 곳에 무황이 있다고 하더니……. 진짜였네. 가만…… 그, 그럼 저놈이 한 말이 다 사실이라는 거잖아!'

분명히 당벽이 말했다.

운가장에는 삼황이 기거하고 있다고.

절대로 적으로 삼아서는 안 된다고.

그 말을 누가 믿느냐 말이다.

그래서 이들이 사술을 부려 자신의 아들을 저 꼴로 만들었다고 확신했다.

당천군은 조용히 뒷걸음질 치며 무광에게서 최대한 물러났다. 그런 당천군을 잠시 제쳐 두고 화산의 무인들에게도 말을 거는 무광이었다.

"그래. 우리 집에 볼일들이 있으시다고?"

무광의 말에 화산의 무인들이 기겁하며 손사래를 치기 시작했다.

"아, 아닙니다! 오, 오해십니다!"

"아니긴. 다 들었는데. 우리 집이 수상하네 마네 했잖아."

"그, 그것은…… 저, 저희가 오해를…….."

"무슨 오해?"

"이, 이곳에 사파의 광룡대가 기거한다는 헛소문이…….."

"아, 그거."

고개를 끄덕이던 무광.

"광룡대 나와라!"

갑자기 운가장을 향해 소리를 쳤다.

그러자 한 무리의 무인들이 우르르 나왔다.

"부르셨습니까!"

가장 선두에 선 자를 본 매화단의 누군가가 외쳤다.

"과, 광룡검(狂龍劍) 푸, 풍백! 저, 정말 광룡대다!"

그 말에 다시금 경악하며 바라보는 매화단과 천화검.

"사, 사실이었단 말인가? 어, 어찌 이곳에 그대들이 있는
가?"

천화검이 부들거리며 말했다.

신성한 화산의 발아래 사특한 사파 무리가 정말로 존재하
고 있었다.

하지만 그 옆에는 무황이 있기에 함부로 나서지 못하고 있
었다.

"무, 무황 어르신! 어르신은 중원을 지탱하시는 정의의 기준
이십니다! 그, 그런데 어찌하여 저들과 어울리시는 겁니까?"

천화검이 무황에게 물었다.

무황의 대답은 간결했다.

"왜 같이 있냐고? 식구니까."

"시, 식구라니? 그, 그게 무슨……."

무슨 말도 안 되는 소리냐고 외치려는 찰나, 정문에서 젊은 남자가 걸어 나오며 말했다.

"오늘은 손님들이 많이 왔구나. 일단 안으로 모셔라."

놀라움은 계속 이어졌다.

젊은 남자의 말에 천하의 무황이 고개를 숙이며 대답하고 있었다.

그리고 그 안에 담겨 있는 단어가 모든 사람을 충격에 빠지게 했다.

"네! 아버지."

이게 무슨 소린가?

무황에게 아버지라니?

그럼 저자도 엄청난 고수에 반로환동을 했다는 말인가?

놀라고 있는 화산 사람들은 무당이, 턱이 빠져라 입을 벌리고 있는 당천군은 당벽이 각각 맡아서 운가장 안으로 안내를 했다.

❦

천룡은 자신의 집에 온 손님들을 아주 극진히 대하며 저녁에 초대를 했다. 그런 천룡의 정성이 통했는지 화산의 무인들 역시 저녁 초대에 응했다.

그래도 여기는 적진이라는 마음으로 여전히 경계는 계속

하고 있었다.

모두가 모인 자리에 음식이 나오자, 천룡이 일어나서 포권을 하며 말했다.

"자, 자, 이렇게 모인 것도 인연이니 일단 다들 맛있게 식사를 합시다."

천룡의 말에 장천과 울지랑이 큰 소리로 대답했다.

"네! 주군!"

그 말에 천화검과 매화단의 무사들이 화들짝 놀랐다.

주군이라니?

칠왕십제 중에 두 명이 주군이라 부르는 남자.

화산의 무인들의 시선이 일제히 천룡에게 쏠렸다.

무황이 아닌 다른 이가 주군이라 불리고 있었다.

당연히 무황이 이들의 주군인 줄 알고 있었는데.

장천과 울지랑은 이미 소개를 했기에 사람들에게 따로 소개를 하지 않았다.

장천 옆에 있는 자에게 모든 시선이 갔다.

시선을 받으며 자리에서 일어난 사람은 여월이었다.

"여월이라고 합니다. 별호는 암혼살왕이라 불렸지요."

"아, 암혼살왕!"

당천군과 화산의 무인들이 놀라서 벌떡 일어났다.

"저, 정녕 암혼살왕이 맞으시오?"

천화검의 목소리가 떨리고 있었다.

지금 이 자리에 칠왕십제 중에 무려 네 사람이 자리하고 있었다.

'여, 여기 뭐야? 뭐 하는 곳이야?'

천화검이 조심스럽게 다시 물었다.

"저, 호, 혹시 사, 살왕께서도 이곳에……."

천화검의 질문의 의도를 눈치챈 여월이 고개를 끄덕이며 답했다.

"맞소. 여기 장주님을 주군으로 모시고 있소."

"……."

이쯤 되니 운가장의 장주가 대단스럽게 보였다.

아니, 중원 최강의 단체가 여기 있었다.

점점 더 의심이 갔다.

이자가 수하로 부리는 사람들이 전부 사파 무리였다.

하지만 무작정 의심을 할 수도 없는 것이 천룡의 옆에 눈을 부라리며 주시하고 있는 무황이 있었다.

이미 그것만으로도 함부로 할 수 없는 곳이 되었다.

거기에 군사로 제갈세가의 소와룡이 있었고, 식객으로 무당의 미래라 불리는 천무지체가 있었다.

무엇보다 장주가 천하의 무황 아버지고, 칠왕십제의 주인이었다.

당무군은 아들의 말을 듣지 않은 것을 후회하고, 천화검과 매화단은 자신들을 이곳으로 보낸 장문인을 원망했다.

차이도 어느 정도 나야 대들기라도 할 것이 아닌가.

그렇게 눈치를 보며 힐끔거리고 있는데, 무당의 현진의 입에서 또 다시 놀라운 이야기가 흘러나왔다.

"하하하, 암혼살왕까지 장주님의 수하였다니 정말 대단하십니다. 그런데 검황 어르신과 사황께서는 어디에 계십니까? 자리에 안 보이시는데…….'

"아, 걔들 잠시 본가에 갔다."

"아, 그렇군요."

현진의 말에 화산의 무인들과 당천군의 눈이 찢어지기 일보직전까지 커졌다.

무황만으로도 이미 이곳은 넘볼 수 없는 곳인데, 검황과 사황이라니.

믿을 수가 없었다.

현실이 아닌 것 같았다.

그리고 무황이 왜 광풍대를 식구라고 했는지 깨달았다.

말로만 식구가 아니라 정말로 한 식구였던 것이다.

당천군이야 당벽이 이미 말한 것이 사실로 드러난 것이기에 금방 수긍을 하였지만, 천화검과 매화단은 아니었다.

'여기가…… 호굴(虎窟)이었구나. 우리가 호굴에 걸어 들어왔어.'

자신도 모르게 앞에 있는 술을 홀짝거리며 계속 눈치를 보려는데.

"커헉!"

천화검이 이상한 비명과 함께 화들짝 놀랐다.

그 소리에 다들 이게 무슨 소린가 싶어서 천화검을 바라보았다.

"음식에 무슨 문제라도?"

천룡의 말에 천화검이 다급하게 손을 내저으며 말했다.

"아, 아닙니다! 수, 술이 너무 너무 맛있어서 저도 모르게 그만……."

그랬다.

아무 생각 없이 입에 넣은 술이 혀끝에 닿자 청량함과 함께 오감을 깨웠다.

딱 한 모금.

한 모금을 마셨을 뿐인데도 몸이 반응을 한 것이다.

"이, 이게 무엇입니까? 정말로 술이 맞습니까?"

천화검이 자신의 앞에 있는 술잔을 바라보며 물었다.

천화검의 물음에 무광이 답을 해 주었다.

"크큭, 그 안에 들어간 재료를 알면 까무러칠걸?"

"네?"

"그냥 마셔. 평생 가도 다른 곳에선 맛볼 수 없는 술이니까."

천화검의 반응에 다들 앞다투어 자신 앞에 있는 술잔을 들어 입으로 가져갔다.

"커억!"

"크어어!"

사방에서 경악성이 터져 나왔다.

다들 황홀한 표정을 지으며 연신 술을 홀짝이고 있었다.

"맛 끝내주지? 우리 아버지가 직접 담그신 술이다. 영광으로 알고 먹어라."

무광의 말에 저마다 한마디씩 하기 시작했다.

"여, 역시 장주님! 대단하십니다."

그중에서도 당벽은 감동이 지나쳐 울먹거리며 말하고 있었다.

당천군은 그런 자식을 보며 경악했다.

하는 짓이 영락없는 신하가 아닌가.

—너 지금 뭐 하는 짓이냐! 체통을 지켜라!

다급하게 전음으로 아들을 말려 보았지만, 아비의 전음 따위는 가볍게 무시하고 계속 천룡에게 아부를 떨고 있었다.

'이걸 믿어야 하나? 말아야 하나?'

이곳에 온 후로 제대로 된 상황이 하나도 없었다.

그냥 계속 은거나 할 것을 괜히 나왔다고 후회를 했다.

당천군의 타들어 가는 속마음과는 달리 다른 사람들은 천룡이 만든 술로 인해 분위기가 한껏 풀어졌다.

어느 정도 분위기가 오르자 그제야 천룡이 물었다.

"화산에서 오셨다고요?"

천룡의 물음에 천화검이 입안에 머금고 음미하던 술을 재빨리 삼키고 답했다.

"꿀꺽! 네, 네! 그, 그렇습니다. 죄, 죄송합니다."

"뭐가요?"

"그, 그것이⋯⋯."

"아, 저희 운가장이 수상해서 오셨다고 하셨죠? 수상하면 조사를 하는 것이 당연하지요. 이곳을 수호하는 문파라고 하시는 것 같던데."

무황과 칠왕십제가 버티는 곳에서 그런 말을 들으니 얼굴이 빨개졌다.

누가 누굴 지킨단 말인가?

"아, 아닙니다. 그, 그저 치안 유지 정도 하는 수준입니다."

기어가는 목소리로 대답하는 천화검이었다.

"하하, 겸손하시군요. 앞으로도 잘 부탁드리겠습니다."

천룡의 말에 천화검은 모기만 한 목소리로 답했다.

"네⋯⋯."

그 모습이 웃긴지 나머지 사람들은 소리 없이 입을 막고 웃었다. 천화검이 왜 저러는지 너무도 잘 알 것 같았기 때문이었다.

특히 현진과 무당검수는 천화검과 매화단이 왜 저러는지 매우 공감하고 있었다.

이미 경험한 바가 있지 않은가.

어찌 됐든 나름 화기애애한 분위기 속에서 이들의 만찬은

마무리가 되었다.

　장원을 조사하러 온 자신들에게 기분이 나쁠 법도 했는데, 그런 것은 전혀 보이지 않았고 오히려 융숭하게 대접을 받은 화산파 사람들이었다.

　천화검과 매화단은 천룡에게 연신 감사하다며 인사를 하고 서둘러 돌아갔다.

　돌아가는 그들의 얼굴은 어딘지 모르게 결연했다.

　당천군도 돌아가려 했지만, 잡혔다.

　조방을 막 대했던 소가주 당명은 대련 한번 하자며 사악하게 웃는 조방에게 질질 끌려 나갔다.

　무당 사람들과 장강수로채 사람들 역시 구경하겠다며 우르르 따라갔다.

　"하, 할아버지! 아버지! 사, 살려 주……. 읍읍!"

　"어허! 친구! 누가 보면 내가 자네를 죽이려 하는 줄 알겠네. 우리 친구 아닌가? 하하하. 자네가 나에게 했던 그 은혜를 오늘 꼭 갚아야겠네! 하하하."

　항상 당명이 조방에게 했던 말이다.

　실컷 괴롭히고 마지막에 하던 말.

　-우리는 친구지? 그러니 괜찮아.

　"우리는 친구지? 그러니 괜찮네."

그대로 말하며 되돌려 주는 조방이었다.

조방의 손에 잡혀 끌려가는 소가주의 절규를 뒤로하고 당천군과 당벽은 술자리에 남았다.

"천군이라고 했지?"

천룡의 물음에 당천군이 화들짝 놀라며 대답했다.

"네? 네! 그, 그렇습니다. 어르신."

"우리 무광이와 어울려 줘서 고맙다. 나는 이 녀석이 혼자 험한 세상 돌아다닌 줄 알았더니 아니었구나."

"하하, 아버지도 참. 저 녀석이 성격은 지랄 같아도 의리는 끝내줍니다."

"그래그래. 하하, 어쩐지 당가와는 인연이었구나. 그런데 왜 전에는 그 얘기를 안 했어. 그러면 당벽이도 그리 심하게 대하지 않았을 텐데."

"아, 하도 소식이 없어서 저세상 간 줄 알았죠. 그 상황에서 내가 네 아비 친구라고 말해 봐야 저 녀석이 들을 일도 없을 것이고. 그리고 당가가 원래 그래요. 목적 달성을 위해서라면 가족도 버리는 그런…… 아, 미안."

"아, 아닙니다. 사실 맞는 말씀이신데요."

무광이 자신을 가리키며 말을 하자 고개를 숙이는 당벽이었다.

당천군은 눈을 이리저리 굴리기만 했다.

무광과 당벽의 대화는 귀에 들어오지도 않았다.

그의 눈에 천룡이 들어왔다.

'하아, 미친. 삼황의 사부라니……. 내가 미쳤지. 왜 아들 말을 안 들었을까.'

후회해 보지만 이미 늦었다.

천룡이 따라 주는 술을 공손히 받아서 입으로 가져가는 당천군.

'그래. 진탕 마시고 취해 버리자. 그리고 잊자.'

그리 생각하고 천룡이 준 술을 입안으로 털어 넣었다.

역시 맛있었다.

방금 전까지 머릿속을 괴롭히던 모든 고민이 일순간에 날아가는 기분이었다.

천룡이 술병을 내밀자 다시 번개 같은 속도로 잔을 내미는 당천군이었다.

"이렇게 맘에 들어 하다니, 갈 때 몇 동이 챙겨 주마."

지금까지 살면서 들었던 그 어떤 말보다 감동적인 말이었다.

"가, 감사합니다."

세상을 다 가진 기분이었다.

이 술 한 잔으로 인해 당천군의 긴장은 완전히 풀렸다.

어느새 당천군의 머릿속엔 온통 술밖에 남지 않았다.

그런 당천군의 표정을 보며 흐뭇하게 바라보는 천룡과 당벽이었다.

쾅―!

"뭐라고? 또 연락 두절이라고?"

"그렇습니다."

개방 방주 철심개왕(鐵心丐王) 주영생(周永生)이 수하의 보고에 부들부들 떨면서 자신 앞의 탁자를 내리쳤다.

"벌써 몇 명째냐?"

"벌써 스무 명째입니다."

"운가장…… 운가장……. 역시 수상해. 화산에는 얘기했느냐?"

"네! 안 그래도 오늘 중으로 사람들을 보내 조사를 한다고 연락이 왔습니다."

"그래? 으음……"

그 말에 무언가를 생각하는 주영생.

어느 날 분타에서 올라온 지원 요청.

운가장이라는 곳에서 광룡대를 본 것 같다는 서신.

서신을 받자마자 방주는 그곳으로 정보원들을 보냈다.

그리고 연락 두절.

또다시 보냈다.

다시 연락 두절.

그것이 벌써 스무 명째였다.

고심을 하던 주영생은 벌떡 일어나며 말했다.

"아니다! 내가 직접 가서 확인하겠다!"

"네? 방주님께서 직접 가신다고요?"

"그래! 아무래도 심상치 않아. 무슨 일이 일어나고 있는지 이 두 눈으로 확인해야겠다."

그리 말하고는 밖으로 나가는 방주였다.

'저 성격에 사고나 치지 말아야 할 텐데…….'

걱정 가득한 얼굴로 방주를 뒤따라 나서는 수하였다.

오늘도 하루가 시작된 운가장.

"안 간다고? 왜?"

천룡이 당천군에게 묻고 있었다.

그에 머뭇거리는 당천군을 대신해 당벽이 대답을 했다.

"사실 말 못 할 사정이 있는데요……. 저희 당가가 후계자라고 정해 놓은 녀석이 바로 저 녀석입니다."

그러면서 저 멀리 조방과 수련을 함께하고 있는 당명을 가리켰다.

"그런데?"

"사실 후계자라고 하기도 민망할 정도로 무공도 형편없고, 독공도 형편없습니다. 그저 장자 승계의 원칙에 따라 소가주에 앉았을 뿐이죠."

천룡은 묵묵히 당벽의 말을 들었다.

"혼도 내 보고, 달래도 보고, 강제로 감금시켜서 무공을 익히게도 해 보았지만…… 정말로 백약이 무효했습니다. 그래서 거의 포기를 하고 있었는데……."

그리고 다시 자신의 아들을 바라보는 당벽이었다.

천룡 역시 같이 그곳을 바라보았다. 그곳에는 아주 환하게 웃으며 무공을 수련하는 당명이 있었다.

"처음 봤습니다. 저 녀석이 저리도 환하게 웃으며…… 무공을 수련하는 것을 말입니다. 장주님, 부탁입니다. 저 녀석이 적응하는 동안만이라도 이곳에 머물게 해 주십시오."

당벽의 말에 천룡은 이해했다는 표정으로 고개를 끄덕였다.

"그래. 그럼 그렇게 해."

"감사합니다. 장주님."

"그런데 너희가 여기 다 있으면 당가는 괜찮아? 태상가주, 가주, 소가주가 다 여기 와 있잖아."

"아, 저희 당가에 아주 뛰어난 녀석이 있습니다. 하하, 여자라서 소가주에 못 올라갔을 뿐이지 능력으로 치자면 저희 당가에서도 손에 꼽히는 인재입니다. 현재 그 녀석이 가문을 지키고 있으니 걱정 안 하셔도 됩니다."

"너희만 괜찮다면야, 뭐. 언제까지 있을 건데? 나 당분간 나가 봐야 하는데."

"네? 어딜 또 가십니까?"

"그러게. 아무래도 집에서 편히 있을 팔자는 아닌가 봐."

"어디 멀리 가시는 겁니까?"

당벽의 물음에 천룡은 말을 해 줄까 말까 하다가 말았다.

마교에 간다고 하면 또 한바탕 난리가 날 것이 뻔했기 때문이었다.

"으응. 초대를 받아서 말이지. 암튼 내가 없어도 푹 쉬다가 가도록 해."

천룡은 당가 사람들과 잠시 더 이야기를 하고는 떠날 준비를 하기 위해 이동했다.

천룡이 사라지자 당천군이 당벽에게 말했다.

"정말 대단하신 분이다."

"맞습니다. 정말 곁에서 모시고 싶은 분입니다."

"그나저나…… 무림맹은 이제 있으나 마나 한 거 아닌가?"

"그렇죠. 일단 기회를 봐서 탈퇴할 생각입니다. 무당과 화산하고도 이야기가 진행되고 있습니다."

"잘 생각했다. 괜히 장주님께 밉보이지 말고."

"네, 알겠습니다."

❧

다음 날.

천룡은 제자들과 제갈군만 데리고 십만대산을 향해 길을 떠났다.

천룡이 길을 떠난 그날, 한 무리의 거지들이 운가장을 향해 걸어오고 있었다.

"저곳이냐?"

"그렇습니다."

수하의 말에 성큼성큼 정문을 향해 걸어가는 거지.

바로 개방의 방주 주영생이었다.

주영생은 다짜고짜 문 앞으로 가서 소리를 질렀다.

"내 수하들을 내놓아라!"

온 세상이 떠나가라 큰 소리로 외치는 주영생이었다.

정문의 수문위사들은 한숨을 쉬었다.

한바탕 폭풍이 얼마 전에 지나갔는데, 또 하나 온 것이다.

이번에 온 무리는 누가 봐도 개방이었다.

그래도 일은 해야 했기에 수문위사는 주영생에게 다가가 포권을 하며 얘기했다.

"안녕하십니까. 저는 이곳 운가장의……."

한창 소개를 하고 있는데, 주영생이 수문위사를 노려보며 말했다.

"자기소개 말고 내 수하들 데려오라니까?"

주영생의 말에 수문위사의 이마에 핏줄이 솟았다.

"하하, 저희에게 수하를 맡기신 것도 아닌데 이리 나오시면 곤란합니다."

"뭐? 곤란? 지금 너 곤란이라고 했냐?"

"그렇습니다. 보아하니 개방에서 방구 좀 뀌시는 분 같은
데 이러시면 아주 크게 후회하십니다."

"후회?"

"네!"

수문위사의 대답에 주영생은 손에 들려 있던 타구봉을 휘
둘렀다.

후웅―!

수문위사의 머리를 쥐어박기 위해 휘둘렀는데, 타격음은
들리지 않고 공기를 가르는 소리만 들려왔다.

수문위사가 타구봉을 재빨리 피하고 거리를 벌리며 말했
다.

"자꾸 이러시면 정말 화냅니다!"

타구봉을 휘두를 때 살기가 전혀 없었기에 수문위사는 이
정도만 하고 마는 것이었다.

"호오, 그걸 피해? 큰소리 칠 만하구나?"

주영생의 말에 우쭐해진 수문위사.

그러나 그것도 잠시.

빡―!

"커헉!"

눈에 보이지도 않을 속도로 날아온 타구봉에 결국 머리를

내주고 만 수문위사였다.

"요건 못 피하네?"

"이, 이게 무슨 짓입니까?"

"무슨 짓? 너야말로 무슨 짓이냐? 내가 분명 말하지 않았느냐? 내 수하들 데리고 오라고."

"우리 장원에 거지는 없소!"

"하아, 듣는 거지 기분 나쁘게 하는 재주가 있구나?"

퉤─!

손바닥에 침을 뱉고는 다시 타구봉을 잡는 주영생.

창─!

그 모습에 검을 뽑아 든 수문위사였다.

"더 이상 장난은 용서치 않겠소. 그러니 그만 물러나시오."

"장난? 넌 지금 이게 장난으로 보여?"

그리 말을 하고는 기세를 올려 수문위사를 압박하기 시작한 주영생이었다.

"크윽! 고, 고수!"

거지에게서 엄청난 기세가 느껴지자 당황하는 수문위사였다.

주영생은 수문위사를 압박하는 한편, 운가장 안쪽을 향해 내공을 실어 크게 외쳤다.

"이놈들! 내 수하를 내놓아라!"

주영생의 기세와 내공을 실은 음성에 사람들이 뛰쳐나오

기 시작했다.

이제야 반응이 좀 있다 생각을 하며 뛰쳐나온 사람들 면면을 살펴보기 시작하는데.

"뭐, 뭐야! 네가 여기 왜 있어?"

주영생은 당벽을 보고 깜짝 놀랐다.

"그러는 너는 왜 여기 있냐? 그것보다 방금 소란 피운 게 너였냐?"

당벽은 주영생을 보며 반문했다.

"소, 소란이라니. 혹시 여기가 너희 당가 별채냐?"

주영생의 말에 당벽이 고개를 저으며 말했다.

"아니, 손님이다. 그것보다 어서 돌아가라. 여기 장주님 아주 무서운 분이다."

"뭐?"

당벽의 말에 주영생은 귀를 후비고 물었다.

"여기 장주님 아주 무서운 분이시라고."

"하하하, 지금 네 말은 그러니까…… 여기는 무서운 곳이니 빨리 도망가라는 소리 같은데……."

"응, 맞다."

주영생은 당벽의 말에 기세를 올리며 분노했다.

"독쟁이 놈이 지금 나를 놀려?"

"뭐? 독쟁이? 너 지금 나한테 독쟁이라고 했냐?"

"그래! 무공도 약한 게 독만 믿고 나대니 독쟁이지!"

"무공이 약해?"

당벽은 그 말에 자신의 기세를 풀었다.

고오오오-!

사방에 기의 바람이 휘몰아치는 엄청난 기세.

그 모습에 주영생이 깜짝 놀라며 말했다.

"뭐, 뭐냐! 너, 너 언제 그렇게 강해진 거냐?"

"크크크, 궁금하냐? 그전에 일단 좀 맞자!"

당벽의 말에 주영생은 황당했다.

자신은 칠왕십제의 일인이다.

그에 당벽은 아니다.

그것의 격차는 컸다.

그런데도 지금 당벽은 자신에게 맞자는 소리를 한 것이다.

어이가 없는 주영생.

"너 지금 나한테 한 소리냐?"

"그래!"

"네가 지금 미쳤구나?"

둘이 티격태격하고 있을 때 당천군과 장천, 여월과 울지랑
이 모습을 드러냈다.

"뭐야? 왜 이리 시끄러워?"

"누가 내 아들 괴롭히냐?"

울지랑과 당천군의 목소리가 들려왔다.

"어라? 주영생?"

장천의 목소리도 들렸다.

주영생은 그제야 사람들의 면면을 살폈다.

"헉! 마, 만독암제? 명왕? 그리고 저자는…… 패천부왕? 당신들이 거기서 왜 나와?"

너무 놀랐는지 뒷걸음질을 치는 주영생이었다.

"그러는 너야말로 여긴 웬일이야?"

장천의 말에 주영생이 눈을 이리저리 굴리며 말했다.

"나, 나는 사라진 우리 애들 찾으러 왔지."

"아, 여기 담 넘던 놈들이 너희 애들이었구나? 난 또 좀도 둑놈인 줄 알고 다 잡아 가뒀지."

이미 개방 사람인 거 알고 있었다.

괘씸해서 가둬 둔 것일 뿐이었다.

"뭐라고? 아니, 누가 봐도 우리 애들인 거 표가 날 텐데? 가뒀다고?"

"왜? 그러면 안 되냐? 그리고 요새 거지들은 도둑질도 하나 보다? 개방 사정이 어렵냐?"

개방과 하오문은 사이가 좋지 않았다.

"지금 네 입에서 나온 발언은 우리 개방의 명예를 모욕되게 하는 거다. 좋게 말할 때 당장 취소해라."

"못 하겠는데? 사실이잖아? 빌어먹나, 훔쳐 먹나 똑같은 거."

"이, 이! 좀도둑 소굴 대장 새끼가! 말이면 단 줄 알아!"

"뭐 도둑? 소굴? 이 더러운 거지새끼가 한판 해볼래?"

둘의 기세가 불타오르기 시작했다.

"내가 네놈을 무서워할 거라 착각하면 오산이다."

"뭐 이미 표정에서 무서워하고 있구먼. 걱정하지 마. 살살 해 줄게."

"으드득! 못 본 사이에 입담이 늘었구나."

"너야말로 언제까지 말로만 싸울 건데? 안 덤벼?"

살기 가득한 눈빛이 허공에서 부딪쳤다.

조금 전에 당벽과 한판 붙으려고 한 것은 이미 까맣게 잊었다.

당벽이 가세했다.

"나랑 말하다 말고 거기로 가면 안 되지."

당벽의 말에 주영생과 장천이 동시에 고개를 돌렸다.

"으드득! 네놈도 날 무시하는 것이냐?"

주영생의 눈에서 살기가 더 짙어졌다.

"어? 네가 먼저 맡은 거였어? 미안, 미안."

장천이 두 손을 들고 물러났다.

그 모습에 주영생의 얼굴은 벌겋게 변하여 터지기 일보 직전이었다.

그래도 섣불리 덤비지는 못했다.

지금 상황을 보아하니 당벽과 명왕이 한편인 것이 분명했다.

두 명을 상대하는 것은 아무래도 꺼림칙했다.

거기에 자신을 향해 눈을 부라리고 있는 만독암제까지.

'여긴 뭐야? 대체?'

그저 애들을 운가장에만 보내면 자꾸 사라지는 이유에 대해 궁금해서 직접 와 본 것인데.

일단 수하들이 사라진 이유는 알았다.

명왕이 말해 줬으니.

그다음 궁금증을 풀 때다.

"도대체 왜 다들 여기에 있는 것이오?"

마음을 가라앉히고 물었다.

주영생의 기세가 누그러들자 장천이 말했다.

"흥! 네까짓 게 알아서 뭐 하려고?"

화가 났지만 참았다.

여기서 화내 봐야 자신만 손해였다.

일단 최대한 말로 끝내고 물러나서 훗날을 기약해야 했다.

"우리 당가는 운가장의 손님이다."

만독암제가 대신 말해 주었다.

"그리고 명왕이랑 패천부왕, 그리고 저기……."

만독암제가 바라보는 곳.

그곳에는 여월이 있었다.

"암혼살왕은 이곳 장주님의 수하고."

주영생이 자신의 귀를 마구 마구 파 젖혔다.

그리고 고개를 갸웃거렸다.

방금 뭔가 엄청난 말을 들은 것 같은데, 머릿속에서 거부했다. 주인의 심신을 보호하려는 머리의 노력이었다.

주영생이 그러든지 말든지 만독암제가 계속 이야기를 했다. 하지만 그 어떤 말도 주영생의 귀에는 들어오지 않았다.

'이곳 장주의 수하고……. 이곳 장주의 수하고……. 이곳 장주의 수하고…….'

계속 저 말만 머릿속에서 빙글빙글 돌고 있었다.

한참을 멍하니 있던 주영생.

"허헉! 뭐, 무슨 소리야, 그게! 칠왕십제나 되는 놈들이 왜 남의 밑에 있어!"

주영생의 말에 장천과 여월, 울지랑이 발끈했다.

"남이라니! 주군을 함부로 부르지 마라!"

믿지 않았다.

하지만 믿을 수밖에 없었다.

주군이라지 않는가.

"미친 거야? 다들? 아니면 내가 지금 꿈을 꾸는 건가? 그것도 아니면 단체로 나를 놀리는 건가?"

이 상황이 정리가 안 되는 주영생은 일단 이곳에서 벗어나서 생각을 정리하기로 마음을 먹고 뒤돌아 가려 했다. 보아하니 딱히 자신이 간다고 해도 막을 것으로 보이진 않았다.

"하아, 내가 지금 이 상황이 정리가 안 되니 일단 오늘은 이만 돌아가겠네."

이렇게 물러나는 자신이 한심해서 고개를 숙인 채 말을 하고 뒤돌아섰는데 자신의 앞에 그림자가 졌다.

뭔가 하고 고개를 들어 보니 어디서 많이 본 인간이 자신의 앞을 가로막고 서 있었다.

"누구? 헉! 권왕!"

무황성주가 이곳에 나타난 것이다.

"거지, 네가 여기 왜 있어."

평소 주영생에게 감정이 좋지 않았던 권왕 담선우는 보자마자 시비를 걸었다.

자신보다 어린 담선우의 반말에 기분이 상했지만, 그래도 배분상 자신의 아래가 아니기에 참으며 말했다.

"보, 볼일이 있어서 왔다. 그러는 너는 이곳에 무슨 일이냐?"

주영생의 말에 담선우가 피식 웃으며 말했다.

"나? 아버지 뵈러 왔지."

"뭐?"

담선우의 대답에 주영생의 머릿속이 복잡해졌다.

그런 주영생의 머릿속을 더 복잡하게 만드는 장천과 여월.

"여어! 동생 왔는가!"

"하하, 네! 형님! 만독암제 어르신도 와 계셨군요."

담선우는 그곳에 있는 사람들과 정답게 인사를 주고받았

다.

"아버지 안에 계십니까?"

"하하, 장주님과 멀리 가셨다네."

"아, 그러시군요. 미리 연통을 넣고 올 걸 그랬나 봅니다."

"여기가 자네 집이나 마찬가진데, 편히 쉬다 가면 되지. 뭘 그러나."

"하하, 그렇군요. 그런데 이놈은 여기 무슨 일입니까?"

"이곳이 수상하다고 조사를 하러 왔다는데?"

장천의 말에 담선우의 인상이 급격하게 차가워졌다.

"야, 거지. 이곳은 너 따위가 조사하고 말고 할 곳이 아니다. 그러니 좋은 말로 할 때 당장 꺼져라."

엄청난 기세를 주영생에게 뿜어내는 담선우였다.

'크으윽! 이렇게 강하다니.'

직접 기세를 맞아 보니 새삼 담선우가 얼마나 강한 무인인지를 깨닫게 된 주영생이었다.

"아, 알았네. 내…… 이만 물러가겠네."

자존심이 상하고 분했지만 어쩔 수 없었다.

권왕이 자신을 얼마나 싫어하는지 누구보다 잘 아는 주영생이었기 때문이다.

명분만 생기면 바로 자신의 목을 칠 인간이었다.

그러니 최대한 이곳을 벗어나야 했다.

"흥! 빨리 꺼져. 멀리 안 나간다."

그리 말을 하고는 휑하고 몸을 돌려 운가장으로 걸어가는 담선우였다.

주영생은 재빨리 몸을 빼내 돌아가면서 이를 갈았다.

'으드득! 일단 이게 무슨 상황인지 파악을 한 후에 이 수모를 반드시 갚아 주겠다.'

그 복수가 무사히 이루어질지는 두고 보면 알 테지만.

십만대산 깊숙한 곳에 있는 천마신교.

천마 구양진은 군사와 함께 차를 마시며 느긋한 오후를 보내고 있었다.

"그분들이 출발하셨다고?"

"네. 지금 이쪽으로 오고 계신다고 합니다."

"허허허, 역시 군사야. 오지 않고는 못 배기게 수를 썼구먼."

"그분이라면 반드시 곤란해하실 거로 생각했습니다."

천룡이 오면 어찌 대접할 것인지부터 앞으로 천룡을 어찌 대할 것인지에 대해 이야기를 나누었다.

그렇게 한참 동안 이야기를 나누고 있는데, 수하가 급히 들어와 보고했다.

"교주님! 특급 서신입니다!"

"특급?"

"네!"

수하가 내민 서신을 펼쳐 보는 구양진.

-정체를 알 수 없는 무리가 교를 향해 진군 중. 수는 적게 잡아도 수천.

구양진은 서신을 군사에게 전달해 주며 말했다.

"그분이 오신다니 이렇게 커다란 행사가 생기는군."

전달받은 서신을 읽은 군사는 웃으며 말했다.

"누군지 몰라도 날을 잘못 잡았군요. 아니면…… 우리를 너무 우습게 알았던가요."

그리 말하며 차갑게 표정이 변하는 군사였다.

구양진은 자신의 수염을 쓰다듬으며 수하에게 말했다.

"천급 비상령을 내려라."

"충!"

수하가 나가고 구양진이 일어나 창가로 걸어갔다.

정체를 알 수 없는 자들이 오는 방향을 바라보며 말했다.

"저들에게 알려 주어라. 우리 신교의 무서움을."

교주의 말에 군사가 부복하며 외쳤다.

"충! 반드시 후회하게 해 주겠습니다."

대답하고 벌떡 일어나 서둘러 밖으로 나가는 군사였다.

"어차피 중원 땅은 밟아 보지도 못할 우리 아이들을 위해서 하늘이 보내 준 선물인가? 마음껏 힘을 발산하라고? 아니면…… 하늘이 내리는 벌일까."

심각한 말을 하면서 미소 짓는 구양진이었다.

꽃

양털 가죽으로 대충 만든 옷을 입은 수천의 무리들이 줄지어 산을 넘고 있었다.

"제기랄, 이딴 곳에 숨어 사냐? 찾기 힘들게."

"찾는 데 시간 다 가고 있습니다. 뭔 놈의 산은 또 이리 많은지."

"그러게 말이다. 이러니 그 오랜 시간 동안 멸문을 안 당하고 살아남았지. 야, 아무리 원한이 깊어도 이 많은 산을 보면 그냥 돌아가겠다."

"저희도 그냥 돌아가면 안 됩니까? 벌써 이게 며칠째입니까?"

"뭐? 미쳤냐? 우리 교주가 알면 무사할 것 같아? 군사가 가만두겠어? 당장 달려가서 교주한테 꼰지를걸? 그러니 잔말 말고 찾아! 우리 교주 말고 그놈들 교주나 족치면서 분 풀게."

"에이씨! 빌어먹을 마인 놈들! 살아도 이딴 데서 살아 가지고."

투덜거리며 다시 산을 수색할 준비를 하는 무인들.

"뇌령마군 님, 수하들이 많이 지쳤습니다. 조금 쉬었다 가시는 것이⋯⋯."

"그래? 하긴⋯⋯ 몇 날 며칠을 쉬지도 못 하고 이 산, 저 산을 헤매고 다녔으니⋯⋯. 에라, 모르겠다! 야! 구워 먹을 수 있는 건 다 잡아 와! 오늘 고기나 실컷 먹고 푹 쉬자!"

"와아아아아!"

이들은 뇌령마군 사마중달이 이끄는 혈천교의 무인들이었다. 빙백마군 진호림이 이끌던 세뇌당한 무인들과 달리 이들은 순수 뇌령마군이 키운 정예들이었다.

사마중달에게 있어서 이들은 단순한 부하들이 아닌 한 가족이었다. 사마중달은 산의 풍경이 가장 잘 보이는 곳에 자리를 잡은 뒤에 풍경을 감상했다.

그때.

파앗-!

순식간에 몸을 날려 무언가를 향해 돌진하는 사마중달.

그가 지나간 곳은 작은 뇌전이 일었다.

퍼억-!

"잡았다! 크크크."

나무 위에서 무언가가 바닥으로 떨어져 내렸다.

사람이었다.

사마중달은 재빨리 떨어지는 사람을 낚아챘다.

그리고 느꼈다.

"크크, 마기다! 역시 이곳에 마교가 있구나."

기절한 채로 축 처진 남자를 들쳐 메고 다시 야영지로 돌아가는 사마중달이었다.

"길 안내해 줄 놈도 잡았겠다. 오늘은 푹 쉴 수 있겠군. 하하하."

천룡은 자신의 일행과 열심히 십만대산을 오르고 있었다.

"흠……."

천룡이 갑자기 멈칫하면서 무언가에 집중하기 시작했다.

일행은 무슨 일인가 싶어 조용히 지켜보았다.

잠시 후, 천룡이 눈을 뜨며 말했다.

"마교는 아닌데……."

그러고는 무슨 생각에서인지 데리고 온 진호림을 바라보았다.

"왜…… 절 그런 눈으로 보시는지……."

진호림이 반성을 하고 마음을 바꿔 먹었다는 것을 눈치챈 천룡은 그가 다시 무공을 할 수 있도록 만들어 주었다.

전보다 더 강해진 기운을 온몸으로 받은 진호림은 그날부터 천룡을 대할 때 매우 조심스럽게 행동했다.

"전에 널 봤을 때 기분인데…… 찝찝한 기분."

천룡의 말에 무광이 말했다.

"아, 그때 오색극광 보러 갔을 때 말입니까? 이번에도 그런 기운이 느껴지십니까?"

"응! 여기서 그리 멀지 않은 곳에 진을 치고 있어."

천룡의 말에 무언가가 떠오른 진호림이 말했다.

"혹, 혹시 기운도 느껴지십니까?"

"응. 뇌기를 머금고 있는 것 같은데."

그 말에 진호림이 화들짝 놀라며 말했다.

"뇌, 뇌령마군!"

"뇌령마군?"

천룡이 고개를 갸웃거리자 진호림이 설명해 주었다.

"그럼 저놈이 세 번째군."

이미 사대마군 중 두 명이 당했다.

자신도 모르게 혈천교의 주력을 차근차근 파괴해 나가는 천룡이었다.

"암튼 이동하는 방향을 보니 우리와 같은 방향이다."

그 말은 바로 저들의 목표가 마교라는 소리였다.

"어째 아버지와 다니면 사건이 끊임없이 터지네요."

"왜? 겁나냐?"

천룡의 말에 무광이 발끈하며 말했다.

"거, 겁나다니요! 아버지! 저 무황입니다! 무황! 야! 말씀드려! 너희 혈천교가 나를 얼마나 두려워하는지!"

"그게…… 무황 어르신은 지금 노망이 났다고 교에 소문이
나 있는 상태라……."

"뭐?"

"푸하하하하!"

"크크크크크."

진호림의 말에 그곳에 있는 사람들이 전부 웃음을 터트렸
다.

"이런 씨! 누구야! 그딴 소문을 낸 것이! 잡히면 내 손으로
벽에 똥칠하게 해 준다!"

무광이 노발대발하며 날뛰자 천룡이 말렸다.

무광이 좀 진정을 하자, 다른 사람들을 둘러보며 말했다.

"됐다. 일단 저놈들 목표가 마교인 것 같으니, 가서 도와줘
야겠다. 어찌 도와줘야 하나?"

"미리 가서 칠까요?"

어찌할지 대화를 하고 있을 때, 천룡의 기감에 다른 기운
이 느껴졌다.

"마교에서도 출진을 했다. 서두르자. 조만간에 둘이 붙을
모양이다."

"알겠습니다."

서둘러 이동하는 천룡의 뒤를 따르는 일행, 그리고 거기에
낀 진호림의 표정은 복잡해지고 있었다.

사방팔방에서 고기 굽는 냄새가 진동하는 이곳.

사마중달은 자신의 손에 들려 있는 커다란 뒷다리로 보이는 고기를 강하게 물어뜯으며 크게 웃었다.

"으적으적! 크하하하! 맛있구나!"

크게 웃으며 계속 고기를 무식하게 뜯어 먹는 사마중달이었다.

"많이들 먹어라! 조만간에 크게 한바탕해야 할 것 같으니."

"뭐가 느껴지셨습니까?"

"아니, 감이다."

그가 이렇게 강해질 수 있었던 가장 큰 이유.

바로 저 동물적인 감각을 넘어선 신적인 감이었다.

그가 느끼는 감은 항상 맞았다.

그런데 오늘은 그가 이상한 말을 했다.

"크크크크. 오늘은 왠지 오금이 저려서 편히 쉴 수가 없구나."

"그게 무슨 말씀이십니까?"

"무섭다! 너무도 무서워! 나의 온몸이 그리 경고하고 있다. 어서 도망가라고! 지금이라도 늦지 않았다고 말이야."

"그, 그것이 정말입니까? 그, 그러면 어서 철수 명령을……."

수하의 말에 사마중달의 표정이 차갑게 굳으며 나직하게

말했다.

"지금 나더러 도망을 가라는 것이냐? 이 사마중달에게?"

"하오나, 대장. 대장의 감은 언제나 맞지 않았습니까? 대장에게 공포를 줄 정도의 상대라면 일단 피하심이……."

"크크크크. 한 세상 살면서 어찌 쉬운 길만 가겠느냐! 어려운 길도 나오고 그래야 발전을 하지. 이번은 이 감이 아니라 내 힘을 믿어 보겠다."

그러면서 다시 고기를 힘차게 입으로 뜯어내는 사마중달이었다.

우지직-!

으적으적-!

"먹어라! 오늘이 최후의 만찬인 것처럼! 하하하하!"

사마중달은 미친놈처럼 웃었다.

그리고 수하들도 같이 미친놈들처럼 웃어 젖혔다.

천마신교를 수호하는 여섯 개의 가문.

육대마군.

그들에게 내려진 명령.

신교에 존귀한 분이 오시니, 소란이 일기 전에 최대한 빠르게 접근하는 무리를 정리하라는 명령을 이행하기 위해 출진했다.

"다들 들었지? 그분이 오시기 전에 불청객들을 모두 청소해야 한다! 알겠느냐!"

"충!"

뒤를 따르는 수하들을 뒤로하고 육대마군끼리 모여서 이야기를 하며 발걸음을 옮겼다.

한 손에 커다란 도를 든 도마군이 투덜거렸다.

"아니, 이런 첩첩산중에 뭘 주워 먹겠다고 오는 거야?"

도마군의 말에 붉은색 창을 들고 있는 창마군이 대꾸했다.

"뻔하지. 우리를 찾는 거야."

"우리를 왜?"

그 말에 창마군이 두 손을 올리면서 자기도 모른다는 표정을 지었다.

"명성을 얻기 위해?"

"아니, 세상 사람들은 우리가 존재하는지도 모를걸?"

둘의 대화에 끼어든 환마군이었다.

부채를 살랑살랑 흔들며 그가 말했다.

"지금 오는 자들이 그래서 수상한 거다. 누가 봐도 우리를 찾는 모양새가 아니냐."

"하필 그분이 오실 때 이런 상황이 벌어지나?"

"그러니 빨리 처리해야지. 그분께 심려를 끼쳐 드려선 안 되네."

다들 환마군의 말에 동의한다는 표정으로 끄덕였다.

그리고 결연한 표정을 지으며 이동했다.

신교를 향해 가는 길목에 거대한 마애불상이 자리하고 있었다.

세월의 풍파에 여기저기 무너지고 닳았지만, 그 웅장함은 보는 사람에게 감탄사가 나오게 했다.

"우와! 정말 웅장한데요? 이걸 누가 깎아 냈을까요?"

"절로 경건하게 만들어 주는구나."

무광은 자신도 모르게 합장을 하며 마애불을 향해 고개를 숙였다.

다른 이들도 잠시 그 웅장함을 감상하고 있었다.

그러나 천룡은 아니었다.

'저 마애불 낯설지가 않아. 뭐지?'

처음 보는 마애불인데도 왠지 어디서 본 듯한 기분이 들었다.

"사라진 절반까지 있었으면 더 웅장했겠어요."

'더 웅장? 웅장……'

태성의 말에 천룡의 동공 크게 확장되었다.

기억이 났다. 바로 이곳이 어딘지.

"아버지, 이제 이동하시죠."

마애불을 보며 멍하니 서 있는 천룡에게 무광이 말했지만 돌아오는 답변은 없었다.

자세히 보니 천룡의 초점이 흐려져 있었다.

무광이 다급하게 일행들에게 전음을 날렸다.

─이런! 아버지께서 또 과거 기억이 돌아오나 보다. 모두 주변 경계 철저히 해!

─네!

무광의 말에 모두 분주히 움직이기 시작했다.

천명과 태성은 사방을 경계하기 시작했고, 제갈군은 재빨리 주변의 물건들로 진을 설치하기 시작했다.

그 와중에 천룡은 어느새 가부좌를 튼 채 눈을 감고 있었다.

─시간이 좀 걸릴 것 같은데. 마교 놈들 괜찮겠지?

─전에 붙어 보니 그 정도 전력이면 충분하지 않을까요?

─하긴 교주 놈 보니 나와 무력이 비슷했으니.

─사부님께서 언제 눈을 뜨실까요?

─글쎄. 최근 들어 기억들이 급격하게 돌아오시는 것 같다.

무광의 말에 다들 고개를 끄덕였다.

대화를 나누고 있는데 희미한 아지랑이 같은 것이 사방에서 올라오기 시작했다.

─뭐야?

사방의 풍경들이 일렁이고 있었다.

-제가 설치한 진법입니다. 제대로 설치가 됐으니 밖에서 이 안을 볼 수 없을 겁니다.

-우와! 그런 것도 되냐? 대단한데?

그 말에 제갈군이 우쭐한 표정을 지으며 말했다.

-말하지 않았습니까. 제갈가의 희망! 천재라고요.

-네 입으로 그런 말하면 창피하지 않냐?

-왜요? 사실을 말하는 건데?

뭐가 문제냐는 표정으로 바라보는 제갈군.

-아니다.

더 상대해 봐야 나만 피곤하다는 사실을 누구보다 잘 아는 무광이 고개를 저었다.

한편 천룡은 심상 깊숙한 곳으로 들어간 상태였다.

항상 어두운 그늘에 가려져 보이지 않았던 내면.

마진강에 대한 기억이 재생되기 시작했다.

심상으로 들어간 천룡.

자신이 오해하고 마교를 공격했다는 것을 안 천룡.

마교도 잘못했지만 세상 사람들이 그들을 그렇게 만드는 데 일조를 했다는 걸 알았다.

미안한 마음에 성화라도 다시 돌려주고 와야겠다는 생각에 마교로 향하고 있었다.

　그리고 눈에 보이는 거대한 마애불.

　천룡은 마애불을 바라보면서 자신의 잘못을 반성하고 있었다.

　그리고 다시 길을 떠나려 하는데 누군가가 자신을 향해 빠르게 오는 것이 느껴졌다.

　심상치 않은 기운에 잔뜩 경계하고 있을 때 눈앞에 모습을 드러낸 남자.

　남자는 천룡을 보자마자 말했다.

　"너 누구냐? 이곳에서 너처럼 강한 기운의 인간은 처음 본다."

　무엇이 그리 즐거운지 연시 미소를 지으며 천룡을 이리저리 살펴보는 남자.

　천룡 역시 남자의 강함을 대번에 알아보았다.

　세상에 자신의 상대가 없을 거라던 사부.

　그의 말이 틀렸다.

　천룡 역시 입가에 미소가 지어졌다.

　알 수 없는 호승심과 즐거움이 온몸을 감싸기 시작했다.

　그 모습에 남자 역시 더욱 진한 미소를 지으며 말했다.

　"크크. 너도 날 느끼고 있구나. 이름이 뭐냐?"

　"운천룡."

"크크. 나는 마진강이라 한다."

남자의 이름은 마진강이었다.

"내 목마름을 해결해 줄 자가 이런 곳에 있었다니. 크크크. 세상 정말 알다가도 모를 일이군."

마진강은 연신 즐거운 웃음을 지으며 천룡을 애정 어린 눈빛으로 바라보았다.

그러다가 더는 참지 못하겠는지 주먹을 말아 쥐며 말했다.

"긴말은 나중에 하고……."

서서히 기세를 끌어 올리는 마진강.

"크크. 내가 먼저 가겠다."

마진강은 말이 끝남과 동시에 천룡을 향해 돌진했다.

갑작스럽게 공격하는 그를 보며 처음엔 당황했다.

몇 번의 공세가 오간 뒤, 천룡은 깨달았다.

자신의 호적수라는 것을 말이다.

천룡의 입가에 진한 미소가 그려졌다.

지금까지 자신의 힘을 이렇게까지 끌어낸 적은 없었기 때문이었다. 처음으로 맘 놓고 자신의 무공을 사용할 상대를 만난 것이다.

천룡 역시 신난 얼굴로 마진강을 향해 자신의 무공을 양껏 발산했다.

콰콰콰쾅-!

쩌저정-!

둘이 충돌을 하자 그 충격파로 인해 주변의 지형이 변했다.

옆에 있던 마애불의 절반이 날아갔다.

쿠르르르르-!

처참하게 무너져 내리는 거대 마애불.

하지만 둘에겐 마애불의 파괴가 중요하지 않았다.

서로의 권격을 즐기는 것이 더 중요했다.

그렇게 무려 일(一) 주야(晝夜)를 쉬지 않고 싸운 둘.

"헉헉. 제, 제길……. 내가 졌다."

온몸에 피 칠갑을 하고 바닥에 무릎을 꿇은 채 연신 거친 호흡을 뿜어내는 마진강.

그가 패배를 인정했다.

이유는 간단했다.

자신은 상처 입고 지쳤으나, 천룡은 지친 기색만 있을 뿐 몸은 멀쩡했다. 그런 천룡을 감탄스러운 눈빛으로 쳐다보는 마진강이었다.

"크크. 무공이라는 것으로 할 수 있는 것은 이게 한계인가 보군. 그래도 재밌었다."

알 수 없는 말을 하며 웃는 그였다.

잠시 생각을 하더니 천룡을 바라보며 진지한 모습으로 말했다.

"내 친구가 되어 줄 수 있는가?"

뜬금없는 마진강의 말이었지만, 천룡은 고개를 끄덕였다.

천룡 역시 그렇게 생각하고 있었기 때문이었다.

서로의 마음이 통한 것이다.

"크하하하하! 좋다! 좋아! 나 마진강이 인정한 진정한 친구는 오직 너뿐이다. 다음에 보자, 친구. 그때는 이 무공을 완성시켜서 돌아오겠다."

"무슨?"

"크크크. 그것은 훗날 재회했을 때 알려 주지. 친구."

파앙-!

그 말과 함께 순식간에 하늘 높이 날아가 사라졌다.

천룡은 마진강이 사라진 방향을 바라보며 중얼거렸다.

"나 참, 도통 모를 사람이군. 그래. 또 보세. 친구."

⌒⌒

번쩍 눈을 뜬 천룡.

서서히 시야가 천룡의 눈앞에 펼쳐지기 시작했다.

가장 먼저 보이는 것은 바로 자신의 제자들이었다.

"미안하구나. 또 갑작스럽게 기억이 찾아와서."

"하하, 아닙니다. 그래도 이번은 생각보다 빨리 눈을 뜨셨네요. 반나절도 안 되었습니다."

"사부! 이번은 어떤 과거입니까?"

태성의 물음에 천룡이 반쪽짜리 마애불을 보며 말했다.

"저 마애불의 절반은 내가 부쉈다는 거?"

"네?"

"전에 내가 말한 자 있지? 나와 같은 무력을 지닌 무인이 있다고."

"네, 설마. 그자와 싸웠던 곳이 여깁니까?"

태성의 말에 천룡이 고개를 끄덕였다.

"마교를 오해했다는 사실에 다시 찾아가던 중에 만났다. 그는 정말 강했어. 내가 이기긴 했지만, 그의 무공은 완성된 것이 아니었다."

"우와, 아버지가 그렇게 말할 정도면 정말로 강하다는 소리네요. 거기에 무공도 완성이 안 되었음에도 아버지와 막상막하였다니."

"특이한 점이 있었다. 그의 무공은 어딘지 모르게 이질적이었어. 가끔 알 수 없는 언어를 사용하더구나. 중원 말이 조금 어눌했다고 해야 하나?"

"그럼 중원인이 아닐 수도 있겠군요."

"그렇겠지. 나중에 다시 만나면 알은척을 할 수 있겠구나."

천룡은 반쪽짜리 마애불을 바라보다가 벌떡 일어났다.

"일단 마교 애들부터 도와주고 다시 이야기하자. 이러다가 정말로 늦겠다."

"네!"

일행들을 데리고 서둘러 마교가 있는 곳으로 이동하는 천룡이었다.

"내가 기억을 되찾는 동안에 털리진 않았겠지?"

"설마요. 저번에 저희랑 한판 했을 때 보니 강하던데요. 거기에 아버지가 치료까지 해 줘서 더 강해졌을걸요?"

"그런가?"

"그러니 너무 걱정하지 마세요."

"맞아요. 걔들이 괜히 공포의 대명사겠어요?"

무광의 말은 사실이었다.

육마군과 산 중턱에서 마주친 뇌령마군.

그들은 당황하고 있었다.

"뭐, 뭐여? 이렇게 강하다고?"

"그러니까 말입니다! 과연 전설 속에 나오는 단체답습니다."

"우리 애들이 밀리다니. 나 참 나. 이런 광경을 보게 될 줄은 몰랐는데?"

"우리가 너무 쉽게 생각했던 것 같습니다. 그래도 이런 맛이 있어야 싸우는 것 같지 않겠습니까?"

"그건 맞는 말이지만…… 너무 심하게 털리고 있는데?"

뇌령마군의 말대로 육마군과 마교의 정예에 의해 자신의 수하들이 속절없이 밀리고 있었다.

"이건 아니야. 아무래도 내가 나서야겠다. 너희들도 각자 맡아서 도와!"

"알겠습니다!"

"여기서 더 밀리면 나한테 죽는다 생각하고 집중해라."

자신의 수족들에게 육마군을 맡아 상대하라고 으름장을 내린 뒤에 자신도 육마군이 있는 곳으로 날아갔다.

"크크크. 이제야 대장이 나서시는구먼."

"어디에서 온 놈들이냐? 살기가 지저분한 것을 보니 착한 놈들은 아닌 것 같고."

도마군과 창마군이었다.

그 둘을 보며 뇌령마군이 웃으며 말했다.

"하하, 너희들을 우습게 본 것은 사실이긴 한데. 내 실수다. 이렇게 강할 줄이야."

의외로 순순히 자신의 실수를 인정하는 그였다.

"남자다운 놈이군."

도마군이 뇌령마군을 좋게 보았다.

"도마군! 그렇다고 방심하지 마라."

창마군이 도마군에게 경고를 한 뒤, 자신의 창을 움켜쥐고 뇌령마군을 향해 겨누었다.

그런 도마군과 창마군을 보며 뇌령마군이 웃으며 말했다.

"하하하, 너희들이 마교의 정예들인가 보지?"

"그렇다고 봐야겠지? 영광으로 알아라."

"그렇군. 어쩌나? 우리 말고 또 한 무리가 반대쪽에서 너희를 치기 위해 오고 있을 건데?"

"뭐?"

"왜 우리만 왔다고 생각하지? 그건 큰 실수 아닌가?"

"그, 그건."

"우리는 너희를 최대한 이곳에 묶어 두면 역할이 끝날 것 같은데?"

"이익! 모두 서둘러라! 이놈들 말고 또 다른 무리가 있단 다!"

그렇게 외치고 창마군이 자신의 창에 검은색 마기를 불어 넣어 뇌령마군을 향해 내질렀다.

우우우웅-!

"신속마창(神速魔槍)!"

빠지지직-! 쩌쩡-!

내질러진 창은 뇌령마군 몸 주변에 펼쳐진 강한 뇌기에 의 해 튕겨 나갔다.

"뇌, 뇌공?"

창마군과 도마군이 자신의 뇌기를 보고 놀라자, 뿌듯한 마 음이 든 뇌령마군은 웃으며 말했다.

"하하하, 어떠냐? 신기하지? 하긴 뇌기를 이 정도까지 뿌 릴 수 있는 사람은 처음 봤을 거야."

뇌령마군의 말에 둘이 피식 웃으며 말했다.

"처음 보다니 살짝 놀라긴 했지만, 우린 뇌신(雷神)을 본 사 람들이다. 너같이 조촐하게 뇌기를 뿌리는 건 상대도 안 되는 진정한 뇌신을 말이다."

그 말을 들은 뇌령마군이 말도 되지 않는 얘기라는 표정으로 그들을 바라보았다.

그리고 자신의 손에 뇌기를 집중하기 시작했다.

"그딴 허무맹랑한 소리로 나를 자극하려 하다니. 말싸움에는 재주가 없구나."

빠직빠직―!

뇌령마군은 자신의 손에 모인 뇌기를 창마군과 도마군을 향해서 뿌렸다.

빠지지지지직―!

뇌기가 작렬한 장소에는 두 마군의 잔상만이 남아 있었다.

"말했잖나. 그것보다 더 엄청난 것을 보았다고."

뒤쪽에서 말이 들려오며 날카로운 창날이 뇌령마군의 다리를 향해 날아왔다.

"마룡아(魔龍牙)!"

후웅―!

"크윽!"

재빨리 몸을 빼내려는 찰나에 도마군의 거대한 도가 그의 머리 위로 내려왔다.

"어딜 도망가려고?"

부웅―!

"마도천패참(魔道天敗斬)!"

쩌쩡-!

"헉! 그걸 막아?"

"어떻게?"

창마군과 도마군의 회심의 일격을 간신히 막은 뇌령마군.

그의 얼굴이 흉측하게 일그러져 있었다.

하마터면 정말로 죽을 뻔했기 때문이었다.

"대단하다. 내가 뇌신강기를 펼치게 만들다니. 이제부터
진짜로 보여 주지, 뇌신의 힘을."

빠지지직-!

말을 끝낸 뇌령마군의 몸은 강력한 뇌기가 사방팔방으로
튀면서 정말로 뇌신이 강림한 것 같은 모습을 보였다.

그 모습에 두 마군은 침을 꿀꺽 삼키며 자세를 잡았다.

뇌령마군의 기세는 자신들이 합공해도 어찔할 수 있는 성
질이 아니었다.

목숨을 걸고 공격 자세를 취하려는 그때 구원의 목소리가
들려왔다.

"힘들어 보이는데 내가 좀 도와줘도 될까?"

긴장 속에 들려오는 목소리.

그들의 표정이 환해졌다.

목소리의 주인공이 누군지 알기 때문이었다.

들려온 목소리의 주인공은 무광이었다.

중원 최강의 무인.

그 둘이 덤벼도 상대가 되지 않는 절대고수.

그의 등장은 두 마군에게 커다란 힘이 되었다.

"오, 오셨습니까? 서, 설마 그분께서도?"

"아니. 아버지는 너희 성으로 가셨다. 나는 애들하고 너희들 도우러 왔고."

"애들이라 하심은?"

"알잖아. 내 사제들."

"아!"

그 말에 더욱더 입가에 미소가 짙어지는 두 마군이었다.

삼황이 가세했으니 이 싸움은 십(十) 할의 확률로 승리였다. 이제 마음껏 자신의 수하들을 도와도 된다는 생각에 신이 났다.

"그럼 이곳을 부탁드리겠습니다. 저희는 수하들을 도우러 가 보겠습니다."

두 사람의 말에 무광이 고개를 끄덕였다.

뒤에서 그 모습을 지켜보던 뇌령마군은 지금 이게 무슨 상황인지 파악하기 위해 머리를 굴리고 있었다.

"뭐냐, 너는?"

뇌령마군의 말에 무광이 말했다.

"나? 무황."

"무황? 중원에 있다는 그 무황?"

"그래. 그런데 말이 짧다?"

"지도 짧으면서."

"그래그래. 맞고 나서도 그렇게 말이 짧은지 두고 보자."

"크크크. 우리 교에서 반드시 처리해야 할 필살지적이라더니 어디 한번 그 힘을 맛볼까?"

"교? 오호라, 혈천교 놈들이었군. 그럼 더욱더 집중해서 상대해 줘야지."

순식간에 거리를 좁히며 뇌령마군에게 다가간 무광.

"내가 혈천교에 좋은 감정이 없어서 말이지. 좀 심하더라도 이해하거라."

슈악-!

무광의 주먹이 허공을 갈랐다.

"어라?"

그런 무광을 보며 즐거운 표정으로 웃는 뇌령마군.

"뇌의 기운은 가장 강하고, 가장 빠르다! 그 정도 속도로는 나에게 손 하나 대지 못한다. 그리고……."

빠지지직-!

"바닥을 조심해야지."

"크윽!"

바닥에 깔려 있던 뇌기가 무광을 덮쳤다.

"역시 무황이라 그런가? 잘 버티네. 보통은 그 기술에 목숨을 잃는데."

뇌령마군은 추가 공격을 하기 위해 뇌기를 모았다.

"합!"

파창-!

"헉! 무슨?"

자신의 뇌기를 기합으로 날려 버린 무광을 보며 기겁을 하는 뇌령마군이었다.

지금까지 뇌기를 저렇게 날리는 것은 본 적도 없고, 상상도 하지 않았다.

"우리 아버지가 쓰시는 뇌기에 비하면 이 정도야, 뭐."

슈악-!

순간 이동이라도 한 듯이 눈앞에 나타난 무광.

"내 속도가 느리다고? 그건 몰랐네. 알려 줘서 고맙다."

퍼억-!

"커헉!"

무광의 주먹이 제대로 뇌령마군의 복부에 꽂혔다.

뇌신강기로 몸을 둘렀음에도 그것을 뚫고 들어간 주먹이었다.

"마, 말도 아, 안 돼……."

고통 속에서도 믿기지 않는지 말을 하는 뇌령마군이었다.

"느리대서 속도를 좀 올려 봤는데. 어때? 괜찮지?"

무광은 경악한 얼굴을 하고 있는 뇌령마군을 향해 능글거리며 말했다.

그러다가 주변을 둘러보고는 머리를 긁적이며 말했다.

"다른 애들은 다 끝나 가네. 너 하나 가지고 시간을 질질 끌었다간 애들한테 무슨 소리를 들을지 몰라서. 빨리 끝내야겠다."

빠악─!

"꺼어억……."

털썩─!

무광의 공격에 바닥에 쓰러져 기절한 뇌령마군.

초식을 사용한 것도 아니었다.

절세 신공을 쓴 것은 더더욱 아니었다.

그저 마음 가는 대로 휘두른 것이다.

그런 공격에 쓰러진 뇌령마군을 보며 자신의 손을 바라보는 무광이었다.

"과거에 느꼈던 혈천교의 악몽에 빠져 살았구나."

새삼 자신이 얼마나 강해진 것인지 깨닫는 무광이었다.

그리고 자신도 모르게 혈천교를 두려워했음을 깨달았다.

손을 내리고 주변을 둘러보니 이미 모든 전투가 끝나고 포로들을 포박하고 있었다.

"사형!"

천명과 태성이 달려왔다.

"어땠어요?"

"나름 강하더구나."

"거봐요. 이제 더는 혈천교에 대한 두려움을 버리세요. 우리 애들도 강해요."

태성의 말에 무광이 고개를 끄덕였다.

자신의 사제들도 알고 있었다.

자신이 혈천교를 두려워하고 있음을 말이다.

이제는 다음 세대의 아이들을 믿어도 되겠다는 확신이 들었다.

"그래. 이제 안심하고 우리 아이들에게 확실하게 넘겨주고 마음 편히 살아도 될 것 같다. 우리 애들 정도면 뭐 혈천교 같은 무리가 또 세상에 나와도 큰 어려움 없이 막겠네."

무광의 말에 천명과 태성이 고개를 끄덕였다.

"그럼요! 자, 이제 사부 보러 가시죠."

"그래! 어서 가자."

세 제자는 육마군의 안내를 받으며 성으로 향했다.

천마신교를 향하는 또 다른 무리.

그들의 앞에는 천마신교의 교주가 자리하고 있었다.

당당하게 혼자서 이들을 상대하러 온 것이다.

교주 구양진은 크게 외쳤다.

"이곳이 어딘지 알고 오는 것이냐? 모르고 온 것이라면 본좌가 너그러이 봐주겠다. 지금 바로 뒤돌아가라!"

구양진의 말에 선두에 있던 자가 피식 웃으며 앞으로 나섰다.

"엄청난 기세를 내뿜는 것을 보니 가장 윗분이신 것 같군. 그대가 천마인가?"

"말본새하고는……. 네놈들은 누구냐?"

"우리? 혈천. 너희를 흡수하러 왔다."

"혈천? 흡수? 하하하하! 재미난 소리를 하는구나. 내가 오히려 기회를 주마. 어떠냐? 우리 밑으로 들어오는 것이?"

"그것도 나쁘지 않은 제안이긴 한데. 우리 교주님이 워낙 무서운 분이셔서 말이지. 안 되겠네."

"너희 교주가 누군지 모르겠다만, 나보다는 약할 것 같은데?"

"하하하하. 그건 좀 재미난 말이네. 그런데 우리 언제까지 이렇게 사이좋게 대화를 나눠야 하지?"

남자가 자신의 기운을 개방하며 전투태세로 들어서자 구양진의 눈빛이 변했다.

"우리와 비슷하면서도 다른 기운이라. 정말 네놈들의 정체가 궁금하구나."

"크크크크. 그리 궁금하면 우리에게 흡수되라니까?"

"그럴 순 없지. 오냐! 귀중한 분이 오시는 중이라 나도 빨리 정리를 해야 해서. 너희들에게 보여 주마. 진정한 마(魔)를."

쿵-!

쩌저저적-!

구양진의 진각에 혈천의 무인들이 있는 방향으로 땅이 급격하게 갈라지기 시작했다.

"천마지뢰진(天魔地雷陣)."

콰콰콰쾅-!

갈라진 땅 사이로 대폭발이 연속으로 일어나며 적들에게 다가갔다.

"산개해서 진을 형성하라!"

남자의 말에 혈천교의 무인들이 부채 모양으로 산개해서 자리를 잡았다. 그리고 일제히 자신들의 내공을 남자에게 보내기 시작했다.

"우으으윽!"

고통스러워하면서도 그들이 보내는 내공을 끊임없이 받아들이는 남자.

"하아앗!"

부아아악-!

수하들이 보낸 내공을 받아들인 후에 정면을 향해 발출하는 남자였다.

콰콰콰쾅-!

천마지뢰진과 격돌하며 거대한 폭발을 일으켰다.

"혈마신체(血魔身體)!"

남자의 온몸과 눈, 머리카락까지 붉게 변하며 괴물 같은 모습으로 변했다.

그 모습을 흥미로운 표정으로 지켜보는 구양진.

"호오, 다른 사람의 내공으로 신체를 변화시킬 수도 있다니. 오늘 새로운 구경을 하는구나. 그런데 너를 제외한 다른 애들이 많이 지쳐 보인다. 네놈만 쓰러뜨리면 되는 기술이구나?"

구양진의 말은 사실이었다.

자신들이 가진 내공을 대부분 남자에게 보낸 혈천의 무인들이 지친 기색으로 서 있었다.

구양진의 말에 붉게 변한 남자가 피가래 끓는 소리를 내며 말했다.

"크크크. 그렇지. 그런데 과연 그럴 수 있을까? 내 공격을 받고도 그렇게 여유롭게 있을지 두고 보자."

파앙―!

남자가 구양진을 향해 돌진했다.

파파파파팍―!

구양진은 고속으로 들어오는 남자의 공격을 정신없이 막아 냈다.

파앙―!

서로의 주먹이 맞닿으며 그 충격으로 밀려난 둘.

구양진이 미소를 지으며 말했다.

"제 수하들 공력을 쪽쪽 빨아먹은 것치곤 약하구나."

"크흐흐흐. 잠깐 놀아 준 것뿐이다. 이제 진짜로 간다!"

구양진의 말에 대꾸하고선 머리 위로 손을 들어 올려 기를 모으는 남자였다.

"그걸 내가 기다려 줄 것 같으냐?"

구양진이 높이 날아올라 공중에서 한 바퀴 돌며 남자를 향해 발을 휘둘렀다.

"천마봉신각(天魔鳳神脚)!"

구양진의 발에서 쏘아져 나간 거대한 강기가 기를 모으는 남자를 향해 날아갔다.

그 모습이 마치 거대한 봉황이 날아가는 것 같았다.

자신을 향해 강기가 날아옴에도 남자는 아랑곳하지 않고 기를 모았다.

까강―!

콰콰콰쾅―!

"아니, 이럴 수가!"

구양진은 놀랐다.

자신의 봉신각이 남자의 몸에 다가가지도 못하고 옆으로 튕겨 나가 폭발할 것이다.

"마천살강(魔天殺罡)!"

남자가 하늘 높이 붉은 빛이 도는 거대한 강기를 날렸다.

하늘 높이 올라간 강기는 거대한 원형이 되어 하늘을 가렸다. 그리고 마치 비를 뿌리는 것처럼 강기를 쏟아붓기 시작했다.

콰아아아아ー!

폭우가 내리는 듯한 소리를 내며 내려오는 강기들.

생전 처음 보는 광경에 구양진이 당황했다.

"마, 맙소사! 저게 가능하다고?"

이해가 되지 않았다.

주기적으로 공력을 계속 주입하지 않는 한 저런 기술은 가능할 리가 없었다.

지금은 그게 중요한 것이 아니었다.

"천마강기(天魔罡氣)!"

검은색 강기막이 구양진의 몸을 덮었다.

쿠콰콰콰쾅ー!

"크으으윽!"

강기를 통해 전해지는 엄청난 파괴력.

엄청난 충격에 눈을 감았던 구양진이 실눈을 뜨고 정면을 바라보았다. 그제야 저 기술이 어찌 유지하는지 깨달았다.

남자가 데려온 혈천의 무인들이 일제히 하늘을 향해 손을 들고 있었다. 저 강기 구름에 자신들의 내공을 지속해서 공급하고 있었다.

분명히 조금 전까지 지친 기색이 다분했는데 구양진의 눈에 들어온 이들은 아까와는 다르게 멀쩡했다.

"크하하하, 어떠냐! 저 많은 사람의 내공이 모인 공격을 버틸 수 있을 것 같으냐?"

끊임없이 떨어지는 강기 다발들을 보며 크게 웃는 남자였다. 그리고 자신의 손에 다시 기운을 모으는 남자였다.

계속 응축하고 응축되는 기운.

구양진의 표정이 점차 굳어졌다.

지금 상태에서 저것까지 막기엔 무리였다.

'제길, 어쩌지?'

아무리 머리를 굴려도 답이 나오지 않았다.

'끄응, 할 수 없군.'

구양진이 강기막을 한 채로 내공을 모으기 시작했다.

'크으윽! 한 번에 두 가지 무공을 쓰려니 정말 죽을 맛이군.'

그래도 해야 했다.

"크크크크. 발버둥을 치려고 하는 것인가? 늦었다!"

남자가 붉은색 기류를 구양진에게 날렸다.

넘실거리며 구양진을 향해 날아가는 붉은 기운.

별거 없어 보였지만 구양진은 느낄 수 있었다.

엄청 위험하다는 것을.

다급했다.

구양진은 자신의 모든 힘을 한 곳에 집중해서 최후 초식을 날렸다.

"천마멸천(天魔滅天)!"

쿠와와와―!

구양진의 몸에서 거대한 아수라(阿修羅)의 형상(形像)이 일어

났다. 거대하게 변한 아수라 형상이 환하게 변하며 거대한
폭발을 일으켰다.

쿠우우우웅—!

순식간에 주변의 모든 곳이 거대한 광구(光球) 속에 먹혔다.

퍼퍼퍼퍼퍼펑—!

주변의 모든 대지(大地)가 터져 나가며 뒤집혔다.

이름 그대로 세상을 멸할 것 같은 파괴력이었다.

천마멸천을 출수한 후로 하늘에서 내려오던 강기들도 사
라졌고, 자신을 향해 날아오던 붉은 기류도 사라졌다.

사방이 온통 먼지로 뒤덮여 있어서 천지 분간이 되지 않았
다. 구양진이 거친 숨을 내몰아 쉬며 상황 파악을 하기 위해
애썼다.

갑작스럽게 빠져나간 대량의 내력으로 인해 주변에 대한
기세를 읽지 못했다.

그런 구양진을 돕기 위함일까? 한 줄기 바람이 불어와 자
욱했던 먼지구름을 걷어 주었다.

그리고 보인 광경에 구양진의 눈은 찢어질 듯이 커졌다.

"이, 이럴 수가……."

제二장

적들이 모인 곳은 피해가 일절 없이 멀쩡했다.

거대한 보호막이 그들을 보호하고 있었다.

구양진의 공격이 시작되자 하늘에 있는 강기 구름에 주입하던 내공을 자신들의 보호 강기에 모두 전환한 것이다.

구양진의 눈에 믿을 수 없는 광경이 펼쳐지고 있었다.

수천의 무인들이 하나가 되어 내공을 쓰고 있었다.

"미친놈들……."

이길 수가 없었다.

이기려면 저것을 압도적인 힘으로 제압해야 하는데 자신에겐 그런 힘이 없었다.

그것보다 어디서 저렇게 끊임없이 내력이 샘솟는지 이해

가 되지 않았다.

그때 구양진의 눈에 저들이 품속에서 빨간 단약을 꺼내 입으로 가져가는 것이 보였다.

"저, 저것이었군······."

영약 같은 것으로 끊임없이 내력을 보충하고 있었다.

천하에서 천룡을 제외하고는 자신을 상대할 사람이 없을 것이라 자부했었는데, 그것이 지금 여기서 막힌 것이다.

솔직히 이런 전투는 상상도 하지 못했다.

저 많은 사람의 내공을 공유해서 싸운다니.

"크하하하하! 어떠냐? 이제야 우리의 무서움을 알겠느냐?"

구양진의 표정을 본 남자가 허리를 젖혀 가며 크게 웃었다. 그리고 그 자신 역시 품속에서 빨간 단약을 꺼내 입으로 가져가며 친절하게 말했다.

"이건 혈사신단이라 부르는 단약이다. 이해하기 쉽게 말하자면 소림의 소환단 정도 효능이 있다고 보면 되지. 두 당 열 알씩 소지하고 있고, 이제 두 알 사용했다."

그 말에 구양진은 좌절했다.

자신의 내력이 빠르게 차오르고 있다지만, 지금 같은 위력의 신공을 계속 출수할 순 없었다.

그러나 저들은 아니다.

자신을 궁지에 몰아넣었던 조금 전 공격을 언제든 다시 할 수 있었다.

"그분들이 오시기 전에 끝내려고 했건만……. 내가 먼저 끝나겠군."

하지만 웃음이 나왔다.

저들은 모를 것이다.

지금 이곳으로 신이 오고 있다는 것을.

즐거운 상상이 펼쳐졌다.

저들이 신을 상대로 과연 지금처럼 여유로울 수 있을까?

아마 영혼까지 탈탈 털리겠지.

그런 생각을 하니 잠시나마 행복해졌다.

구양진이 미소를 지으며 웃자, 남자가 고개를 갸웃거리며 물었다.

"웃어? 지금 상황 판단이 안 되나 보지? 그나마 다행으로 알아라. 죽이지 말고 제압해 놓으라는 지시여서 죽이진 않을 테니."

"크크크크, 그것참 듣던 중 좋은 소식이구나."

살아서 저들이 털리는 꼴을 볼 수 있다니 더 행복해졌다.

남자는 구양진이 살아날 희망이 생겨서 저리 좋아한다고 생각했다.

"그리도 좋은가? 크크크. 좋다! 인심 썼다! 무릎을 꿇어라. 그러면 더 이상의 공격은 없을 것이고, 그대를 우리 교의 호법급으로 대우해 주겠다."

남자의 말에 구양진이 크게 웃었다.

"크하하하하하. 너희들 크게 오해를 하고 있구나. 나는 그것 때문에 웃은 것이 아니다."

"그럼?"

"이곳으로 그분이 오신다. 그분이! 너희들에게 오히려 충고하지. 지금이라도 늦지 않았다. 도망가라."

"하하하하, 미쳤구나? 아무래도 좋게 말해서는 안 되겠군."

남자가 구양진을 향해 다시 공격하려고 자세를 잡는 그 순간, 하늘에 목소리가 들려왔다.

"네가 말하는 그분이 혹시 나인가?"

그 순간 그곳에 있는 모든 사람이 목소리가 들려온 곳을 향해 고개를 돌렸다.

목소리의 주인공을 본 구양진의 표정은 환해졌다.

혈천의 무인들은 하늘에서 천천히 자신들을 향해 하강하는 남자를 보며 경계를 하기 시작했다.

"넌 누구냐?"

남자가 천룡에게 물었다.

전혀 기세가 느껴지지 않는데, 저런 고급 수법을 아무렇지도 않게 사용하고 있었다.

앞에 있는 구양진보다 더 강한 고수라는 소리였다.

"나? 저놈이 말한 그분."

그리고는 환하게 웃는 남자.

바로 운천룡이었다.

천룡은 바닥에 착지한 후에 구양진의 곁으로 다가갔다.

"괜찮냐? 초대받아서 왔더니 이 난리네? 아주 환영회가 거창해."

"그러게 말입니다. 죄송합니다. 손님을 모셔 놓고 이리 어수선하게 해 놔서."

"됐어. 농담한 건데, 그리 진지하게 받아들여. 네 탓이겠냐? 저놈들 탓이지."

천룡은 혈천교 무리를 물끄러미 바라보며 말했다.

"아직 큰 피해를 준 것이 아니니, 지금이라도 무기를 버리고 투항하면 봐주겠다."

나직하지만 모두의 귀에 뚜렷하게 들린 말이었다.

남자가 주먹을 꼭 쥐고 말했다.

"우리 혈사신대에게 투항이라는 단어는 존재하지 않는다! 뭣들 하느냐! 준비해라!"

"예! 대주님!"

대주라 불린 자의 명에 일사불란하게 움직이는 혈사신대였다.

"조심하십시오! 저들은 자신들의 내공을 공유합니다!"

구양진의 말에 천룡이 웃으며 말했다.

"그래? 별 희한한 놈들이 다 있군. 그럼 공유를 못 하게 만들어야겠네."

쾅─!

천룡이 진각을 밟았다.

"크크크, 아까 저놈이 한 행동이랑 똑같은 짓을 하는구나! 소용없다!"

천룡의 행동에 의기양양한 모습으로 한껏 웃는 남자였다.

그러나 그 웃음은 오래가지 못했다.

빠지지직—!

"크아아아악!"

"아아아악!"

"케케켁!"

갑자기 뒤에서 들려오는 수하들의 비명.

빠르게 뒤를 돌아보니 혈사신대의 대원들이 일제히 뇌기에 감전되어 눈을 까뒤집은 채 꿈틀거리며 고통스러워하고 있었다.

지금 상황이 이해되지 않았다.

진각을 밟고 그 어떤 일도 일어나지 않았다.

땅이 갈라진 것도 아니고, 그렇다고 땅 위로 어떠한 기운이 느껴진 것도 아니었다. 그런데 자신의 눈앞에 수하들이 고통스러워하며 아무것도 하지 못하고 있었다.

'이게 무슨?'

너무 놀라서 상황 파악을 하려 할 때 귀에서 숨소리가 들렸다.

"앞에 집중해야지."

"헉!"

너무 놀라 거리를 순식간에 벌리는 대주였다.

바로 옆에 천룡이 서 있었다.

"너도 혈천교냐? 이것들이 왜 자꾸 조금씩 기어 나와! 한 꺼번에 나오라고 한꺼번에!"

'너도라고? 그럼 그전에도 우리 애들을 만났다는 건가?'

천룡이 한 말의 뜻을 헤아리기 위해 열심히 머리를 굴리는 대주였다.

"너는 혈천교 위치 알고 있냐?"

순간 대주의 동공이 흔들렸다.

"아는구나?"

그 순간의 찰나를 잡아낸 천룡이었다.

환한 미소를 지으며 대주에게 다가가는 천룡.

그런 천룡에게서 거리를 벌리려고 뒷걸음질 치는 대주였다. 수하들의 내공이 없으면 자신은 그저 그런 무인이다.

약하진 않지만 그렇다고 눈앞의 천룡에게 덤빌 정도는 아니었다.

털썩-! 털썩-!

사방에서 수하들이 거품을 물고 쓰러지고 있었다.

'크윽! 이게 무슨 일이지? 저 녀석들은 내공을 공유하고 있어서 저리 쉽게 당할 리 없는데?'

아무리 생각해도 이해가 되지 않았다.

천룡의 저 이상한 기술이 적중되는 그 순간부터 자신에게 공급되던 내공 자체가 끊겼다.

"너무 머리 쓰려 하지 마. 머리 아프잖아. 그냥 편하게 혈천교 어디 있는지만 말해라."

"내, 내가 말할 것 같으냐?"

"아니. 혹시나 하고 물어본 거지."

"나, 나는 무슨 일이 있어도 말하지 않을 것이다!"

말은 이렇게 했지만, 자신이 할 수 있는 것이 없었다.

고문을 당할 수도 있었다.

고문을 당하며 비참하게 죽을 바엔 장렬하게 죽어야겠다고 생각한 대주였다.

고오오오—!

자신이 가진 모든 내공을 빠르게 모아 천룡에게 돌진했다.

"폭마굉천공(爆魔轟天功)!"

동귀어진(同歸於盡)의 수법이었다.

대주의 온몸이 부풀어 올랐다.

"혈천천하(血天天下)!"

턱—!

혈천천하를 외치고 몸을 터트리려는 찰나, 천룡에게 머리를 잡혔다.

오히려 잘되었다는 생각에 회심의 미소를 지으며 조용히 생을 마감하려고 했는데 아무런 일이 일어나지 않았다.

'뭐지?'

오히려 몸이 편안해지며 심신이 안정되고 있었다.

'이익! 터지란 말이야! 터져!'

이럴 리 없었다.

자신의 몸을 터트리기 위해 사방팔방으로 보낸 자신의 기운들 역시 잔잔한 호수처럼 평화로워졌다.

'편안한 마음······.'

살면서 처음 느껴 보는 편안한 기분이었다.

이대로 잠이 들어도 좋겠다고 생각을 했다.

"정신을 차려야지."

들려오는 목소리에 눈을 떴다. 눈앞에 천룡이 웃으며 여전히 자신의 머리를 붙잡고 있었다.

"어디 은근슬쩍 저세상으로 도망가려고 해?"

자폭하려고 한 건데 그것을 그렇게 해석할 줄이야.

퍼억-!

평온했던 신체에 엄청난 고통이 몰려왔다.

"커헉!"

"부모님이 주신 신체를 그렇게 막 굴리면 안 되지. 안 그래?"

퍼퍽-!

남의 귀한 집 아들을 패면서 할 소리는 아닌 거 같았다.

"너희 부모님을 대신해 내가 혼을 내는 것이니 달게 받아라."

퍼퍼퍽-!

어찌나 아픈지 숨도 쉴 수가 없었다.

하늘이 노래진다는 소리가 무슨 뜻인지 확실하게 깨닫고 있었다.

정신이 혼미해져 갔다.

빠지지직-!

"크아아아아!"

서서히 정신을 놓으려는 찰나, 갑작스러운 뇌기에 정신이 번쩍 들었다.

"그냥 깨우니까 애들이 정신을 못 차리더라고. 방금 내가 살짝 방향을 바꿔 봤어. 어때? 짜릿하니? 영광으로 알아. 네가 첫 대상이야."

'왜 하필 나부터입니까?'

말이 목구멍까지 올라왔지만 할 순 없었다.

고통을 참기 위해 이를 악물고 있었기 때문이었다.

자신의 처지에 눈물이 나올 것 같았다.

천룡은 활인기와 뇌기를 결합했다.

지금처럼 치료하면서 고통도 줄 수 있게 변형을 시킨 것이다. 쓰러져 있던 수하들 역시 똑같은 충격을 받고 다시 일어났다.

그리고 다시 몸을 덮치는 엄청난 뇌기에 고통스러워하며

몸부림쳤다.

문제는 이제 이 뇌기에 활인기가 들어갔다는 점이다.

그게 왜 문제냐고?

죽지도 못하고 천룡이 풀어 줄 때까지 저 고통을 끊임없이 받아야 한다는 뜻이다.

그 장면에 구양진은 소름이 돋았다.

전에 치료하기 위해 뇌전을 뿌린 것이 기억이 난 것이다.

'세상에 누가 있어 저분을 이길 수 있을까?'

농담으로 신이라 했지만, 지금 보니 정말로 신이었다.

저절로 신앙심이 생기는 기분이었다.

황홀한 표정으로 천룡을 바라보는 구양진이었다.

어느덧 해가 산을 넘어가려 하고 있었다.

그 시간까지 천룡의 손길을 받은 혈사신대.

그들은 어느덧 천룡의 충실한 개가 되어 있었다.

정말로 하라는 대로 다 했다.

기라면 기고, 짖으라면 짖었다.

"혈천교 위치."

천룡의 말 한마디에 혈천교의 위치뿐 아니라 역사까지 줄줄이 말하는 대주였다.

어찌나 구구절절하게 말을 하는지 천룡은 그의 말을 끊고 일단 마교에 가서 마저 듣기로 하고 이동했다.

혈마신대는 일사불란하게 천룡의 명에 따라 움직였다.

그 모습을 보며 고개를 절레절레 흔들고 뒤따라가는 구양
진이었다.

❧

개방 방주가 누군가에게 간절하게 애원하고 있었다.

"제발 나 좀 도와주시오. 내가 그동안 대협을 위해 얼마나
많은 일을 해 왔는지 잘 알지 않습니까."

"크흠, 미안하오. 우리 쪽 방침이 바뀌었소. 그래서 도울
수 없소."

"당신들이 하라는 대로 다 했소. 그런데 인제 와서 도울 수
가 없다니……. 그게 무슨 말이오. 제발 이러지 마시오."

"미안하오. 우리도 상부의 지시에 따라야 해서 어쩔 수 없
소."

낯선 남자는 연신 미안하다며 고개를 조아렸다.

"당신들이 먼저 나에게 접근을 해 놓고 인제 와서 안 된다
니……. 어찌 이럴 수 있소……."

개방 방주가 허탈한 말투로 낯선 남자를 원망하듯 쳐다보
았다.

"세상 사람들을 현혹해서 무림맹을 만들라 해서 겨우겨우
혈천교 핑계를 대고 만들었소. 삼황을 견제하고자 노력도 했
소이다. 나는 당신들의 요청을 충실히 행했는데 그 대가가

겨우 이것이오?"

"우리의 주인께서 당분간 무림에서 손을 떼라 하셨소. 우리도 어찌할 수 없소이다."

"이보시오, 독고수 대협! 내가 언제 무림을 치라고 하였소. 그저 작은 장원 하나 손 좀 봐달라는 것이오. 그것도 어렵소?"

개방 방주의 말에 독고수라 불린 사람이 연신 고개를 저었다.

"아니 되오. 그 어떤 충돌도 하지 말라 하셨소."

"내가 오죽하면 이렇게 부탁을 하겠소이까. 독고 대협! 그대의 무력은 삼황에 견줄 만큼 강하다고 알고 있소. 그러니 제발 한 번만 부탁하겠소. 내 이렇게 빌겠소."

"끄응."

연신 계속되는 개방 방주의 부탁에 난감한 표정을 짓는 독고수였다.

"하아, 그 장원이 어디요."

독고수의 입에서 긍정의 말이 나오자 표정이 환해진 개방 방주였다.

"우, 운가장이라는 곳이오! 이름도 알려지지 않은 곳이니 대협께서 처리한다고 하여도 소문조차 나지 않을 것이오."

"운가장?"

"그렇소."

들어 보니 자신도 처음 들어 보는 장원이었다.

턱을 긁으며 잠시 고민을 하는 독고수였다.

"아니, 그런 별 볼 일 없는 장원이면 방주 당신이 직접 처리해도 되잖소. 당신도 칠왕십제의 일인 아니오."

"무슨 일인인지는 모르겠으나 무황이 차린 비밀 장원 같소. 나와 같은 칠왕십제급 무인들이 여럿 있었소."

"그게 정말이오? 그건 정말로 중요한 정보군."

독고수의 눈빛이 변했다.

"무황이 무언가를 꾸미고 있는 것인가?"

"내 말이 그 말이오. 어떻소? 이제 구미가 좀 당기시오?"

독고수는 연신 고민을 했다.

방주는 조용히 독고수가 생각하도록 내버려 두었다.

이 남자는 정말로 강하다.

세상에 알려지지 않았지만, 그는 삼황급 무인이었다.

그의 무력을 처음 경험했을 때의 충격은 아직도 생생했다.

그런 이가 한 세력의 수장이 아니란다.

자신에게 주인이 있다고 말하는 그를 보며 얼마나 놀랐던지. 독고수와 같은 무인을 여럿 거느리고 있다는 사실 역시 믿지 못했었다.

하지만 눈앞의 남자는 자신의 주인 이야기를 할 때마다 극도로 조심스러워했다.

삼황급 무인을 공포에 빠지게 하는 자.

정말로 궁금했지만, 꾹 참았다.

처음 했던 경고가 바로 그것이었다.

자신의 주인에 대해 궁금해하지 말 것.

그때의 살기는 아직도 잊을 수 없었다.

그 뒤로 관심을 끊었다.

자신 역시 목숨은 하나였기에.

한참을 생각하던 독고수는 이내 고개를 저으며 말했다.

"안 되겠소. 나 역시 호기심이 생기지만 그래도 주군의 명을 거역할 수 없소. 미안하오."

한참 뒤에 나온 그의 말에 개방 방주는 실망했다.

실망한 여력이 가득한 개방 방주에게 독고수는 한 가지 제안을 했다.

"그러지 말고 이 기회에 무림맹을 중원 제일 세력으로 만들 생각 없소이까?"

"그게 무슨 소리요?"

"혈천교의 위치를 알려 주겠소. 지금 그들의 전력은 전부 어디론가 가 있는 상태라 무주공산이나 다름없소. 어떻소?"

독고수의 말에 개방 방주의 눈빛이 변했다.

"이 기회에 크게 공을 세워 개방의 명성을 먼저 올리고 계시오. 후에 주군께서 족쇄를 풀어 주시면 그때 내 방주를 도와 삼황이건 뭐건 전부 처리해 주겠소."

"야, 약조하신 거요."

"물론이오. 우리가 하루 이틀 본 사이도 아니고, 한 가족이나 다름없지 않소."

"나도 어서 그분께 소개해 주시오. 그분을 모시게 말이오."

"하하, 알겠소. 일단 공을 세우며 기다리고 계시오."

"알겠소. 그럼 혈천교의 자세한 위치를 알려 주시오."

개방 방주의 머릿속에서 운가장은 이미 사라지고 없었다.

자신의 명예와 앞날이 더 중요했기에.

독고수에게 혈천교의 위치를 세세하게 들은 개방 방주는 신이 난 얼굴로 감사 인사를 하며 달려 나갔다.

개방 방주가 나가고 난 뒤 혼자 남은 독고수가 혼잣말을 했다.

"크크크. 불나방 같은 놈들. 일단 애들부터 혈천교에서 나오라고 해야겠군."

◈

천마신교 지하 감옥이 간만에 분주했다.

너무 많은 사람이 한꺼번에 들어와서 공간이 부족해 수련 동굴까지 개조해 가두고 있었다.

그 수많은 사람들 중에 단 두 명만이 감옥신세를 면하고 천룡의 앞에 무릎 꿇고 있었다.

뇌령마군과 혈마신대의 대주였다.

"그러니까 혈천교에 너희 같은 부대가 네 개나 더 있다고?"

"그렇습니다! 오마신대라 명한 부대입니다."

"다들 너희처럼 내공을 공유하니?"

"그렇습니다."

"거참, 특이한 놈들일세. 그런 걸 만든 놈도 특이하고. 그 럼 마교를 접수하려는 목적은?"

"저희 군사가 이번에 유마회혼대법을 사용해 천마대제의 혼을 흡수했다고 들었습니다. 아마도 그것을 이용해 천마신 교를 자신의 휘하 세력에 두려고 한 것이 아닌지……."

"유마회혼대법! 거기에 천마대제라니!"

"유마회혼대법? 그건 또 뭐야?"

천룡의 질문에 옆에 있던 제갈군이 설명하기 시작했다.

"네! 죽은 자의 혼을 불러오는 것뿐 아니라 그 사람의 힘과 과거 기억까지 모두 가져올 수 있는 주술이라고 들었습니다. 특이점은 본인에게도 시술할 수 있다는 점입니다."

"본인에게?"

"네! 본인의 혼을 자유자재로 조종할 수 있는 수법이지요. 혼을 조종해서 누군가의 배 속의 아이에게 들어가 다시 회생 할 수도 있습니다. 물론 말도 안 되는 내용이긴 하지만 말입 니다."

"환생 같은 건가?"

"음, 뭐 그렇다고 볼 수도 있겠네요. 암튼 그런 게 정말 있 다면 연구해 보고 싶긴 합니다."

다들 유마회혼대법에 대해 호기심 가득한 표정으로 떠들고 있을 때, 천룡은 어디선가 많이 들어 본 것이기에 기억해 내려 애쓰고 있었다.

'유마회혼대법이라……. 어디서 많이 들어 봤는데.'

찌잉-!

그 순간 천룡의 뇌리에서 떠오르는 기억.

기억 속에서 유가연이 자신에게 무언가를 권하고 있었다.

-가가, 이거 보세요. 유마회혼대법이라는 건데 이걸로 가가의 혼을 다른 사람의 몸에 옮길 수 있지 않을까요?

-가가, 그러지 말고 한번 시도해 봐요. 네?

-가가, 제가 꼭 다시 불러 드릴게요!

기억 속에 유가연이 유마회혼대법이라는 것을 알아 왔다고 했다.

'설마…….'

갑자기 번뜩하고 스쳐 지나가는 기억.

유달리 과거와 똑같은 모습과 성격을 지닌 유가연.

순간 저 대법을 사용해 환생했을지도 모른다는 생각이 들었다.

왠지 그런 느낌이 강하게 들었다.

돌아가면 유가연을 만나서 자세히 살펴봐야겠다고 생각하

는 천룡이었다.

그녀가 정말로 환생을 했다면 그녀의 기억 역시 봉인되어 있다는 뜻일 것이다.

그녀의 기억이 돌아온다면?

자신의 과거 역시 빨리 찾을 수 있지 않을까?

깊은 생각에 빠진 천룡을 바라보며 다들 조용히 있었다.

최근 들어 천룡이 자주 저러는 것을 보았기 때문이었다.

"후우……."

천룡의 한숨에 무광이 물었다.

"또 기억이 돌아오신 겁니까?"

"아니다. 단지 좀 걸리는 게 있어서 생각을 좀 했다."

천룡은 구양진을 바라보며 말했다.

"미안한데 급한 일이 생긴 것 같아 좀 일찍 떠나야겠다."

천룡의 말에 구양진의 표정이 시무룩해졌다.

"미안하다는 뜻에서 다음번엔 내가 초대하지."

천룡의 말에 구양진의 표정이 다시 밝아졌다.

"정말입니까?"

"그래. 그때 못다 한 회포를 풀자꾸나."

"알겠습니다."

천룡이 계속 심각한 표정으로 무언가에 빠져 있었기에 그러려니 하고 넘어가는 구양진이었다.

일단은 자신들도 지금 정신이 없었기 때문이었다.

방금 저들의 입에서 나온 말을 들었을 때 정말로 심각했다. 다른 이도 아니고 천마대제의 혼을 소환했다고 하지 않는가.

구양진은 어서 빨리 대책을 논의하려 했다.

그래서 천룡에 대한 대접이 소홀해질 뻔했는데, 다행히 먼저 이리 말해 주니 오히려 다행스러운 생각마저 들었다.

포로들은 전부 마교에 맡겨 둔 채로 혈천교를 안내할 대주와 뇌령마군을 데리고, 다시 운가장을 향해 길을 떠나는 천룡과 일행이었다.

운가장에 돌아온 천룡은 곧바로 천룡표국으로 이동했다.

천룡표국은 하루가 다르게 커지고 있었다.

거기에 만보상회(萬寶商會)가 근처로 이전을 하고 동업을 시작하면서 그 확장세는 엄청나게 빨랐다. 덕분에 유가연은 하루하루가 밀려드는 업무의 연속이었다.

잠을 푹 잔 게 언제인지 기억도 나지 않을 정도로 바빴다.

오늘도 서류의 산에 파묻혀 열심히 업무를 보고 있었다.

그때 총관이 문을 열고 들어왔다.

"국주님! 운 장주님께서 오셨는데 어찌할까요?"

총관의 말에 다 죽어 가던 유가연의 표정에 활기가 찾아왔다.

"네? 가가께서요? 당연히 모셔야죠! 그걸 지금 질문이라고 하세요?"

"네? 아, 아니 바쁘신 것 같아서……."

그러자 유가연이 벌떡 일어나며 말했다.

"이게 중요해요? 운 가가께서 오셨는데?"

그리고 문 앞에 있는 총관을 지나쳐서 달려 나가는 유가연이었다.

그녀의 어두웠던 표정은 이미 사라진 지 오래였다.

접객실에 앉아서 차를 마시고 있는 천룡을 본 유가연은 더욱 발걸음을 빨리했다.

"가가!"

천룡이 유가연을 보며 환하게 웃어 주자, 너무도 행복한 마음이 들어 달려가 품에 안겼다.

"가가……."

"잘 있었어? 내가 그동안 일이 좀 많아서 자주 못 왔네……."

천룡의 말에 유가연이 얼굴을 그의 가슴에 파묻은 채로 대답했다.

"괜찮아요. 저도 정신없이 바빴는걸요."

가슴팍에서 느껴지는 그녀의 숨결.

자신도 모르게 웃음이 나왔다.

"우리 가연이 얼굴 좀 보자."

천룡의 말에 재빨리 얼굴을 들어 앞에 들이미는 유가연이었다.

"히히, 실컷 보세요."

그렇게 말하는 유가연을 천룡은 유심히 보고 있었다.

아무리 봐도 기억 속에 있는 유가연과 너무도 똑같았다.

"혹시 뭐 이상한 기억이라든가 이상한 꿈을 꾸었다든가 그런 적 없어?"

천룡의 뜬금없는 질문에 유가연이 고개를 갸웃거리며 되물었다.

"네? 그게 무슨 말씀이세요?"

유가연의 표정을 본 천룡이 고개를 저으며 말했다.

"아니야. 내가 좀 예민했나 보다."

그럴 리가 없지 않은가.

그녀가 환생이라니.

그런데 그녀가 손뼉을 치며 무언가 기억이 났다는 표정으로 말했다.

"아! 맞다. 얼마 전에 이상한 꿈을 꾸었어요. 정말로 무서운 악몽."

"악몽?"

"네! 잊고 있었는데…… 가가 때문에 다시 생각났잖아요!"

생각도 하기 싫다는 듯이 온몸을 부르르 떠는 그녀였다.

"무슨 꿈이었는데?"

천룡의 물음에 유가연이 고개를 갸웃거리며 천룡을 바라보았다.

"그게…… 왜 궁금하신데요? 무슨 일 있어요? 가가 표정이 엄청 심각해요."

천룡의 표정이 심상치 않았기에 이리 묻는 것이었다.

유가연의 말에 천룡이 화들짝 놀라며 손사래를 치며 말했다.

"아! 아니, 네가 무서운 악몽을 꾸었다길래 나도 모르게 그만 표정이 굳었나 보다."

"아이참, 가가도. 제가 어린앤가요? 악몽 꾸었다고 그렇게 걱정을 하고 그러세요."

천룡의 변명에 유가연이 미소를 지으며 꿈의 내용을 말했다.

"음…… 꿈에서 운 가가가 나왔어요. 그런데 온몸이 피투성이였어요."

"내가?"

"네! 얼마나 무서웠다고요! 그런데 그 장면이 왠지…… 정말로 경험했던 것 같은 기분이 들어서 더 무서웠어요."

"정말로 경험한 기분이었다고?"

"네! 엄청 생생하게 느껴져서 그랬나 봐요."

"꿈에서 내가 어쨌는데?"

"제 품에 안겨서…… 죽어 가고 계셨어요……. 더는 말하기 싫어요."

유가연이 생각도 하기 싫다는 표정으로 고개를 숙이며 말했다.

'그래……. 기억 속에 있던 모습이다. 분명 가연이의 품속에서 힘겨워하고 있었지…….'

그런 꿈을 꾸었다는 것은 우연이 아니다.

천룡의 표정이 더욱 심각해졌다.

"가가, 전 괜찮아요. 그동안 일이 너무 많아서 몸이 허해졌나 봐요."

그런 그녀의 말에 천룡이 말했다.

"우리 가연이도 무공 좀 배우자. 간단하게."

"네, 저요? 갑자기요?"

"응. 보아하니 요새 많이 지친 것 같은데, 몸 건강이 우선이야."

"가가께서 알려 주시는 건가요?"

천룡이 고개를 끄덕이자 유가연의 표정이 환해졌다.

천룡에게 무공을 배우려면 계속 붙어 있어야 했다.

그것이 너무 행복한 유가연이었다.

"좋아요!"

천룡이 그녀에게 무공을 가르치려는 이유는 건강도 있지만, 혹시라도 무공을 익히면 과거의 기억이 돌아올지도 모른다는 생각에서였다.

그러고 보니 자신이 너무 그녀에게 소홀했다는 사실을 깨달았다.

'하아, 그동안 애들이랑 다닌다고 너무 소홀하긴 했지.'

환하게 웃는 그녀를 보며 같이 웃어 주는 천룡이었다.

하남성(河南省) 숭산(嵩山).

그곳에 소림사(少林寺)라는 절이 존재했다.

천년소림(千年小林).

무림의 태산북두(泰山北斗)라 불리는 곳이었다.

절 내의 평화로운 분위기와 달리 소림의 방장실의 분위기는 심각했다.

"그것이 정말이더냐?"

"그렇습니다. 정말로 세상에 무슨 일이 일어나려고 하는 것일까요?"

소림사 방장 천명대사(天鳴大師)가 자신의 흰 수염을 쓰다듬으며 심각한 표정을 지었다.

"네가 세상에 등장했을 때 세상에 큰일이 일어나겠구나 하고 생각을 했었지. 우리는 그것이 혈천교라 생각했다. 다행히 지금의 무림은 과거와 달리 엄청 강해진 상태라 크게 걱정하지 않았다. 한데 너뿐 아니라 두 명이 더 있다는 것은……."

"천무지체는 짐작하고 계셨잖습니까. 문제는 등장하면 세상에 커다란 재앙을 불러들인 화룡지체입니다. 그가 언제 돌변하여 다시 재앙을 내릴지 모를 일입니다."

"과거와 달리 너희가 있지 않으냐. 천무지체가 있고 금강지체(金剛之體)인 너도 있고."

"아닙니다! 화룡지체는 과거부터 재앙의 씨앗이었습니다. 싹이 크기 전에 잘라 내야 합니다."

"어허! 원각 이 녀석아, 중이라는 놈이 입에 담는다는 소리가 그런 험한 말이더냐!"

"사부님! 제자는 지금 심각합니다!"

"오냐! 그래서 아직 죄를 짓지도 않은 사람을 벌하자는 것이냐? 단지 과거에 그 신체들이 그랬다는 이유로? 그것이 정녕 네놈의 생각이 맞는 것이냐?"

천명대사의 호통에도 원각이라는 중은 자신의 의견을 강하게 밀어붙였다.

"사부님! 그러다가 그자가 과거의 화룡지체들처럼 재앙을 불러오면요? 그때는 늦습니다! 한 명을 죽여 만 명을 구할 수 있는데 어찌 그러시는 것입니까?"

"인석이! 그것을 지금 말이라고 지껄이는 것이냐! 사부에게 언성까지 높이고! 너는 그 불같은 마음을 다스려야 한다고 몇 번을 말해야 알아듣겠느냐. 안 되겠구나. 내공을 금제한 후에 부처님께 정성을 다해 일천 배를 올리거라."

천명대사의 말에 처음으로 당황하는 표정을 짓는 원각이었다.

"사, 사부님. 그, 그건……."

"어서! 한 배, 한 배 올릴 때마다 너의 마음을 다스리도록 하여라. 알겠느냐? 사부로서 제자에게 내리는 과제니라."

"……네, 알겠습니다. 제자 이만 물러가겠습니다."

금강지체라 불리는 중.

원각은 결국 천명대사를 설득하지 못하고 시무룩한 얼굴로 물러났다.

방에서 원각이 나간 후에 또 다른 스님이 안으로 들어왔다.

"무슨 일이 있으셨습니까? 밖이 시끄럽던데요."

"다 들렸느냐?"

"네. 얼추 들었습니다."

"저놈을 어찌해야 하면 좋겠느냐?"

"방장 스님도 참. 어쩌겠습니까? 저게 금강지체의 성격인 것을요."

"그나저나 자네는 어찌 생각하는가? 하늘이 내린다는 오행체가 셋이나 나타났네. 정말 무슨 일이 벌어지려 하는 건지."

"너무 걱정하지 마시지요. 오행체가 셋이나 있고, 또한 지금 무림에 삼세뿐 아니라 무림맹까지 존재하고 있지 않습니까. 너무 염려하지 않으셔도 될 것입니다."

"그런가? 그저 이 늙은 중의 기우였으면 좋겠건만. 아미타
불."

연신 불호를 외치며 눈을 감는 천명대사였다.

그러다가 다시 눈을 뜨고는 물었다.

"그런데 무슨 일인가?"

"아, 맞다! 무림맹에서 소집령이 내려졌습니다. 어찌하시
겠습니까?"

"소집령?"

"네! 혈천교 본단의 위치를 발견했다고 합니다. 그래서 어
찌할 것인지 의논을 하자고 연통이 왔습니다."

"혈천교라……. 그런 이유라면 가 봐야지."

"그럼 애들에게 준비하라 전하겠습니다."

"그러게나."

스님이 나간 뒤에 천명대사는 크게 한숨을 쉬었다.

"혈천교라……. 너무 서두르는 것은 아닌지……. 애초에
무림맹 창설을 말렸어야 했는데."

답답한 마음에 다시 눈을 감으며 불호를 외쳤다.

운가장으로 돌아온 천룡의 하루는 단조로웠다.

유가연에게 무공을 가르치고, 남는 시간은 명상하며 보내

고 있었다.

그렇게 하루하루를 보내고 있는데, 장천이 다급하게 들어
왔다.

"자, 장주님!"

"무슨 일이야?"

"무, 무림맹에서 이번에 크게 사고를 칠 모양입니다."

"사고? 무슨 사고?"

"무림맹에서 혈천교를 치기 위해 대대적으로 준비 중이라
고 합니다."

"뭐?"

천룡이 놀라며 벌떡 일어났다.

"무림맹의 전력으로 혈천교를 상대할 확률은?"

"희박합니다. 그동안 봐 온 전력이 그들의 일부라면…….
더더욱 말려야 합니다. 전멸당할 수도 있습니다."

"애들 모이라 그래."

"네!"

천룡의 부름에 사람들이 순식간에 회의실로 모였다.

장천에게 자세한 이야기를 듣고 왔는지, 다들 표정이 별로
좋지 않았다.

"무림맹의 전력은 어때? 혈천교를 상대할 수 있을 것 같
아?"

천룡의 물음에 제갈군이 심각한 표정으로 말했다.

"아시다시피 무림맹은 창설한 지 얼마 되지 않았습니다. 저희 숙부님께서 최선을 다해 키우고 계시지만, 아직 완벽하게 융합이 된 상태가 아닙니다."

"그런데 왜 갑자기 혈천교를 치려는 거야?"

"다급함이 원인인 것 같습니다. 하루라도 빨리 무림맹을 중원 최고의 단체로 올려야 한다는 부담감."

"그렇군. 자신들이 혈천교를 쳐서 이긴다면……."

"무황성의 그늘에서 벗어나 중원 최강의 칭호를 가져갈 수 있겠죠."

천룡이 구석에 앉아 있는 세 사람을 바라보았다.

뇌령마군, 빙백마군, 그리고 혈마신대의 대주가 그곳에 앉아서 눈치를 살피고 있었다.

"너희들 생각은 어때?"

"네?"

갑작스러운 질문에 셋이 동시에 대답을 했다.

그들에게 제갈군이 무림맹의 전력을 설명해 주고 물었다.

"지금 이런 상황입니다. 만약 저들이 혈천교과 붙는다면 승산이 어느 정도입니까?"

제갈군의 질문에 그나마 가장 많이 알고 있는 혈마신대의 대주가 답했다.

"일단은 저 말고도 네 개의 마신대가 있습니다. 장주님께서 보았다시피 마신대 하나가 삼황급 무인을 상대할 수 있는 전력입니다. 그런 전력이 네 개나 남아 있고, 무엇보다 과거에 명성을 날리던 호법들이 아직도 정정하게 살아 있습니다."

"호법들? 사혈마제는 저번에 내가 다 처리했고……. 누가 또 있더라? 남아 있어도 걔들이 도움이 되겠어?"

"아닙니다. 대부분 예전의 무공 수위를 그대로 지니고 계십니다. 아, 몇 분께선 부상 때문에 약해지신 것이 맞습니다. 암튼 약해지셨다 해도 칠왕십제급 무인임은 틀림없습니다."

"그래? 끄응. 은퇴들 안 하고 뭐 했대? 그리고 다른 전력은?"

"가장 중요한 것이 바로 군사와 교주입니다. 군사는 최근에 유마회혼대법을 성공하여 천마대제의 힘을 얻었습니다. 그 힘을 얻고 순식간에 교에서 무력으로도 두 번째가 되었습니다."

"그건 들었지. 어찌 생각하냐?"

천룡의 물음에 제갈군이 답했다.

"과거 천마대제의 진짜 힘은 화룡의 기운이었으니 과거처럼 극강하지는 않을 겁니다. 그래도 칠왕십제보단 강할 것으로 예상합니다."

제갈군의 보충 설명에 고개를 끄덕이는 천룡과 제자들이었다.

"교주는 그런 군사도 꼼짝하지 못하는 무력을 지녔습니다. 제가 경험한 바로는 천마보다 위급의 고수입니다."

그 말에 무광이 신음을 냈다.

천마 구양진은 순수 무력으로 치면 자신과 거의 엇비슷한 경지였다.

반로환동만 안 했을 뿐이지 내재(內在)되어 있는 힘은 엄청났다.

그런 천마보다 강하다니.

"과연 대단하군. 하긴 그 정도는 돼야 과거 중원을 공포로 몰아넣은 집단의 수장답지."

말을 하면서 자신도 모르게 주먹을 움켜쥐는 무광이었다.

과거에 그가 무림에 출두했다면 어찌 되었을까.

아마 자신은 이곳에 없었을 확률도 있었다.

그런 무광의 마음을 읽었는지 천룡이 그의 주먹을 잡아 주며 말했다.

"걱정하지 마라. 내가 있지 않으냐."

세상에서 가장 믿음직한 말이었다.

무광은 손에 힘을 풀며 웃었다.

무광의 웃음을 본 천룡은 다시 고개를 돌려 물었다.

"그게 전부야? 더는 없고?"

"혈천교의 정예부대라 불리는 혈마단(血魔團)이 있지만, 그들은 저도 본 적이 없어서……."

"혈마단?"

"네! 단, 한 번도 모습을 드러낸 적이 없습니다. 과거에 혈천교가 무황에게 당해 철수를 할 때조차 모습을 드러내지 않았습니다. 그래서 그냥 소문으로만 존재하는 것으로 생각하는 집단입니다."

"소문에 들리는 그들의 무력은?"

"다른 건 모르겠고……. 전에 군사가 심통이 난 채로 중얼거리는 소리는 들었습니다."

"뭐라고 하는데."

"교주조차 함부로 하지 못하는 무력 단체가 있다고……. 군사도 그 실체를 본 적이 없다면서 웃었습니다. 그런 무력 단체가 정말로 있다면 자기가 이렇게 생고생하지 않았을 거라고."

그 말에 그 안에 있는 모든 사람의 몸에 소름이 돋았다.

혈천교 교주조차 함부로 대하지 못하는 무력 단체라니.

소문이 사실이 아니기만을 속으로 바랐다.

"일단 저건 소문이니 제쳐 두고……. 한마디로 지금 무림맹의 전력으로는 어림없다는 소리네?"

"제 생각엔 그렇습니다. 거기에 그들이 있는 곳으로 직접 가는 것이라면…… 확률은 더 떨어지겠지요. 혈천교 본단이 있는 곳은 침입에 대비해 엄청난 함정과 진법 들이 곳곳에 깔려 있으니까요."

지피지기면 백전백승이라 했는데, 저들은 혈천교에 대해 아는 것이 전혀 없었다.

그런데도 무리해서 침공하려 하는 것이다.

"이상합니다. 아무리 숙부께서 경황이 없다고 하셔도 이런 결정을 쉽게 하실 분이 아닌데."

"흥! 공에 눈이 먼 것이겠지."

무광의 말에 제갈군이 말했다.

"아닙니다. 야망이 있으신 건 맞지만, 아무리 그래도 이렇게 정보도 없는 상태에서 무작정 밀어붙이는 분은 아닙니다. 뭔가 이상합니다."

"무림맹에 무언가 문제가 생겼다는 말인가?"

"아마도 그런 것 같습니다."

"무림맹에 가 봐야 하나? 그들이 언제 출정을 한다던가?"

"중원에 있는 무림맹 소속 문파들이 모여야 하고 또한 이런저런 준비도 해야 하니 당장은 무리일 겁니다."

"그전에 혈천교가 본단을 옮기거나 하지 않을까?"

무림맹이 혈천교를 친다는 사실을 하오문의 세작이 알 정도면 이미 혈천교에도 이 사실이 전달되었다고 봐야 했다.

과연 혈천교가 가만히 있을까?

당연히 아니다.

철저하게 방비를 하고 기다릴 것이다.

"혈천교에선 오히려 쌍수를 들고 환영할 겁니다. 굳이 중원까지 오지 않아도 자신들이 알아서 오겠다는데 말릴 이유가 없지요."

"그럼 혈천교에서 파놓은 함정인가? 자신들의 위치를 노출하고 오게 하는 전략?"

"그건 아닌 것 같습니다. 다만 저희 숙부님께서 어찌 이런 결정을 내렸는지가 궁금할 뿐입니다."

제갈군의 말에 천룡이 잠시 생각을 했다.

"일단 무림맹이 멀지 않으니 가 보자. 직접 가서 상황을 살펴보고 결정을 하자."

"직접요?"

"응. 거기에 무당이랑 당가도 있을 거 아냐. 걔들 만나서 자세한 이야기를 들어 보자."

"알겠습니다. 그럼 준비하겠습니다."

제갈군이 서둘러 나가자 천룡이 제자들을 보며 말했다.

"아무래도 저들을 말리려면 제대로 한바탕해야 할 것 같다."

"어떤 식으로요?"

"압도적인 무력을 보여 줘야겠지."

"알겠습니다. 무황성에 연통을 넣어 놓겠습니다."

"응? 왜?"

"압도적인 힘이라면서요. 저들에게 무황성의 진정한 힘을 보여 줘야죠."

무광의 말에 태성 역시 말했다.

"구룡방에도 연통을 넣겠습니다."

"너도? 너는 사파라고 몸을 사렸잖아."

"어차피 이제 다 알게 될 텐데 굳이 감출 필요 있나요."

그 말에 천명이 고개를 끄덕이며 말했다.

"저 역시 무림맹으로 모이라고 지시하겠습니다."

"아니, 그렇게까지 해야 하나?"

"보여 줘야죠! 저들이 얼마나 잘못된 생각하고 있는지를."

"그냥 무당이랑 당가 애들한테 우리에 대해 말해 주라고 하면 안 되나?"

"안 믿을걸요? 오히려 우리에게 넘어갔다며 몰아붙일 겁니다."

"그, 그런가?"

"네! 이번은 저희에게 맡기세요. 강호의 섭리대로 처리하는 것이 가장 확실합니다."

"사형 말이 맞습니다! 약육강식! 그것을 확실하게 각인시켜 줘야 말을 잘 듣습니다!"

"어차피 우리가 한 식구라는 것을 세상에 공표하긴 해야 했는데 잘되었네요. 이 기회에 아예 못을 박아 두죠."

"그래! 이 기회에 확실하게 알려 주고, 까불지 못하게 못을 박아 놓자!"

다들 불타오르는 눈빛으로 의지를 다졌다.

천룡은 불안해하면서도 제자들을 믿어 보기로 했다.

무림맹으로 수많은 문파에서 사람들이 몰려오고 있었다.

저마다 다른 표정으로 몰려오는 이들.

어떤 이는 잔뜩 흥분된 표정을 지어 보였고, 어떤 이는 불안함에 연신 눈을 이리저리 굴리는 자도 있었다.

그러나 대부분의 반응은 바로 기대를 한 모습이었다.

오랫동안 평화가 지속하여 온 무림이었기에 자신들의 힘을 발산할 기회가 없었다.

그랬기에 상기된 표정으로 잔뜩 기대하며 몰려드는 사람이 더 많았다.

하지만 전부가 그런 마음으로 무림맹에 오고 있는 것은 아니었다.

"허어, 이것 참……. 그렇게 말렸는데도 전혀 통하지 않았군요."

"그러게 말입니다. 하아, 어찌해야 할지……."

"하긴 과거의 저였다면 저랬을지도 모르겠습니다. 아니, 오히려 앞장서서 나대고 있었겠죠."

"이래서 경험이 중요하다고 하는 것인가 봅니다."

당가의 가주 당벽과 무당의 장문인인 현허가 들어오는 사람들을 바라보며 한숨을 쉬고 있었다.

저 멀리 화산파 장문인 천검(天劍) 선우진이 그들을 향해 달려왔다.

"여기들 계셨소? 한참 찾았소이다."

"무슨 일이오?"

"그대들에게 묻고 싶은 것이 있었소이다."

선우진의 진지한 표정에 둘은 긴장한 표정으로 말했다.

"무엇이오?"

"혹시 운가장이라는 곳을 아시오?"

선우진의 물음에 둘은 서로를 쳐다보았다.

생각지도 못한 질문이었다.

"아시오?"

재차 묻는 소리에 둘은 동시에 대답했다.

"물론, 잘 알고 있소. 그런데 어찌 물으시는 것이오?"

"얼마 전에 그곳에 우리 아이들을 보낸 적이 있는데, 아이들이 그곳 얘기만 하면 경기를 일으키오. 아이들 말로는 당가주 그대와 무당의 현진이 그곳에 있었다는데 사실이오?"

선우진의 질문에 둘은 고개를 끄덕였다.

"도대체 그곳은 어떤 곳이오? 어떤 곳이기에 아이들이 그리 겁에 질린 상태로 돌아온단 말이오? 내가 당장 애들을 데리고 진상을 규명하러 가겠다니까 기겁을 하고 말리더이다. 절대로 안 된다며."

선우진의 말에 둘은 다시 고개를 끄덕이며 답했다.

"그것참 화산을 누구보다 생각하는 아이들이군."

"그러게 말입니다. 그 정신없는 와중에도 자기네 문파를 살리겠다고 엄청나게 노력을 했군요."

둘의 대화에 선우진의 표정이 꿈틀거렸다.

"지금 나를 두고 농을 하시는 것이오?"

선우진의 음성이 심상치 않게 변하자, 둘이 동시에 손사래를 치며 말했다.

"아니오! 오해요. 일단 안으로 들어갑시다. 여기서 할 대화는 아닌 것 같으니."

무당 장문인인 현허가 선우진을 달래며 안으로 들어갔다.

차를 마시며 한참 동안을 운가장에 대해 설명하는 그들.

운가장에 대한 모든 것을 들은 선우진의 표정은 가관이었다.

벌어진 입을 다물지 못한 채 두 사람을 번갈아 바라봤다.

그러다가 재빨리 입을 다물고 입가에 침을 닦은 뒤에 경악스런 음성으로 말했다.

"뭐, 뭐라고요? 그, 그게 사실이란 말입니까? 아니……. 그런데 왜 애들은 그런 얘기를 나에게 안 하고 계속 숨겼을까요?"

말을 들어 보니 운가장에 갔던 애들이 돌아와서 하는 행동들이 이상했다.

어떻게든 운가장에 관한 정보를 숨기려 했다.

혼을 내고 고함을 질러도 절대로 말을 하지 않았다.

"자기들 생각엔 그것이 화산을 지키는 길이라 여긴 게지요. 우리 현진이도 처음에는 그렇게 행동했습니다."

"눈으로 직접 확인하지 않는 이상, 그것을 누가 믿겠습니까? 저도 믿지를 못하고 쳐들어갔다가……."

당벽의 말에 현허가 화들짝 놀라며 물었다.

"헉! 그곳을 쳐들어가셨다고요? 정말요?"

"그렇습니다. 심지어 거기에 독까지 뿌렸습니다."

"허어…… 그러고도 살아남으셨다니……. 다른 의미로 대단하시군요."

"허허, 우리 장주님께서 저를 살려 내셨지요. 그분께는 갚을 은혜가 아직도 한참입니다. 제가 죽을 때까지 다 갚을 수 있을지……."

그렇게 말을 하며 내비치는 눈빛이 마치 사모하는 이를 그리워하는 눈빛이었다.

선우진은 아직도 이들의 이야기가 믿기지 않았다.

솔직히 말해서 이게 믿으라고 해서 믿을 수 있는 이야기인가.

왜 당가주가 직접 쳐들어갔는지 누구보다도 깊이 공감하는 선우진이었다.

그렇게 셋이 운가장에 대해 이야기를 나누고 있는데, 밖이 시끌시끌했다.

"무슨 일이 있는가 보오."

당벽이 문을 열자 사람들이 크게 당황한 표정으로 우왕좌왕하고 있었다.

그중에 다급하게 지나가는 무인을 붙잡아 물었다.

"무슨 일이냐?"

"네! 저, 저기 성문 앞에 무, 무황성의 무인들이 와 있다고 합니다!"

"뭐? 무슨 무인?"

"무, 무황성의 무인들요. 그뿐 아니라…… 궈, 권왕께서 직접 이끌고 오셨다고 합니다."

"궈, 권왕이? 그게 사실인가?"

"네! 그렇습니다! 그래서 다들 이 난리입니다."

무사의 말에 주변을 둘러보니 사방에서 난리가 났다.

비상종이 울리고 무림맹의 무인들이 너도나도 가릴 것 없이 정문을 향해 달려가고 있었다.

"정말인가 봅니다."

"무황성이 이곳에는 무슨 일이지?"

"우리도 가 보죠!"

당벽의 말에 다들 고개를 끄덕이며 성문을 향해 달려갔다.

도착해 보니 정말로 권왕이 무황성의 무인들을 이끌고 와 있었다.

무림맹 앞인데도 마치 무황성의 앞에 있는 듯한 착각이 들 정도로 당당한 모습으로 서 있는 권왕이 있었다.

권왕의 뒤에 서 있는 무황성의 무인들은 역시 보기만 해도 엄청난 고수들인 것이 느껴졌다.

다들 자부심 가득한 표정으로 정면을 바라보고 있었다.

사람들은 그 모습에 다들 감탄하며 놀라워하고 있었다.

"과, 과연 명불허전이구려."

"왜 사람들이 무황성, 무황성 하는지 이제야 알겠소."

그때 무림맹주인 팽강과 군사인 제갈현이 다급하게 달려나왔다. 그리고 사방에서 각 문파의 장문인과 장로들이 뛰어나왔다.

개방의 방주 역시 그곳에 나타났다.

개방 방주는 권왕을 보자마자 내공을 실어 외쳤다.

"이것이 무슨 짓이오! 무림맹과 한판 해 보겠다는 것이오? 무황성은 이리도 경우가 없는 것이오?"

권왕이 아직 적으로 온 것인지 아군으로 온 것인지 확실치도 않은데 개방 방주가 저리 말할 줄이야.

시키지도 않은 짓을 하는 개방 방주로 인해 제갈현이 당황을 했다.

가뜩이나 혈천교 문제로 골치가 아파 죽겠는데 무황성과 갈등까지 만들고 있었다.

제갈현은 이글거리는 눈빛으로 개방 방주를 바라보았다.

저자가 다른 장문인들을 어떤 감언이설로 꼬드겨 혈천교를 치자고 했는지 자신이 아무리 말려도 요지부동들이었다.

그래서 개방 방주에 대한 감정이 안 좋아진 상태였는데 또 이런 사고를 쳤다.

'으드득! 이 사태를 해결하면 반드시 저놈의 주둥아리에 개 뼈다귀를 쑤셔 넣고 말겠다.'

속으로 분을 삭이며 겉으로는 웃는 얼굴로 포권을 하며 권 왕에게 다가가는 제갈현이었다.

일단 이 사태를 해결하는 것이 급선무였다.

"저, 저자의 말은 신경을 쓰지 마십시오. 권왕께서 이곳에 온 연유가 무엇인지 여쭤어봐도 되겠습니까? 저기…… 정예 로 보이는 무인들까지 대동하신 이유도 같이 부탁드리겠습 니다."

권왕은 제갈현의 질문에 미소 지으며 개방 방주를 바라보 았다.

"미친 거지 새끼 패러 왔소."

"네?"

"저기 주둥이만 살아서 나불대는 거지 새끼 잡아 족치러 왔다고 말했소."

입은 웃고 있으나 눈빛은 그렇지 못했다.

당장이라도 개방 방주를 찢어 죽일 것 같은 눈빛이었다.

그런 일은 일어나선 안 되었다.

뒤를 돌아보니 개방 방주가 입에 거품을 물고 지랄 지랄을 하고 있었다.

머리가 아파 왔다.

그런 와중에 권왕의 답변은 그의 속을 시원하게 만들었다.

마음 같아서 자신이 직접 잡아다가 대령해 주고 싶었다.

아니, 같이 패도 되겠냐고 묻고 싶을 정도였다.

초인적인 인내심으로 그러고 싶은 마음을 억누르며 대답했다.

"하하하. 노, 농담이 지나치십니다."

"농담 아닌데? 그나저나……."

권왕의 시선이 제갈현에게 꽂혔다.

"그대들은 정말로 큰 실수를 저질렀소."

뜬금없는 소리에 제갈현이 고개를 갸웃거리며 되물었다.

"무슨 소리입니까?"

"그냥 친목 모임 정도로 끝냈어야 했거늘……. 너무 크게 일을 벌이셨소. 이 일로 인해 아버님께서 직접 오실 거요."

"네? 그 무슨……."

제갈현이 무슨 말이냐고 되물으려고 할 때 또다시 소란이 일었다.

"구, 구룡방!"

"구룡방의 깃발입니다!"

"전방에 구룡방의 무인들이 대거 등장했습니다!"

"헉! 화룡대다!"

"미친 광룡대도 있어!"

"구룡방 정예가 전부 왔다!"

사람들의 소란에 제갈현이 화들짝 놀라며 가리키는 방향으로 고개를 돌렸다.

그랬더니 정말로 구룡방의 무인들이 당당하게 무림맹을 향해 걸어오고 있는 것이 아닌가.

이건 또 무슨 상황이란 말인가?

무황성만으로도 머리가 터질 것 같은데 구룡방까지 나타났다.

군사 인생에 있어 최악의 날이 시작되고 있었다.

제갈현의 시선에 전에 자신을 당황하게 했던 그 어린 소방주가 걸어오고 있었다.

제갈현을 발견한 소방주 용적풍은 그의 앞으로 달려와 포권을 하며 말했다.

"하하, 오랜만에 뵙습니다. 소생 용적풍! 무림맹 군사 어르신께 인사드립니다."

"그, 그래요. 바, 반갑소. 한데 여긴 어쩐 일로? 그리고 저 뒤에 병력은 또 무엇이고?"

"아, 저기 그건……."

뭐라 말해야 할지 고민하는 용적풍이었다.

일단 이쪽으로 정예들을 모두 끌고 오라는 말에 다 대동하고 오긴 했는데 정작 아버지는 보이지 않았다.

용적풍이 당황하자 그에 대한 대답은 옆에 있던 권왕이 답했다.

"나와 같은 목적."

"네?"

제갈현이 이해가 안 된다는 표정으로 쳐다보았다.

"혀, 형님! 그렇게 말씀하시면 이분이 이해를 못 하시잖습
니까."

이곳에서 헤어진 후로 자주 만난 둘이었다.

그래서 지금처럼 편한 사이가 된 지 오래였다.

정신을 제대로 차리기도 전에 또 누군가가 외쳤다.

"천검문이다!"

"맙소사! 천하 삼세가 전부 모였어."

"미친, 제일 앞에 일섬검제다! 천검문의 문주가 직접 왔
어!"

"이, 이게 무슨 일이야! 우, 우리 혈천교와 싸우는 거 아니었
어? 천하삼세가 우리의 적인 거야? 이, 이건 말도 안 된다고!"

다들 우왕좌왕하며 갈피를 잡지 못하고 있었다.

이를 통제하고 다스려야 할 간부들 역시 똑같이 공황 상태
에 빠져 있었다.

말해 무엇하겠는가.

군사부터가 정신이 나가려 하고 있었다.

무림맹주인 팽강 역시 지금 이 상황이 전혀 이해되지 않았
다.

무황성의 등장만으로도 입이 벌어질 정도로 놀랐는데, 그 것도 모자라 구룡방과 천검문까지 나타났다.

군사를 바라보며 이 상황에 대한 설명을 눈으로 요구하는 팽강이었다.

그러나 군사라고 모든 것을 다 아는 것은 아니었다.

자신도 지금 이게 무슨 상황인지 전혀 짐작조차 되지 않는 데 설명은 고사하고 정신을 차리기도 힘들었다.

그때 뒤에서 개방 방주가 또 시끄럽게 떠들었다.

"거보시오! 내 뭐라 했소! 저들이 드디어 마각을 드러낸 것 이오! 천하 삼세는 여러분들을 속이고 있었소! 저들은 무림 맹을 치러 온 것이오! 자신들의 이문을 위해 우리를 치려 하 는 것이란 말이오! 저 보시오! 오죽 급했으면 무황성과 천검 문이 저 사특한 구룡방과 손을 잡았겠소!"

상황이 이리되자, 개방 방주의 말이 설득력을 가지기 시작 했다.

귀가 얇은 사람들이 그 말에 홀라당 넘어가고 있었다.

"이래서 내가 강력하게 주장을 한 것이오! 무림맹을 만들 자고! 이제 아시겠소? 나의 선견지명을! 안 그랬다면 지금도 저들의 손아귀에서 놀아나고 있었을 것이오!"

자화자찬이 한창이었다.

제갈현은 정말로 저 주둥아리를 누가 좀 꿰매 주었으면 하 는 바람이었다.

퍼억-!

그런데 하늘이…… 아니, 권왕이 자신의 바람을 들었던
가?

순식간에 개방 방주의 옆으로 이동한 그가 주먹질 한 방에
떠들어 대던 그의 주둥이를 짓이겨 놨다.

"커헉!"

콰당탕탕-!

"거지 새끼. 아까부터 계속 쓸데없는 소리를 지껄이는군.
너는 처음 볼 때부터 맘에 안 들었어."

"이게 므슨 지시냐! 이러고도 네가 정파라 하수 이는냐! 비
거파게 기스블!"

입술이 뭉개져서 말이 제대로 나오지 않는 개방 방주였다.

그런 개방 방주의 말에 담선우가 그의 주둥이를 향해 다시
주먹을 날렸다.

하지만 두 번째 주먹은 막히고 말았다.

"시주, 일단 진정하시지요. 오해가 있다면 대화로 풀어 봅
시다."

소림사 방장인 천명대사였다.

그가 권왕의 주먹을 막은 것이다.

"땡중, 저리 비켜. 당신이 상관할 일이 아니다."

차갑게 식은 담선우의 시선.

당장이라도 천명대사를 오체 분시할 것 같은 눈빛이었다.

그에 주변에 있는 모든 무림맹의 무인들이 일제히 검을 뽑았다.

"무황성이면 다인 줄 아는가! 더는 우리 무림맹을 우습게 보는 행위는 용서치 않겠다!"

점창, 공동, 아미, 종남의 장문인들 역시 언제든지 출수를 하기 위해 자세를 잡고 있었다.

무림맹주 팽강 역시 분노한 얼굴로 담선우의 앞에 나섰다.

"권왕 애송이! 나는 보이지 않는 것이냐! 무황성의 성주라고 아주 기고만장하구나!"

분노한 팽강의 포효를 듣고는 귀를 후비적거리는 담선우였다.

"노인네 목청도 좋네. 덤비겠다면 상대해 주지."

그리 말을 하며 즐거운 표정으로 환하게 웃는 담선우였다.

그 말에 팽강이 주먹을 움켜쥐며 앞으로 나서려 했다.

그에 무유성이 말리기 위해 나서다가 멈칫했다.

담선우 역시 환하게 웃다가 표정이 점차 굳어 갔다.

"에이씨…… 빨리 좀 덤비지……."

"뭐, 뭐라?"

"당신들은 느껴지지 않는 거야?"

"무엇을 말이냐?"

"하하하하하하, 무엇이냐고?"

쾅─!

대화하고 있을 때 무언가가 두 사람 사이로 떨어졌다.

어찌나 강하게 떨어졌는지 바닥이 깊게 패이고 먼지가 수북하게 올라왔다.

파앙─!

짜증이 난 팽강이 내공으로 먼지를 날려 버렸다.

먼지가 사라진 그곳에는 한 젊은 청년이 서 있었다.

그리고 팽강을 보며 환하게 웃으며 말했다.

"잘 있었냐? 찌질이?"

어디서 많이 들어 본 목소리였다.

세상천지에서 자신을 찌질이라고 부르는 사람은 한 명밖에 없었다.

"서, 설마……."

이리 가까이 올 때까지 느끼지 못한 기운.

거기에 땅에 착지할 때 느껴진 엄청난 내공.

"아, 아닐 거야."

현실을 부정하는 팽강이었다.

자신이 생각하는 그가 이곳에 있어서는 안 되었다.

거기에 저 어린 모습.

고개를 흔들었다.

정말로 그가 맞고, 저 모습이 경지를 넘어서서 저리된 것이라면 이곳에 있는 사람들에게 승산은 없었다.

거기에 무황성, 천검문, 구룡방까지.

팽강의 정신이 혼미해져 갔다.

어질어질해지는 그때 바로 옆에서 들려오는 목소리.

"안 되지 안 돼. 정신을 잃으면 안 되지. 이제 진짜가 시작할 예정인데."

팽강이 화들짝 놀라며 옆을 봤다.

어느새 다가온 남자.

바로 무광이었다.

팽강의 동공이 세차게 흔들렸다.

자신이 아는 그자의 젊었을 때 모습이었다.

"무……황? 다, 담무광?"

힘겹게 입을 열어 물었다.

제발 아니라며 고개를 흔들길 바라면서.

"젊어져서 못 알아볼 줄 알았는데 의외네."

하지만 하늘은 자신의 바람을 저버렸다.

무광의 입에서 나온 말에 팽가뿐 아니라 옆에 있던 군사를 포함 그곳에 있는 모든 사람이 경악하며 놀랐다.

천하 삼세가 이 자리에 온 것만으로도 이미 무림맹 창단 이래 가장 큰 위기인데, 무황까지 등장했다.

그것보다 무황의 모습을 보라.

누가 봐도 저 모습은 반로환동을 한 모습이었다.

소문은 틀렸다.

무황은 전보다 더 강해져 있었다.

그전에도 적이 없어서 유아독존이나 다름이 없었는데, 그전보다 경지가 더 올라간 것이다.

'내내 찝찝했던 것이 이것이었나? 애초에 그따위 소문을 믿은 것이 잘못이었다. 바, 반로환동이라니. 미친 저 괴물이 더 강해졌다는 소리잖아!'

자책했지만 이미 늦었다.

하지만 놀람은 끝나지 않았다.

무광의 뒤에 등장하는 인물들.

그들이 모습을 드러내자 천검문의 무사들과 구룡방의 무인들이 일제히 부복하며 외쳤다.

"태상문주님을 뵈옵니다!"

"구룡천하! 방주님을 뵈옵니다!"

천검문의 태상문주라면 검황이다.

그리고 구룡방의 방주라면…….

"사……황?"

ꙮ

제갈현의 동공이 세차게 흔들리고 있었다.

팽강은 초점 잃은 눈으로 이들을 바라보고 있었다.

일섬검제가 가서 인사를 하며 입을 열었다.

"아버님, 오셨습니까."

정말이었다.

검황도 젊어졌다.

용적풍이 다른 한 명에게 다가가 말을 했다.

"오셨어요? 아버지."

역시나 사황이 맞았다.

구룡방의 소방주가 아버지라고 부를 사람이 한 명밖에 더 있던가?

무림맹의 모든 사람이 숨소리조차 내지 못한 채 이 상황을 지켜보고 있었다.

제三장

무림맹을 창설할 때만 해도 기세등등했었다.

이제 자신들의 세상이 될 것 같았고, 혈천교에게 복수를 하면서 명실상부한 중원 제일의 단체가 되리라 여겼다.

그런데 지금 보니 허무한 꿈이었다.

삼황이 누구인가.

중원을 지배하는 절대자들이다.

그 강함은 말하지 않아도 안다.

그런데도 이들이 이렇게 뭉칠 수 있었던 것은 잘못된 정보 때문이다.

무황은 노망이 들었고, 검황은 방랑벽 때문에 자취를 감춘 지 오래다.

남은 사황은 아직 젊고 세력도 단일 세력이나 다름없기에 충분히 비벼 볼 만하다고 여겼다.

하지만 그것은 큰 착각이었다.

무황이 노망?

팔팔하다 못해 어려졌다.

검황이 방랑벽?

옷차림만 봐도 돌아다니는 걸 싫어하는 태가 보인다.

그보다 저 괴물들이 더 강해졌다는 게 문제다.

과거에도 눈치를 보며 살았는데 더 강해진 지금은 안 봐도 뻔했다.

다들 제갈현을 바라보았다.

군사니까 뭔가 해답을 주지 않을까 싶었다.

하지만 군사 상태가 그다지 좋아 보이지 않았다.

제갈현은 지금까지 살면서 한 번도 경험해 보지 못했던 혼란을 겪고 있었다.

엄청난 충격 덕에 머리가 전혀 돌아가지 않았다.

그래도 정리를 해야 했기에 천천히 주변을 돌아봤다.

무황은 당황한 팽강을 데리고 무언가 이야기를 하고 있었다.

검황과 사황은 자신의 아이들과 이야기를 하고 있었다.

그때 제갈현의 눈에 가문의 골칫덩이가 보였다.

이 순간만큼은 너무도 반가웠다.

자신보다 더 뛰어난 조카가 아닌가.

제갈현이 재빨리 제갈군에게 달려갔다.

"군아!"

제갈군은 이미 제갈현을 바라보고 있었다.

측은한 표정으로.

"숙부님, 그동안 별래무양하셨습니까."

"지금 상태를 보면 모르겠느냐……. 날 좀 도와다오. 이 숙부가 감당할 수 있는 상황이 아니다."

제갈현의 도움 요청에 제갈군이 고개를 저었다.

"죄송합니다."

"뭐라? 이놈아! 우리 가문의 위기다!"

"아닙니다. 주군께서 저희 가문을 함부로 하시진 않을 것이니 그것은 걱정하지 않으셔도 됩니다."

"뭐, 뭐라고?"

제갈현은 제갈군의 입에서 나온 단어가 이해되지 않았다.

자기 잘난 맛에 살던 놈이 아닌가.

다루지 못해 어쩔 수 없이 방목해 둔 천재 중의 천재.

그런데 그런 그의 입에서 주군이라는 단어가 나왔다.

제갈군의 눈빛을 보았다.

누가 봐도 충직한 신하의 눈빛이었다.

"저, 정말이더냐? 누, 누구냐? 무황이더냐? 검황? 사, 사황은 아니지?"

설마 사황일까 봐 두려운 표정과 떨리는 음성으로 묻는 제갈현이었다.

제갈현의 물음에 제갈군이 고개를 저으며 말했다.

"전부 아닙니다. 숙부님, 조카가 한 말씀 올려도 되겠습니까?"

"그, 그러려무나."

"그만 욕심을 버리십시오. 아무리 발버둥을 쳐도 중원 제일이 될 수 없습니다."

"무슨 소리냐!"

"제 주군께서 곧 천하제일이고 고금 무적이시니 의미가 없다는 말씀입니다."

"그, 그분이 누구시길래……."

제갈현의 말에 제갈군의 시선이 뒤편에 부채를 펼쳐 든 채 이 상황을 지켜보는 한 청년에게 꽂혔다.

"서, 설마, 저 청년?"

"그렇습니다. 저를 나태의 구렁텅이에서 건져 주신 저의 주군이십니다."

믿을 수 없었다.

천하 삼세도 아니고 이름조차 알 수 없는 청년이 제갈가의 천재가 모시는 주군이라니.

"천하무적(天下無敵)!"

제갈군의 입에서 나온 단어에 제갈현이 깜짝 놀랐다.

"운가장의 장주님이십니다."

"운가장!"

"저분의 매력에 빠지면 헤어 나올 수 없지요. 숙부께서 보
내신 세작들 역시 모두 장주님의 인품에 빠져 충심을 맹세한
수하가 되었습니다."

제갈군의 말에 제갈현이 번뜩 눈을 떴다.

과거에 영문을 알 수 없는 말로 올라온 보고서들.

세작들은 잡아 두고 운가장에서 그들인 척 장난으로 보낸
보고서인 줄 알았는데.

진심이었다.

"그, 그런……."

제갈현의 눈이 천룡에게 꽂혔다.

그리고 다음에 이어지는 장면은 또다시 그를 경악하게 했
다. 죽으면 죽었지 절대 고개를 숙이지 않는다는 당가의 가
주가 직각으로 허리를 꺾으며 인사를 하고 있었다.

무당의 장문인 역시 허리를 숙여 인사를 하고 있었고, 화
산의 장문인이 그 옆에서 눈치를 살피고 있었다.

천룡은 그런 그들의 반응을 아주 당연하게 받아들이고 있
었다.

그 모습에 제갈현의 머리에 번개가 쳤다.

저들은 알고 있었다.

운가장의 존재를.

그리고 장주의 진정한 능력을 말이다.

천룡의 뒤에 명왕 장천이 보였다.

눈을 부리부리 뜨고 사방을 경계하고 있었다.

누가 봐도 충직한 수하였다.

'명왕마저 그의 수하였던가.'

모든 것이 허무해졌다.

진정한 하늘이 있었는데 그것을 모르고 헛된 꿈에 부풀어 살아왔다.

얼마나 우스웠을까.

무림맹을 창설했을 때 저들은 얼마나 우리를 우습게 생각했을까.

털썩—!

자리에 힘이 빠진 제갈현이 주저앉았다.

"숙부!"

깜짝 놀란 제갈군이 부축하려고 다가왔다.

손을 들어 제지하며 말했다.

"너무 놀라서 그런다. 잠시만…… 잠시만 놔두거라."

그렇게 마음을 가다듬고 있는데 최후의 한 방이 날아왔다.

"삼세의 세력들은 모두 장주님께 인사 올리거라!"

무광이 큰 소리로 외치자 기다렸다는 듯이 우렁차게 합창을 하며 천룡을 향해 일제히 부복하는 삼세의 무인들이었다.

"천! 하! 무! 적! 운! 가! 장! 장주님께 인사 올립니다!"

절대 삼황.

천하 삼세.

중원의 진정한 힘.

그들이 단 한 명에게 일제히 부복하고 있었다.

단 한 명에게 충성의 맹세를 외치고 있었다.

삼황이라고 예외가 아니었다.

천하의 삼황이 단 한 사람에게 충심이 가득한 모습으로 부복을 하고 있었다.

강호가 생겨난 이래로 이렇게 커다란 충격을 주는 장면은 다시없을 것이다.

무림맹의 모든 이들이 이 모습에 놀라 주저앉고, 정신을 잃는 사람이 속출했다.

화산과 무당을 제외한 구파의 장문인들 역시 손에 들려 있던 무기를 놓치며 경악을 하고 있었다.

-아버지, 지금입니다.

무광의 전음에 천룡이 입을 열었다.

"모두 일어나라."

"충!"

천룡의 한마디에 한마음이 되어 한목소리로 충을 외치며 벌떡 일어나는 삼세의 무인들이었다.

거기엔 당연하다는 듯이 당가의 가주가 끼어 있었고, 장천과 제갈군이 있었다.

세상에 운가장의 진정한 힘을 알리는 순간이었다.

이제 전 중원에 운가장의 존재가 퍼질 것이다.

사람들의 입을 오르내리면서 더욱더 과장이 되어 퍼져 나갈 것이다.

망연자실한 모습으로 서 있는 무림맹 사람들.

그런 그들을 향해 무광이 입을 열었다.

"우리 진지한 대화를 좀 해 볼까?"

그러고는 사악하게 웃는 그의 모습이 그곳에 있는 모든 사람의 동공에 각인되었다.

혈천교 군사 천뇌마제 방염.

젊어져서 주름이 사라진 그의 이마에 천(川)자가 새겨졌다.

연달아 들어오는 비보 때문이었다.

"뇌령마군, 멸령마군, 빙령마군이 연락 두절이다?"

"그렇습니다. 항상 오던 연락이 전부 끊겼습니다."

"뇌령마군과 빙령이야 내가 임무를 맡겼으니 그것 때문에 연락이 늦는다고 해도, 멸령마군이 연락 두절이라……."

"사람을 보내어 확인한 결과, 섬 전체가 시체로 뒤덮여 있다고 합니다."

"혼령을 이용해서 만든 활강시들이 전부 당했단 말이냐?

그게 가능하다고? 아니, 그전에 그곳엔 천령강시도 있지 않으냐? 천령강시가 당했다고?"

"천령강시로 보이는 물체도 있던 것으로 보아 당한 것 같습니다."

수하의 보고에 탁자를 손가락으로 두드리며 심각한 표정이 되었다.

"뭐지? 정보망에 있는 문파들은 전혀 움직임이 없었는데?"

계속 탁자를 두드리고 있을 때 또 다른 수하가 다급하게 들어왔다.

"급보입니다!"

순간 짜증이 났다.

안 좋은 소식은 오늘 다 몰아서 오는 것 같았다.

"또 뭔가?"

짜증이 난 목소리로 물었다.

"북해빙궁이 본교를 생사 대적으로 공표했다고 합니다!"

"뭐? 가만, 그렇다는 얘기는 빙령마군이 당했다는 소리 아니냐!"

"그, 그런 것 같습니다."

"당했다고? 그놈이? 그럴 리가 없는데? 뭐지? 사령마군 중 둘이 당했다고? 지금 이걸 믿으라고?"

현실 부정을 하면 계속 중얼거리는 방염.

젊어졌으니 머리가 더 잘 돌아가야 하는데 전혀 그러지 않고 있었다.

모든 생각이 일시에 정지된 기분이었다.

머리가 아파 오는데 또다시 누군가가 다급하게 들어왔다.

듣기 싫었다.

하지만 수하는 그런 군사의 마음도 모른 채 자신이 가져온 정보를 고했다.

"긴급입니다!"

"또 긴급인가? 뭐냐, 왜 중원에서 우리를 치기라도 한다더냐."

자신이 상상할 수 있는 최악의 상황을 가정했다.

그래야 보고를 받아도 최악은 아니니 다행이라는 생각을 할 수 있으니.

하지만 방염의 착각이었다.

"어, 어찌 아셨습니까? 미리 알고 계셨던 것입니까?"

오히려 놀라며 반문하는 수하였다.

"뭐?"

군사 역시 되물었다.

"방금 들어온 급보인데 군사님께서 미리 알고 계셨다니 다행입니다. 역시 천기를 읽으신다는 소문이 사실인가 봅니다."

수하의 말을 머릿속으로 정리하는 방염이었다.

"주, 중원에서 우리를 친다고? 정말로?"

"네! 무림맹에서 우리의 위치를 파악하고, 총공격을 준비하고 있다 합니다!"

벌떡―!

"우리의 위치를 안다고? 아니, 어떻게? 그럴 수는 없다!"

"구, 군사님."

방염의 동공이 쉴 새 없이 흔들리고 있었다.

이런 일이 있을까 봐 일부러 대막에 자리를 잡았고, 온갖 진법을 주변에 다 깔아 두었다.

거기에 이곳이 보이지 않도록 신기루를 만드는 진법까지 이중 삼중으로 깔아 두었고, 이곳을 지키는 친위대와 정보원들은 제외한 나머지 부대들은 외부에 두어 운영하고 있었다.

그렇게 노력을 했는데 이곳의 위치를 알고 온다는 것이다.

최근에 임무를 보낸 놈 중에 이곳의 위치를 아는 놈은 한 놈뿐이었다.

"혈마신대……. 그놈들이 배신을……."

이가 으스러지는 소리가 들렸다.

지금 이럴 때가 아니었다.

정신을 차린 군사가 총동원령을 내렸다.

"남은 오마신대를 전부 소집하고, 원로들, 그리고 화령마군에게 이곳 위치를 알려 주고 당장 병력을 이끌고 오라고 해!"

"알겠습니다!"

"너는 지금 당장 후방에 있는 교를 정비해라. 웬지 그곳으로 옮길 수도 있을 것 같으니."

"알겠습니다."

수하들에게 모두 명령을 내린 방염은 서둘러 교주 은마성을 만나러 뛰어나갔다.

꩜

무림맹 대(大) 회의실.

그곳에 무림맹의 모든 이들이 숨죽인 채 앉아 있었다.

개방 방주는 담선우에게 먼지가 나게 맞은 뒤에 질질 끌려 나갔다.

처음에 사람들이 말렸지만 이내 개방 방주가 삼세와 이간질을 하려 한 사실을 알고는 욕을 했다.

그것을 말리는 사람은 아무도 없었다.

오히려 경멸 어린 시선으로 바라볼 뿐이었다.

개방 방주 때문에 지금 이 사달이 난 것이었다.

회의실 안의 사람들은 저마다 여기저기 눈치만 보고 그 누구도 입을 여는 사람이 없었다.

결국, 제갈군이 조용히 일어나 입을 열었다.

"안녕하십니까. 아무도 말씀을 하지 않으시니 소생이 먼저 말씀 올려도 되겠습니까?"

제갈군의 말에 다들 고개를 끄덕였다.

누구라도 이 고요함을 깨 주길 바라고 있던 참이었다.

천하무적
윤가장

"저는 제갈세가의 제갈군이라고 합니다. 저기 군사로 계시는 제갈현 숙부님의 조카이기도 하지요."

"소와룡!"

제갈군의 명성은 이곳에서도 유명했다.

이유는 제갈현이 하도 자랑을 하고 다녀서다.

"누가 먼저 혈천교를 치자고 꼬드겼습니까?"

제갈군의 질문에 제갈현이 답을 했다.

"개방 방주다."

역시나 짐작대로 그였다.

생긴 것부터 맘에 안 들더라니.

"하아, 그럼 위치를 알려 준 것도 그였습니까?"

"맞다. 개방은 정보를 다루는 조직. 그러니 믿을 수밖에."

제갈현의 말에 수긍이 갔다.

무림맹에서 정보 수집과 정찰을 담당하고 있는 집단이 개방이었다.

온 중원에 퍼져 있는 수십만의 거지들을 이용한 정보망.

그것은 그 누구도 따라 할 수 없는 엄청난 것이었다.

그랬기에 이곳에 있는 그 누구도 개방 방주의 말에 의심을 한 사람이 없었다.

"혈천교는 대막에 있습니다. 하지만! 진법에 가려져 쉽게 찾을 수 있는 곳이 아닙니다. 그런 곳을 찾았다고요? 삼세와 이간질을 하려고 끊임없이 시도하고, 무림맹 창설을 하자고 꼬드기고 이번은 혈천교를 치자고 선동했지요. 아무래도 의심스럽지 않습니까?"

제갈군의 말에 다들 고개를 끄덕였다.

생각해 보니 이상한 점이 한둘이 아니었다.

"또한! 혈천교의 전력은 여러분이 생각하는 것 이상입니다. 무림맹의 전력으로 그들을 상대할 수 있다는 것은 크나큰 착각입니다."

제갈군의 신랄한 말에 제갈현이 발끈하며 일어섰다.

"말이 심하구나! 이 숙부가 심혈을 기울이고 또 기울여서 키웠다! 그런데 어찌 네가 그런 말을 함부로 하느냐!"

제갈군은 저리 말하는 제갈현의 심정을 이해했다.

누구보다 정성을 들여 무림맹을 키워 왔을 것인데, 조카의 입에서 그것을 부정당했으니 화가 날 만도 했다.

하지만 지금은 정에 이끌려 입에 발린 소리를 할 때가 아니었다.

"하아, 숙부님. 현실을 몰라서 그러는 겁니다."

"무슨 현실 말이냐!"

제갈군은 제갈현에게서 눈을 뗀 후 주위를 둘러봤다.

그곳에 있는 사람들 전부가 제갈군과 제갈현의 말을 경청하고 있었다.

제갈군이 헛기침을 한 번 한 후에 입을 열었다.

"혈천교에는 오마신대라는 조직이 있습니다. 다섯 개의 대대로 이루어진 조직이죠. 그 한 대대가 삼황급 무인을 상대할 수 있습니다. 그뿐만 아니라 과거 중원을 공포로 몰아넣었던 주역들 역시 아직 살아 있으며, 그곳의 군사는 두뇌뿐 아니라 무공도 강합니다."

"너는 그것을 어찌하는 것이냐!"

"직접 상대를 했으니까요. 저희 장원에 포로로 잡혀 있습니다."

"뭐라고? 그것을 어찌 알리지 않은 것이냐!"

제갈군이 호통을 치자, 제갈현이 두 손을 들며 으쓱거렸다.

"숙부님, 저는 무림맹 사람이 아니거든요. 운가장 사람이지."

제갈군의 말에 제갈현이 뒤쪽에 앉아 있는 천룡에게 시선을 돌렸다.

앉아는 있지만 시큰둥한 표정이었다.

있기 싫은데 억지로 있는 느낌.

그 옆에서 무황, 검황, 사황이 눈을 부리부리 뜨고 지켜보고 있었다.

그리고 다시 제갈군을 바라보았다.

자신의 오판으로 인해 가문의 보물을 다른 이에게 넘겨준 꼴이 되었다.

"그리고 가장 중요한 교주! 그의 이름은 은마성이라고 합니다. 당연히 혈천교에서 가장 강하겠지요. 이런 이들을 상대하신다고요? 그 전에 이 내용을 아셨던 분이 단 한 분이라도 계셨습니까?"

제갈군의 말에 다들 꿀 먹은 벙어리가 되었다.

"그럼 이곳에 계신 분 중에 저기에 앉아 계신 삼황을 상대하실 수 있는 분이 계십니까?"

다들 고개를 숙이며 삼황의 시선을 회피하기 바빴다.

괜히 눈이라도 마주쳤다가는 비무라도 하자고 덤빌 것 같았기 때문이다.

그에 무광이 자리에서 일어나 제갈군의 옆으로 걸어가 섰다. 그리고 좌중을 바라보며 입을 열었다.

"쯧쯧, 한심한 것들. 다들 욕심에 눈이 멀어서 제 앞도 못 보는 것들이 잘도 혈천교를 이기겠구나. 정신들 차려라. 너희들로는 안 된다."

무광의 말에 무림맹주 팽강이 벌떡 일어나 말했다.

"형님! 말이 지나치십니다!"

팽강의 말에 무광의 눈빛이 변하기 시작했다.

"지나치다고? 하하, 좋아. 내 기세를 버티는 놈이 한 놈이라도 나온다면 내가 사과하지."

"무, 무슨? 크, 크윽!"

팽강이 무슨 소리냐고 다시 따져 물으려 할 때, 무광의 몸에서 항거할 수 없는 거대한 기운이 뿜어졌다.

안에 있는 모든 이들의 표정이 급격하게 죽어 갔다.

이를 악물고 버티려 했지만, 그 누구도 무광의 기세를 견
뎌 내지 못했다.

"그, 그만하십시오!"

"제, 제발, 그만……."

팽강 역시 무릎을 꿇은 채 고통스러워하며 입을 열었다.

"혀, 형님…… 소, 소제가 자, 잘못……."

팽강의 입에서 잘못이라는 말이 나오자 사람들을 짓누르
던 기운이 사라졌다.

"커헉! 헉, 헉!"

"하악! 하악!"

저마다 참았던 숨을 내쉬며 숨을 고르고 있었다.

숨을 고르는 사람들의 눈빛은 하나였다.

경악.

삼황이라 해도 인간인데, 차이가 나 봐야 얼마나 나겠냐고
생각을 한 사람들.

이제 확실하게 알았다.

황이라는 단어의 무게감을.

무황이라는 존재감을 말이다.

그런 무황이 경고를 하고 있었다.

자신들의 힘으로는 안 된다고.

단 한 명의 기세에 무림맹의 모든 이들이 인정한 것이다.

그런 무공을 지닌 사람이 아직 둘이나 더 있었다.

사람들의 시선이 저절로 검황과 사황을 향했다.

검황은 그저 미소 짓고 있었고, 사황은 아무 생각 없는 표정으로 앉아 있었다.

그리고 가운데 앉아 있는 천룡.

그곳의 모든 이들의 궁금증을 자아내는 인간이었다.

그런 사람들의 시선을 느낀 무광이 피식거리며 말했다.

"왜, 궁금하냐? 누구신지?"

무광의 말에 재빨리 눈을 돌리며 고개를 숙이는 사람들.

"나 따위는 상대도 안 될 정도로 강하신 분이다. 귀를 활짝 열고 들어라. 에헴! 저분에 대해 말씀드릴 것 같으면······."

이제부터 장황하게 찬양을 시작하려는데 천룡이 나서서 말렸다.

경험상 저렇게 말하기 시작했다는 것은 낯 뜨거운 말을 내뱉겠다는 소리였다.

천룡이 다급하게 말렸다.

"그, 그만. 하지 마라."

"네, 왜요?"

"하지 말라면 하지 마."

"에이, 아버지도 참. 애들도 아버지가 어떤 분이신지 알아야죠."

무광의 입에서 나온 단어.

아. 버. 지.

다들 이게 무슨 뜻인지 해석하기 위해 동공이 바쁘게 움직였다.

"진심이다. 하지 마라."

천룡의 악다문 입 사이로 말이 흘러나왔다.

무광이 시무룩해지려고 할 때 지원군들이 나타났다.

"사부! 왜 하지 말라고 하세요! 저들도 알아야 앞으로 알아서 고개를 숙이죠!"

"맞습니다! 사부님! 이제 세상에 사부님의 위대함을 알려야 한다고 저도 생각합니다. 대사형이 사부님에 대해 저들에게 말하는 것은 꼭 해야 할 일이라고 생각합니다!"

"사제들 말이 맞습니다! 이제 운가장은 세상에 널리 알려졌으니 아버지에 대한 명성도 널리 알려져야죠!"

천명과 태성까지 가세하자 무광 역시 덩달아 기세가 올랐다.

사. 부. 님.

또 이해가 안 되는 단어가 튀어나왔다.

그런 그들의 반응을 무당 장문인과 당가의 가주가 미소를 지으며 감상하고 있었다.

'저 심정 내가 누구보다 잘 알지. 크크큭.'

'저 표정들 봐라. 침 흘리겠네. 흐흐흐. 재밌다. 재밌어!'

"주군! 제가 설명하겠습니다!"

제갈군이 손을 들었다.

눈빛으로 제자들을 말리던 천룡은 제갈군의 말에 고개를 돌려 바라봤다.

그래도 군사고 머리도 뛰어나니 자신의 제자들보단 낫겠지 싶어 고개를 끄덕였다.

'애들이 말하는 것보다 낫겠지.'

하지만 그것은 커다란 오산이었다.

"하하하, 우리 주군께서는 말입니다…… 신(神)이십니다! 신! 신 아시죠? 무신! 천신! 하하하하!"

무광보다 더했다.

신나서 떠들어 대는 제갈군.

"저희 주군께선 하늘의 신보다 위대하시고, 대자대비한 부처님보다 자비로우시며……."

후회가 됐다.

요즘 진중한 모습만 봐서 잠시 착각했다.

원래 저런 놈이었는데.

옆을 보니 천명과 태성이 손뼉까지 치며 잘한다고 외치며 경청하고 있었다.

무광은 연신 그렇지를 외치며 고개를 끄덕이고 있었다.

쥐구멍으로 숨고 싶다는 말이 새삼 이해되는 천룡이었다.

자신이 허락했으니 말리지도 못하겠고, 그저 고개만 푹 숙이고 저 낯 뜨거운 말을 들을 수밖에 없었다.

천룡에게 있어서 지상에서 가장 부끄러운 시간이 지나고

있었다.

시간이 흐르고 어느덧 제갈군의 입에서 찬양이 끝나 가고 있었다.

"……그랬단 말입니다. 아시겠습니까? 주군의 위대함을?"

이제는 거의 강압적으로 주입을 하고 있었다.

그래도 끝나 가고 있으니 한숨을 돌렸다.

기나긴 굴욕과 치욕의 순간이 지나갔다.

천룡은 안도의 한숨을 내쉬려 했다.

"자! 그럼 이제 주군께서 마교에서 활약하신 활약상을 들려 드리지요."

방심했다.

이런 천룡의 반응과 달리 이곳에 있는 사람들은 연신 놀라워하고 감탄하고 있었다.

마치 신화 속에 나오는 이야기를 듣는 기분이었다.

처음에는 믿기지 않았는데, 이제는 저 이야기의 관객이 되어 경청하고 있었다.

호응까지 하면서 말이다.

"오오! 그것이 정말이오?"

"세상에 정녕 대단하시군요!"

과연 머리로는 상대가 없다는 제갈가에서도 인정한 천재였다.

그런 천재가 작심하고 찬양하고 있었다.

그에게 새로운 별호를 달아 주어야 할 것 같았다.

설전황!

말로 사람들을 후리고 있으니 말이다.

"마교! 마교도 세상에 나왔었단 말이오?"

"하하하, 놀라셨죠? 저도 그 얘길 듣고 얼마나 놀랐던지."

"정녕 대단하신 분이군요!"

"그러니 삼황을 키워 내셨겠지요."

"하하하, 저분이 계셨는데 우리 같은 사람들이 나댔으
니……. 정말로 창피합니다."

"부끄럽습니다. 하아, 거지 놈이 꼬드길 때 말렸어야 했는
데……."

"지금이라도 늦지 않았어요. 저분을 믿고 저희는 중원 내
부의 치안 단속이나 맡는 게 어떻겠습니까?"

"옳습니다! 그렇게 합니다!"

"나도 찬성이오! 우리가 가 봐야 방해만 되지 그러니 우리
는 중원에 남아 후방을 지원합시다."

오랜 시간 동안 제갈군의 말을 들은 사람들은 이미 천룡의
추종자가 되어 있었다.

제갈군은 천룡을 보며 잘하지 않았느냐, 어서 칭찬해 달라
는 표정으로 바라보고 있었다.

이마를 짚는 천룡이었다.

어찌 됐든 간에 사람들을 설득하는 데는 성공한 것 같았다.

그것도 아주 평화적으로 말이다.

❦

혈천교 군사 방염이 다급하게 교주를 찾았다.

"교, 교주님! 비, 비상입니다!"

군사는 당연히 교주가 누워서 술이나 마시고 있을 줄 알았다.

그런데 웬걸?

수련하고 있었다.

"교, 교주님? 맞습니까?"

긴급한 상황도 잊은 채 놀라서 묻는 군사였다.

그 말에 교주 은마성의 이마에서 혈관이 솟았다.

"지금 그 말 엄청나게 기분이 나쁜데?"

"죄, 죄송합니다. 소신이 너무 놀라서……."

"그게 더 기분 나쁜데? 요즘 젊어졌다고 아주 힘이 남아도나 봐? 나에게 이렇게 시비를 다 걸고?"

그러면서 천천히 군사를 향해 발걸음을 옮기는 교주였다.

거대한 마기를 풀풀 풍기면서.

"헉! 그, 그게 아니옵고!"

"응. 그렇지. 그래. 일단 좀 맞고 시작할까?"

교주가 주먹을 들어 올리려 할 때, 군사가 다급하게 외쳤다.

"주, 중원에서 이곳을 발견했다고 합니다! 이곳을 치기 위해 준비 중이라고 합니다!"

군사의 말에 교주의 움직임이 멈췄다.

"뭐? 그게 무슨 말이야?"

"방금 말씀드린 그대로입니다. 이곳이 중원인들에게 발각되었습니다. 저들이 이곳으로 오기 전에 먼저 치심이 어떤지요. 모든 준비는 다 되어 있습니다."

이런 상황이면 당연히 교주가 분노하며 당장 쳐들어가자고 할 줄 알았다.

하지만 은마성의 반응은 달랐다.

심하게 떨리는 동공과 함께 당황한 목소리로 말했다.

"어? 아, 안 돼. 그, 그냥 저들이 오게 두어라. 여기서 처리하자."

"네?"

자신이 지금 무슨 말을 들은 건지 재차 확인하는 군사였다.

"중원은 안 된다고 하셨다. 그러니 오게 두어라."

"그게 무슨 말씀이십니까? 안 된다고 하셨다니? 교주님 뒤에 다른 분이 계십니까?"

그동안 심증은 가지만 확실하지 않았기에 속으로만 끙끙거렸던 궁금증.

지금이 기회였다.

군사의 질문에 교주가 당황했다.

"교주님! 중요한 문제입니다!"

군사가 압박을 해 왔다.

결국, 한숨을 쉬며 입을 여는 교주였다.

"하아…… 그래……. 이제 알 때도 되었지. 말해 주겠다."

교주의 말에 군사의 눈이 반짝였다.

"우리 혈천교는 위대하신 분께서 다스리는 조직 중 하나일 뿐이다."

"네? 그, 그게 무, 무슨 말입니까?"

군사는 전혀 생각지도 못했던 말에 경악했다.

무림 전체를 공포에 몰아넣었고, 지금도 공포에 떨게 만드는 곳이 바로 이곳 혈천교였다.

그런데 그런 혈천교가 일개 조직 중 하나였다니.

"나 역시 그분의 수하일 뿐. 그분께서 하라는 대로 움직이는 인형일 뿐이다."

"그, 그것이 정말입니까? 그, 그렇다면 중원 침공을 멈추신 것도."

군사의 말에 교주가 고개를 끄덕였다.

"그래…. 그분께서 보류하라 하셨다. 나는 거역할 수 없었지. 그분께서 명령을 내리시지 않았으니…. 그러니 중원으로 갈 수 없다."

교주가 두려운 눈빛을 보이며 완강하게 대답했다.

군사는 교주의 눈빛을 보고 전에 교주가 보였던 두려움의 눈빛을 떠올렸다.

'그때였구나. 그분이라는 사람을 만나러 간 것이.'

"그럼…… 저희 말고도 다른 조직이 있단 말씀입니까?"

군사의 말에 교주가 잠시 머뭇거리더니 이내 깊은 한숨을 쉬고 말했다.

"그래. 우리 말고도 다른 조직이 있다."

충격이었다.

자신도 알지 못하는 비밀 세력들이 있다니.

"무엇인지 알려 주시겠습니까?"

"나도 정확하게 모른다. 왜냐고? 내가 제일 약하기 때문이지……. 서열상으로도 제일 아래고. 하나, 그건 알지. 그 자들이 나서면 중원 따위는 순식간에 그분의 손에 떨어진다는 것을."

교주의 말에 군사는 숨을 쉴 수가 없었다.

그만큼 충격이었다.

천마대제의 힘을 얻고 얼마나 좋아했던가.

교주를 제외하고는 자신을 상대할 자가 세상에 없을 것으로 생각했다.

하지만 그것은 허망한 꿈이었다.

교주보다 강한 자들이 있단다.

그것도 한둘이 아닌 모양이었다.

"그자들은 왜 세상에 모습을 드러내지 않는 것입니까? 그런 힘을 가지고도 말입니다."

군사가 억울한 듯이 외치자, 교주가 단호하게 말했다.

"그분께서 허락하지 않으셨으니까. 세상의 주인께서 허락하지 않으셨다."

세상의 주인이라고 한다.

"그분은 나의 주군이며, 세상 모든 악의 정점이시다."

군사의 동공이 떨려 왔다.

교주의 입에서 주군이라는 단어가 나왔다.

"그분은 마의 정점! 진정한 마황(魔皇)이시다!"

은마성의 입에서 나온 말에 군사는 아찔한 정신을 간신히 부여잡고 있었다.

"일단 알았다. 어찌 되었든 대응은 해야 하니……. 그분에게 다녀오겠다. 다녀와서 다시 얘기하지."

은마성은 그리 말하고 섬광 같은 속도로 사라졌다.

은마성이 사라진 방향을 바라보며 허망한 눈빛으로 그 자리에 주저앉는 군사였다.

⟋

-천하 삼세가 한 사람에게 부복했다!

-운가장이라는 곳이 곧 천하제일이라고 선포했다!

─운천룡이라는 자가 고금제일인이라 한다!

전 중원을 강타한 소식.

절대로 믿지 못할 거대한 충격이 온 중원을 휩쓸었다.

바로 운가장과 천룡에 관한 이야기들이었다.

어디를 가나 사람들은 전부 그 이야기를 하느라 정신이 없었다.

"에이! 그걸 지금 믿으라고 하는 소리여? 농담하려거든 적당히 하게!"

"아니, 이 사람이? 진짜라니까? 삼황도 운천룡이라는 사람에게 부복했다지 않는가!"

"미친놈아! 내가 적당히 하라고 했지? 어디 농을 할 게 없어서 그런 허무맹랑한 소릴 해!"

어디를 가나 비슷한 광경이 펼쳐졌다.

직접 본 사람들이 사실을 말해도 사람들이 믿지를 않았다.

오히려 그 말을 한 사람들에게 화를 냈다.

어떤 사람은 분노한 사람에게 얻어맞기까지 했다.

말하는 사람들도 얘기하면서 믿기지 않는데, 듣는 사람들은 오죽했을까.

예상치 못하게 전 중원에 큰 소란을 일으킨 천룡이었다.

어느 장원에 사람들이 모여서 소문에 관한 이야기를 나누고 있었다.

"흠, 운가장의 운천룡이라."

"그자로군. 주군께서 찾으라 했던 인간."

"아, 그렇군. 어디서 많이 들어 본 이름이다 싶었더니."

"주군께서 찾는 이유가 뭘까요? 이것을 미리 예견하신 걸까요?"

"글쎄다. 우리가 그분의 깊은 뜻을 어찌 알겠니."

세 명의 남녀가 모여 이야기를 나누고 있었다.

"주군께서 생각하신 게 있으시니, 우리에게 그런 명령을 내리신 거겠지. 은마성이가 찾아서 주군께 보고를 드렸었다는군."

"아, 은마성 그자가요? 아깝군요. 주군께 잘 보일 기회였는데."

유독 한 사람만 표정이 좋지 않았다.

"단목천. 표정이 별로 좋아 보이지 않는데? 무슨 일이 있는가?"

단목천이라 불린 남자가 한숨을 쉬며 말했다.

"안타까워서 그러네. 실은 나는 알고 있었네. 우리 쪽 애들한테 얘기를 여러 차례 들었거든. 하필이면 그 이름을 까먹고 있었다니."

"저런. 주군께 이쁨 받을 기회를 날렸구먼."

"호호호, 단목 오라버니. 기운 차리셔요. 앞으로 또 기회가 있겠죠."

"옥영, 너는 어째 단목천한테만 그리 친절한 거냐? 나에게
도 좀 그렇게 해라."

"흥! 곽 오라버니는 저 말고도 여자들이 많으시잖아요. 그
애들한테 가서 실컷 받으세요."

옥영이라 불리는 여성은 단목천만 바라보며 얘길하고 있
었다.

"사람을 찾는다니 생각이 난 건데, 너희 이화궁에서 찾는
그 사람은 찾았느냐?"

단목천이 옥영의 시선을 부담스러워하며 물었다.

"아니요. 사실 사람의 혼이 다른 이에게 전이되어 환생한
다는 거 자체가 말이 안 되는 거 아닌가요? 그냥 대대로 내려
져 오는 구전이니 하는 척이라도 하는 거죠."

"그 사람을 찾는 이유가 전설 때문이지?"

"네, 이해를 못 하겠지만요. 얼마나 약해빠졌으면 한 사람
에게 궁이 전멸을 당한 것인지. 한심해요."

"크크크. 세상 사람들이 알까? 이화궁이 다시 살아났다는
사실을?"

"흥! 모르면 저희야 좋죠! 언제든 중원의 뒤통수를 칠 수
있으니. 주군께서 허락만 하시면 당장이라도 나서서 저들에
게 고통을 줄 수 있어요."

대답을 하는 그녀는 수백 년 전에 사라졌다고 알려진 이화
신궁의 궁주였다.

본래 천축 쪽에 있던 문파였는데, 어느 날 중원으로 넘어와 자리를 잡은 문파였다.

중원의 아미파와 같이 여자들로만 이루어진 문파였다.

마교와 더불어 한때 중원을 시끄럽게 했던 역사가 있는 문파였다.

"그러는 곽 오라버니의 태양궁도 부활한 것을 세상 사람들은 모르고 있잖아요."

"크크크. 그렇지."

태양궁.

이화신궁과 더불어 새외 오대마궁 중 한 곳이었다.

"그나저나 은마성이 놈이 과연 저들을 막을 수 있을까?"

"목숨 걸고 막을걸요? 안 그랬다간 주군의 분노가……."

"소문이 사실이라면 막을 수 있는 전력이 아닐 텐데?"

"뭐, 그거야 그놈들이 알아서 해야 할 일이고요. 저희는 저희 할 일만 하면 되는 거죠. 아시죠? 저희가 할 일. 더 늦었다가는 주군께서 어떤 행동을 하실지 몰라요."

옥영의 말에 다들 몸서리를 쳤다.

"어찌 됐든 우리는 우리 할 일을 하자고. 오행체가 세상에 나왔으니 그들을 어찌 잡아야 할지 의논하자고."

"오행체 중에 셋은 찾았다. 화룡지체, 천무지체 그리고 금강지체."

"세 놈 모두 까다로운 구석에 숨어 있군."

"크크크. 그래서 더 재밌지 않은가? 뭐 여차하면 그냥 주군께 위치만 알려 드려도 될 일이다."

"하긴 그러면 주군께서 알아서 하시겠지. 그분이라면 손쉬운 일일 테니."

"나머지 둘은 아직 행방이 묘연한가?"

"아니. 한 놈은 지금 이름을 서서히 날리고 있더군. 곧 잡으러 갈 거야."

그 후로도 그들은 한참을 진중하게 대화를 하며, 시간 가는 줄 모르고 집중했다.

다급하게 마진강이 있는 호수로 달려온 은마성.

은마성은 조심스럽게 마진강이 지내고 있는 호수 가장자리의 전각으로 다가갔다.

그곳에 도착하자 마진강이 문을 열고 나와 반겨 주었다.

"또 무슨 일이냐? 요새 자주 오는구나?"

마진강이 모습을 드러내자 은마성이 다급하게 부복을 하며 말했다.

"주, 주군! 중원에서 무인들이…… 아니, 운천룡이라는 자가 혈천교를 향해 오고 있다고 합니다. 어, 어찌할까요?"

은마성의 보고에 마진강이 놀란 눈으로 쳐다보며 말했다.

"뭐라? 천룡 그 친구가?"

"네! 그, 그렇습니다."

은마성이 가져온 소식은 뜻밖의 내용이었다.

"그 친구가 온다고…… 흐음, 이건 생각 밖의 상황인
데……."

턱을 쓰다듬으며 한참을 생각하던 마진강.

"너희들이 가진 모든 것을 다 쏟아 내라."

"네?"

"전력을 다해서 그를 상대해라. 그것이 너희가 해야 할 일
이다. 알겠느냐?"

"주, 죽여도 된다는 말씀입니까?"

은마성의 말에 마진강이 잠시 멍하니 있더니 크게 웃었다.

"크하하하하하! 뭐, 뭐라? 하하하하."

"크윽!"

마진강의 웃음에 은마성이 귀를 막으며 고통스러워했다.

그렇게 한참을 웃던 마진강.

그러다가 턱을 쓰다듬으며 중얼거렸다.

"아니지. 생각해 보니 내 친우인데 너 같은 놈에게 맡기는
건 경우가 아니지."

곰곰이 생각하는 마진강.

아무리 생각해도 천룡을 이놈에게 맡기는 건 말이 안 됐
다.

그것보다 자신의 친우를 은마성 같은 허접한 놈에게 맡기려니 찝찝한 기분이 들었다.

“천룡은 내가 맡겠다.”

“네?”

“너 따위는 일 초식도 버티지 못할 것인데 안 될 일이지. 크크크. 간만에 그 녀석과 손을 섞어 보겠군.”

　연신 즐거운 듯 웃음을 지어 보이는 마진강.

“그래. 나와 손을 섞어 보면 예전의 기억이 더 빨리 돌아올지도 몰라. 충격요법! 하하하, 그래! 그거야. 내가 왜 그 생각을 못 했을꼬.”

　마진강이 연신 즐거운 미소를 지으며 손뼉을 쳤다.

　그 모습에 은마성이 물었다.

“직접 처리하시겠다는 말씀입니까?”

　그 말에 마진강의 표정이 굳었다.

“처리? 하하. 나는 어서 빨리 그가 기억을 찾길 바랄 뿐이다. 그래야 진정한 그의 힘을 각성할 테니. 그 전엔 싸울 맘이 없다.”

“하오나 지금 말씀하신 것이…….”

“아니지. 싸움이 아니다. 충격요법이라 하지 않았느냐? 그 녀석에게 큰 충격을 줄 수 있는 자는 세상에 나 하나뿐이다.”

　은마성은 더 묻지 않았다.

　마진강의 몸에서 나온 진한 마기가 온 세상을 뒤덮고 있었기 때문이었다.

그만큼 흥분하고 있었다.

"암튼 운천룡은 내가 맡을 테니 너는 나머지를 맡아라. 크크크."

"충!"

마진강이 웃으며 손을 휘휘 젓자, 은마성이 고개를 숙이고 다시 교로 돌아갔다.

혈천교가 있는 방향을 바라보던 마진강.

즐거운 미소를 지으며 혼자서 중얼거렸다.

"서서히 자신의 정체성을 찾아가는 것인가? 크크크크. 다시 한번…… 싸울 수 있는 것인가? 그때의 그 기분을 다시 느낄 수 있는 것인가?"

점점 환희에 찬 표정으로 바뀌는 마진강이었다.

"어서 그날이 빨리 올 수 있도록 내가 도와주지."

혈천교를 향해 이동 중인 천룡.

연신 귀를 후비고 있었다.

"아버지, 아까부터 계속 귀를 후비시는데, 어디 안 좋으십니까?"

무광이 걱정스러운 표정으로 바라보며 물었다.

"아니. 요새 들어 계속 귀가 가렵네. 뭐지? 나중에 돌아가면 관천이한테 진료 좀 받아 봐야겠어."

"꼭 그러셔야 합니다."

"오냐. 알았다."

"그나저나 얼마나 더 가야 하나?"

천룡의 물음에 뒤에서 겁에 잔뜩 질린 채 따라오던 혈마신대의 대주가 더듬거리며 말했다.

"조, 조금만 더 가면 됩니다. 그, 그런데 전 여기서 그냥 돌아가면 안 됩니까?"

"뭐?"

"가면 다른 건 모르겠고 저부터 죽이려고 할 겁니다. 그러니 제발 저 좀 그냥 놔주시면 안 됩니까?"

눈물까지 흘리며 호소하는 대주.

그런 대주의 뒤통수를 치며 말하는 무광이었다.

빠악-!

"우리한테 먼저 죽을래? 앙?"

"커헉! 그, 그건……."

뒤통수를 문지르며 울먹이는 대주였다.

천룡이 그 모습을 보고 주변을 보자 제자들과 수하들을 제외한 포로들.

그러니까 혈천교 사람들은 극심한 공포심에 사로잡힌 채 동공이 연신 흔들리고 있었다.

그 모습에 천룡이 말했다.

"무공을 폐해도 된다고 하면 풀어 주겠다. 아니면 끝까지 따라가고."

그 말이 더 잔인했다.

무공을 폐하고 이 넓은 사막을 빠져나가라니.

"그, 그냥 따라가겠습니다."

차라리 싸우다 죽는 게 낫지 사막을 헤매다가 아무것도 못 하고 죽고 싶진 않았다. 아니, 이 사람들이랑 힘을 합쳐서 싸우는 게 오히려 더 살 확률이 높았다.

자신이 경험한 것을 보면 이자들의 무력은 상상을 초월했다. 특히 저 앞에 이 무리의 우두머리인 천룡의 무력은 직접 당해 본 사람만 알 수 있을 정도로 강했다.

"이제 슬슬 시작하려는 모양이다. 한 무리가 이쪽을 향해 달려오고 있네."

천룡이 한 방향을 바라보며 말하자, 모든 사람이 전투태세에 들어갔다.

집중해서 보니 저 멀리서 진득한 살기를 머금은 무리가 거침없이 달려오고 있었다.

그 모습을 본 혈마신대의 대주가 외쳤다.

"저 느낌은…… 저를 제외한 오마신대의 병력입니다!"

대주의 말에 무광이 환하게 웃으며 말했다.

"그래? 아주 격한 환영이군. 크크크."

무광 역시 소매를 걷어붙이며 전투를 준비하려 했다.

하지만 그곳에 있는 사람들은 아무도 손을 쓰지 못했다.

천룡이 나선 것이다.

"내가 처리하마."

"네? 아버지가요?"

"괜히 너희들이 싸우다가 눈먼 칼에 잘못 맞으면 어쩌냐? 그냥 내가 하련다."

"아버지……."

"사부님."

"사부."

여기까지 와서 심심하게 있을 수 없다고 말하려는 찰나 이미 저 멀리 날아가는 천룡이었다.

"하아, 아버지도 참. 성미가 정말 급하시네."

"그러게요."

"저희 걱정해서 저러는 것이죠. 전에 마교 교주가 이 자식한테 당할 뻔한 것 때문에 더 그러신 것 같아요."

태성이 혈마신대의 대주를 가리키며 말했다.

"그놈이야 전투 경험이 없어서 당황한 거지. 나였다면 그전에 끝냈다."

무광의 말에 다들 웃으며 고개를 끄덕였다.

그리고 천룡이 날아간 곳으로 고개를 돌렸다.

이제는 지켜봐야 한다.

스승님의 위대한 모습을.

한편 자신들의 앞에 떡하니 나타난 천룡을 본 오마신대.

"저건 뭐냐? 치윗!"

멈춰 서서 질문을 하거나 하는 그런 일은 없었다.

가로막고 있는 것은 모조리 도륙하고 부수며 나아가라는 명령이 떨어진 상태였다.

명령이 떨어지자 엄청난 기세가 천룡을 덮쳤다.

그와 동시에 천룡을 향해 수백 개가 넘는 강기들이 날아왔다. 천룡은 자신을 향해 날아오는 강기들을 향해 손을 휘둘렀다. 천룡의 손길에 수백의 강기들이 사방으로 튕겨 나갔다.

까가 가가 강—!

투콰콰콰콰—!

사방팔방으로 튕겨 나간 강기들이 땅속을 뚫고 들어갔다.

쿠콰콰쾅—!

땅속으로 스며든 강기들이 일제히 폭발하며 대지를 뒤흔들었다. 자신들이 날린 강기는 천룡에게 그 어떤 피해도 입히지 못했다.

그 모습에 달려오던 오마신대가 긴장을 하며 외쳤다.

"뭐, 뭐야! 보통 놈이 아니었다! 모두 전투대형으로 헤쳐모여!"

"빙마신대! 동쪽을 맡아라! 우리 화마신대가 남쪽을 맡겠다!"

"환마신대는 결계를 펼쳐서 저자를 현혹하라! 궁마신대는 저자의 도주로를 완벽 차단하라!"

일사불란하게 천룡의 주변으로 퍼져 나가는 이들.

빙마신대가 펼친 진법으로 인해 대지가 급격하게 얼어붙었다.

그 위를 화마신대의 화염 구름이 가로막았다.

환마신대의 환영이 천룡의 시야를 가렸고, 궁마신대의 강기를 머금은 수많은 화살이 화염 구름을 뚫고 소낙비처럼 천룡에게로 쏟아졌다.

전 방위로 공격이 들어가고 있었고, 그 공격들 하나하나가 삼황급 무인을 상대하기 위해 만들어진 공격들이었다.

오마신대의 존재 이유가 바로 그것이었다.

삼황급 무인의 발을 묶어 놓는 것.

이기는 것이 아니다.

그랬기에 이런 특이한 구조의 부대가 나온 것이다.

저 멀리서 이것을 지켜보던 사람들은 손에는 땀이 맺혔다.

뇌령마군과 빙령마군은 말로만 듣던 오마신대의 엄청난 무력에 입을 벌렸고, 혈마신대의 대주는 결과를 다 안다는 듯이 눈을 감았다.

끝났다고 생각했기에.

그러나 그것은 커다란 착각이었다.

무광은 팔짱을 끼고 대수롭지 않은 표정으로 중얼거렸다.

"저 정도로 아버지를 어쩌지 못 해."

"그러니까요. 하지만 저희가 저 안에 있었다면 조금 난감했을 수도 있겠네요."

"대사형 말대로 저들이 정말로 준비를 철저하게 했네요."

조금도 긴장을 하지 않은 이들.

그들의 믿음에 보답이라도 하듯이 천룡이 그곳에서 걸어 나왔다.

마치 산보를 하는 듯이 평온한 얼굴로.

콰콰콰쾅-!

걸어 나온 천룡의 앞에 궁마신대가 날린 화살들이 터지며 거대한 폭발을 일으켰고, 화염 구름이 천룡을 덮쳤다.

천룡 일행을 제외한 모든 사람의 생각은 하나였다.

'시체조차 남지 않았겠구나.'

오마신대는 자신의 일을 다 했다고 생각하고 다시 나머지 사람들을 향해 진격하려 했다.

그런데 그들은 자신들의 행동을 이어 가지 못했다.

먼지가 걷히면서 태연하게 걸어 나오는 한 사람.

옷조차 찢어지지 않았다.

먼지조차 묻지 않는 깨끗한 모습.

"신기한 경험이네. 재밌네."

환하게 웃는 천룡.

간만에 온몸에 활기가 넘쳐흘렀다.

오래전부터 바라던 그런 기분이라는 생각이 들었다.

"더 해 봐."

천룡의 웃음에 오마신대는 소름이 돋는 것을 느꼈다.

"마, 말도 안 되는……."

"우리의 집중 공격을 받았는데…… 타격을 전혀 입지 않았다고?"

"교주라도 저리 무사히 나오진 못할 텐데."

다들 당황한 표정으로 천룡을 바라보고 있었다.

"더 기다려야 하나?"

천룡의 말에 정신을 차린 이들.

"일심동체(一心同體)로 간다!"

멀쩡히 걸어 나온 천룡의 모습에 입이 찢어져라 벌리며 경악을 하고 있던 혈마신대의 대주.

일심동체라는 말에 벌린 입을 재빨리 다물고 설명했다.

"저건 교주 정도의 무인이 나타났을 때를 상정해 만든 최후의 비기입니다. 물론 우리 대대가 빠져서 제 위력은 나오지 않겠지만, 피, 피하셔야 합니다. 여기까지 후폭풍이 몰려올 겁니다."

"그 정도야?"

"네! 저 수천에 달하는 놈들이 일시에 내공을 모아서 터트리는 수법입니다! 저들조차도 공격하고 젖 먹던 힘을 다해 도망가지 않으면 그 폭풍에 휘말려 죽을 수도 있는 공격입니다. 어서! 피하십시오!"

혈마신대의 대주가 뒤도 돌아보지 않고 도망가려 했다.

하지만 무광이 도망 못 가게 기운으로 잡아 두고 있었다.

"가긴 어디를 가 인마, 여기 있어."

"제, 제가 지금까지 하는 말을 안 들으신 겁니까? 다시
설…… 읍읍."

"아! 더럽게 말 많네. 진짜."

아혈을 막아 버린 무광이었다.

한편 오마신대의 모든 무인은 하늘에 거대한 기운을 순식
간에 모았다.

사람의 손에 만들어진 거대한 구체.

작은 태양이 떠 있는 것 같은 착각이 들 정도였다.

보기만 해도 전율이 느껴질 정도로 강렬한 기운을 품은 구
체가 천룡을 향해 던져졌다.

"최대한 뒤로 피해라!"

천룡을 향해 엄청난 속도로 떨어지는 구체.

오마신대는 뒤도 안 돌아보고 거리를 벌리기 위해 필사적
으로 뛰었다.

이제 곧 거대한 폭음과 함께 이곳은 엄청난 열기를 품은
바람이 덮칠 것이다.

이를 악물고 그것을 견뎌 내기 위해 내력을 끌어 올리는
오마신대.

최대한 거리를 벌렸지만 그래도 완전히 피할 수는 없기에 이러는 것이다.

그런데 들려와야 할 폭음이 들리지 않았다.

자신들을 향해 불어와야 할 화염 폭풍 역시 불어오지 않았다. 이게 무슨 일인가 하고 뒤를 돌아보니 자신들이 날린 거대한 구체가 천룡의 머리 위에 떠 있었다.

구체가 조금씩 일그러지더니 천룡에게 흡수되기 시작했다.

"마, 말도 안 되는……."

정말로 말도 안 되는 일이 벌어지고 있었다.

다른 사람이 날린 공격을 멈추게 하고 그것을 흡수한다?

정말로 그게 가능하다면 세상에 존재하는 모든 무공은 저 자의 먹이가 될 것이다.

정말로 그런 무공이 있다면 그 무공을 익힌 자가 중원의 지배자가 될 것이다.

그런데 그것이 눈앞에서 현실로 벌어지고 있었다.

그것도 아주 맛있다는 표정으로 흡수하고 있었다.

잠시 뒤에 자신들이 날린 회심의 일격이 적의 내공으로 전환되는 모습을 실시간으로 지켜본 이들은 정신이 혼미해져 갔다.

사람이 감당할 수 없는 충격을 받으면 보호를 위해 정신을 놓는다더니 그 말이 사실이었다.

하나둘씩 정신을 놓기 시작한 것이다.

그러나 그것을 그대로 지켜보고 있을 천룡이 아니었다.

"정신을 놓으려고? 안 되지. 보답하게는 해 줘야지."

천룡의 말이 끝남과 동시에 하늘에 먹구름이 몰려왔다.

"보답으로 짜릿하게, 그리고 머리를 시원하게 해 주지."

만뢰.

천룡의 무공인 만뢰가 오마신대를 향해 내리꽂혔다.

"끄아아아악!"

"케에엑!"

"커허억!"

사방에서 비명이 들려왔다.

그 모습을 점혈 당한 채 지켜보던 혈마신대의 대주는 자신이 지금 이곳에 있다는 사실을 너무도 감사했다.

만뢰 한 방에 전투 불능이 된 오마신대.

혈천교 군사 방염이 일생을 걸고 키워 낸 회심의 힘이 이렇게 허무하게 무너졌다.

이 자리에 없는 것이 다행일지도 몰랐다.

이것을 실제로 봤다면 그 역시 제정신을 유지하지 못했을 테니.

사방팔방에 기절한 채로 쓰러진 오마신대.

천룡은 그들을 뒤로하고 계속 걸어 나갔다.

그리고 한참을 더 가 최종 목적지인 혈천교 본단에 도착했다.

정말로 아무것도 보이지 않았다.

"환상미로진(幻像迷路陣)과 천망만쇄진(天網萬鎖陣), 팔괘무적진(八卦無敵陣)이군요. 세 개의 진을 조화롭게 합쳐 놓았습니다. 정말로 대단한 사람이군요."

제갈군이 대번에 알아채며 말했다.

"가끔 까먹는데⋯⋯. 너 정말 머리 좋구나."

무광의 말에 제갈군이 웃으며 말했다.

"말했잖습니까? 희대의 천재라고. 세상의 모든 진법이 바로 제 머릿속에 들어 있습니다."

"그래⋯⋯."

괜히 말했다가 본전도 못 건진 무광이었다.

"이걸 깨려면 어찌해야 하냐?"

"일반적으로 해체하려면 오랜 시간이 걸리는데⋯⋯."

"일반적이 아니면?"

무광의 말에 천룡을 바라보며 답하는 제갈군이었다.

"그러면 한 방에 깨지겠죠. 정말로 압도적인 무력이라면⋯⋯."

제갈군의 말에 천룡이 미소를 지으며 자신의 오른손에 내력을 모으기 시작했다.

후우우웅―!

어찌나 엄청난 기운이 모이는지 천룡의 주먹을 중심으로 거대한 폭풍이 일었다.

"크, 크윽. 어, 엄청난 기운이다."

끊임없이 몰아치는 기의 폭풍.

잠시 후.

천룡의 손에 보기만 해도 무시무시한 구체가 형성되었다.

빠직─ 빠지직─!

"멸격뢰(滅擊雷)."

구체를 진이 있는 곳으로 살짝 던졌다.

포물선을 그리며 날아가는 구체.

파창─!

파차차창─!

사방에서 무언가가 깨지는 소리가 들려왔다.

구체가 지나가는 자리마다 아지랑이가 올라오듯이 일렁거
렸다.

쿵─!

땅에 떨어진 구체.

번쩍─!

눈이 부실 정도로 환한 빛이 일행을 덮쳤다.

모든 일행이 팔을 들어 얼굴을 가렸다.

쿠콰콰쾅─!

이윽고 들려오는 거대한 폭음 소리.

사람들이 손을 치우고 바라본 광경은 엄청났다.

거대한 버섯 모양의 구름이 온 사방을 뒤엎고 있었다.

세상이 멸망한다면 저런 모습일까?

하지만 일행에게는 그 어떤 피해도 오지 않았다.

천룡이 보호하고 있었기 때문이다.

"아, 아버지. 저, 저거."

"너, 너무 강한 걸 던지신 거 아니에요?"

제자들의 말에 천룡이 웃으며 말했다.

"힘 조절했어."

힘 조절하셨단다.

저게 힘 조절한 거라니.

다들 멍하니 쳐다만 보았다.

화염을 머금은 폭풍이 지나가고 뿌옇던 시야가 환해지면서 앞에 풍경이 모습을 드러냈다.

물을 채우면 호수가 될 정도로 거대한 구덩이가 눈앞에 펼쳐졌다. 그 구덩이가 끝나는 부분에 무너져 내린 토성(土城)이 보였다.

그 너머에 경악한 얼굴을 한 무리가 눈에 들어왔다.

"군사와 혈천교 정예들입니다."

엄청난 광경에 정신을 놓고 있었던 혈마신대의 대주가 정신을 차리고 한 말이다.

저 멀리 보이는 무리에 대해 말한 것 같았다.

"교주는?"

무광의 물음에 대주가 고개를 저었다.

없다는 소리다.

그때 천룡이 진한 미소를 지으며 말했다.

"그자다! 나를 부르고 있다!"

"네?"

갑작스럽게 혈천교가 있는 방향과 다른 곳을 바라보며 중얼거리는 천룡.

"이곳은 너희들이 맡아야겠다."

"무슨 일입니까?"

제자들이 놀란 얼굴로 바라보며 물었다.

"마진강, 그자가 나를 부르고 있다."

"사부와 비슷한 경지의 무인 말입니까?"

태성의 말에 천룡이 고개를 끄덕였다.

"그자를 상대할 수 있는 자는 나뿐이다."

천룡은 혈천교를 잠시 바라보더니 말했다.

"저것들은 너희 선에서 처리 가능하지?"

천룡이 걱정스럽게 묻자, 제자들과 수하들이 환하게 웃으며 말했다.

"걱정하지 마십시오! 저놈들은 저희가 맡을 테니 안심하고 다녀오십시오!"

그 말에 천룡은 고개를 끄덕이고는 자신이 바라보던 방향으로 몸을 틀었다. 천룡의 얼굴엔 미소가 가득했다.

혈천교를 상대하면서 점점 본 성격이 나오기 시작하는 천룡이었다.

"그래. 이 기분이야. 누군가와 싸우기 전에 기대되는 이 순간. 이걸 잊고 살았구나."

무언가 달라진 모습에 제자들과 수하들이 살짝 놀란 모습으로 천룡을 바라보았다. 천룡은 그런 제자들의 시선을 뒤로한 채 하늘로 날아올랐다.

"아버지가 좀 변하신 것 같은데?"

"저도 그렇게 느꼈습니다. 그래도 저게 더 보기 좋군요. 무언가 활기가 가득한 모습이지 않습니까?"

"맞아요. 전에는 뭐랄까 좀 그런 게 있었어요. 무언가 살짝 부족한 모습?"

무광은 사제들의 말에 고개를 끄덕였다.

자신도 그리 생각을 하고 있었기에.

순식간에 사라진 천룡이 있던 자리만 바라보던 사람들.

무광이 제일 먼저 정신을 차리고 말했다.

"자! 다들 아버지 말씀 들었지? 우리도 가자!"

"네!"

무광을 선두로 혈천교로 돌진하는 사람들이었다.

❦

마진강은 뒷짐을 진 채로 천룡이 오기만을 기다리고 있었다.

하늘을 바라보던 그의 입가에 진한 미소가 새겨졌다.

그토록 기다리던 그가 온 것이다.

가슴이 두근거렸다.

이 순간을 얼마나 기다렸던가.

비록 천룡이 기억을 완벽히 되찾지 못해 제 기량을 전부 발휘할 수 없다고 해도 좋았다.

자신의 유일한 호적수가 아주 건강히 살아 있다는 것을 알았기에.

살아 있기만 하면 되었다.

그러면 언제든지 맞붙을 수 있지 않은가.

수백 년 만에 느끼는 이 두근거림이 너무 좋았다.

저 멀리 천룡이 보였다.

입가의 미소가 더욱 진해졌다.

천천히 하강하는 천룡을 보며 마진강이 말했다.

"왔는가? 친구여."

마진강의 말에 천룡이 고개를 끄덕였다.

"오랜만일세, 진강이."

천룡의 말에 마진강의 두 눈이 커졌다.

"서, 설마?"

자신을 알아보는 천룡을 보며 환희에 찬 얼굴이 된 마진강.

"미안하군. 그동안 자네를 기억하지 못하고 있었어."

정말이었다.

자신을 기억하고 있었다.

"하하하하하, 괜찮네! 괜찮아! 자네만 살아 있다면 그 어떤 것도 상관없네! 하하하하!"

이 얼마 만에 느껴 보는 즐거움이던가.

마진강은 진심으로 너무 기뻤다.

은마성에게 모든 것을 맡기지 않고 자신이 직접 나선 것을 정말로 다행이라고 생각했다.

그러지 않았다면 이 기쁨을 느끼지 못했을 테니까.

그런 마진강에게 천룡이 미안한 얼굴로 말했다.

"미안하네. 아직은 단편적인 기억뿐일세."

천룡의 사과에 마진강이 호탕하게 웃으며 대답했다.

"괜찮대도! 하하하. 기억이 정말로 돌아오고 있군. 정말로 좋은 현상이야."

그 말에 천룡이 비로소 미소를 지었다.

"오늘은 가볍게 손을 섞어 보세."

마진강의 말에 천룡이 고개를 끄덕였다.

"자네를 만나고 난 후에 알 수 없는 호승심이 내 몸을 지배하고 있네. 나 역시 자네를 만나기를 애타게 기다린 것인지도 몰라."

천룡의 말에 마진강은 더욱 행복했다.

자신만 기다린 것이 아니었다.

천룡 또한 자신을 기다렸다고 하지 않는가.

그동안의 외로움이 모두 보상을 받는 기분이었다.

"크하하하하! 좋구나!"

천룡 역시 연신 즐거운 미소를 짓고 있었다.

"자, 이제 그만하고 어디 한번 붙어 볼까?"

마진강의 말에 천룡이 고개를 끄덕였다.

"크크크. 더는 기다릴 수 없네. 먼저 가지."

마진강이 천룡을 향해 돌진했다.

천룡 역시 마진강에게 달려갔다.

투콰콰콰콰—!

주먹과 주먹이 서로 부딪히며 굉음이 울려 퍼졌다.

둘의 주먹이 맞부딪힐 때마다 그 충격파로 인해 지형이 변해 갔다.

쿠쿠쿵—!

"크크크크. 기억이 다 돌아오지 않았다고 해도 실력은 여전히 끝내주는구나."

마진강이 웃으며 뒤로 물러섰다.

그리고 주먹에 엄청난 마기를 불어넣어 천룡에게 날렸다.

"진마신권(眞魔神拳)!"

세상의 빛을 모두 집어삼킨 듯한 어둠이 온 세상을 덮었다. 그 어둠이 순식간에 마진강의 주먹으로 빨려 들어가더니 엄청난 기세로 발산되었다.

쿠아아아-!

세상의 모든 빛을 깨부술 것 같은 진한 어둠의 권강이 천룡을 향해 날아갔다.

천룡은 손을 태극 모양으로 휘저었다.

"음양금강벽(陰陽金剛壁)."

천룡을 향해 날아오던 주먹 모양의 검은 권강이 회오리치며 천룡이 휘두른 태극 모양의 원 안으로 빨려 들어갔다.

그 모습에 마진강이 웃으며 말했다.

"조금 더 진지하게 해도 되겠군. 크크크."

"언제든지 진지해도 되네."

둘은 웃었다.

그리고 다시 맞붙었고 천지가 뒤집힐 정도로 엄청난 공세가 오갔다.

투콰콰콰-!

쩌정-!

콰콰쾅-!

그 위력이 얼마나 대단했는지 저 멀리서 싸우고 있던 혈천교와 운가장의 무인들에게도 전해졌다.

"미친! 이게 뭐야!"

"저, 정말로 이것이 사람이 내는 힘이라고?"

"맙소사! 정말로 사부와 비교하면 뒤처지지 않는 기운이 맞네요."

일순간에 전투가 정지되었다.

연달아 날아오는 충격파가 그들이 있는 곳까지 날아왔다.

"크으윽!"

단지 충격파일 뿐인데도 그곳에 있는 모든 이들이 타격을 받았다.

"이렇게나 멀리 떨어져 있음에도 이 정도 위력이라니."

"정말로 사부가 없었다면 중원은 그 마진강이라는 자에게 먹혔을지도 모르겠네요."

태성의 말에 다들 고개를 끄덕였다.

언제까지 저쪽에 신경을 쓸 수는 없기에 고개를 돌려 혈천교를 바라보는 무광.

그런데 다들 고통스러워하고 있었다.

"주화입마로군."

조금 전에 날아온 충격파에 상대적으로 무공이 약한 혈천의 무인들이 주화입마에 빠진 것이다.

그때 저쪽에서 누군가가 큰 소리를 외쳤다.

"모두 집중해라! 다들 단약을 먹어!"

그 소리에 혈천의 무인들이 일제히 품에서 빨간 단약을 꺼내어 입에 가져갔다.

"젠장! 골치 아프게 됐네."

"간만에 모든 힘을 총동원해서 날뛰어 보죠."

운가장의 무인들은 일제히 혈천교를 향해 달려갔다.

한편, 천룡과 마진강은 잠시 소강상태에 들어갔다.

전혀 지친 기색이 없는 마진강과 달리 천룡은 살짝 지친 기색이 엿보였다.

그 모습에 마진강이 말했다.

"아직 완벽한 상태가 아니로군. 하긴, 사실 이 정도도 기대를 안 했는데 기대 이상이긴 했네."

"미안하군."

천룡이 사과했다.

마진강이 고개를 저으며 답했다.

"크크크. 아닐세. 오늘은 너와 진정한 결투를 하러 온 것이 아니니 너무 마음에 담아 둘 필요 없네."

"그럼 나를 붙잡기 위해 온 것인가?"

천룡의 물음에 마진강이 웃으며 말했다.

"뭐, 그것도 있고 혹시나 나랑 맞붙으면 충격에 기억이 돌아올까 하는 기대도 있었지. 그래도 오길 잘했어. 자네와 수백 년 만에 이렇게 손을 섞으니 기분이 정말 좋군."

그 말에 천룡이 고개를 끄덕였다.

"나도 마찬가지네."

호흡을 고른 천룡이 다시 공세를 취할 준비를 하자 마진강이 자세를 풀며 말했다.

"오늘은 여기까지 하세. 더 했다간 내가 참지 못할 것 같으니."

사실 지금도 초인적인 인내심으로 참고 있었다.

자신의 모든 것을 개방하여 천룡을 공격하고 싶은 마음.

하지만 참아야 했다.

그것은 승리를 주겠지만, 자신의 갈증은 해소하지 못한다는 사실을 알기에.

천룡 역시 지금 붙어 봐야 무의미하다는 사실을 알았다.

자세를 풀며 말했다.

"이제 나는 아이들이 있는 곳으로 가 보려 하네. 어쩌겠는가?"

천룡의 물음에 마진강이 웃으며 말했다.

"맘대로 하시게."

"저 아이들을 구하러 가지 않는 것인가?"

천룡의 물음에 마진강이 답했다.

"저들은 자네를 찾기 위해 만든 단체일 뿐. 자네를 찾았으니 이제 필요 없네."

천룡의 표정이 굳었다.

자신을 위해 모든 것을 바친 이들을 그저 소모품으로 생각하는 마진강에게 분노한 것이다.

그런 천룡의 마음을 읽은 마진강이 웃으며 말했다.

"크크크. 자네는 여전하군. 이래서 나와 통하는 것인지도 모르지. 극과 극은 서로 통한다고 하니."

천룡이 무어라 말을 하려는데 마진강이 손을 저으며 말했다.

"아아! 하지 말게. 잔소리는 사양일세."

그러고는 몸을 날려 저 멀리 사라지며 말했다.

"다음에 또 보세. 크하하하."

마진강이 사라진 방향을 바라보던 천룡이 씁쓸한 얼굴로 중얼거렸다.

"이거 저 친구의 인내심이 떨어지기 전에 내 기억과 힘을 빨리 찾아야겠군."

천룡은 느꼈다.

마진강이 지금 얼마나 초인적인 힘으로 참고 있는지를.

자신이 저자를 만족시키지 못한다면 그는 중원을 멸할 것이다.

그렇게 느껴졌다.

이제 자신이 해야 할 일이 명확해졌다.

깊은 다짐과 함께 자신의 아이들이 있는 곳으로 발걸음을 돌리는 천룡이었다.

❧

은마성은 혈천교의 중심에 선 채로 눈을 감고 있었다.

그토록 기다리던 자가 오고 있었다.

과거 자신의 혈천교를 좌절하게 만든 장본인.

바로 무황 담무광이었다.

온몸에 피가 끓기 시작했다.

흥분을 가라앉히기 위해 눈을 감고 있어야 했다.

은마성의 입가에 미소가 지어졌다.

느껴졌다.

정말로 강한 사람의 기운이.

눈을 뜬 은마성의 시야에 날아오는 무광이 보였다.

이윽고 은마성은 앞에 착지한 무광을 보며 웃었다.

그런 은마성을 보며 무광도 웃었다.

말하지 않아도 왜 은마성이 이러고 있는지 아는 것이다.

"오래 기다렸나?"

"크크크, 그렇지. 오래 기다렸지. 네놈을 내 손으로 죽이기 위해 말이야."

은마성의 말에 무광이 고개를 끄덕이며 말했다.

"그렇군. 하긴 나 때문에 너의 혈천교가 풍비박산이 났었지. 크크크."

얄밉게 웃는 무광.

하지만 은마성은 동요하지 않았다.

"이제 보니 그분의 말씀을 이해할 수 있겠군. 호적수를 만난다는 것이 얼마나 기분 좋은 일인지."

뜻 모를 말에 무광이 고개를 갸웃거리자, 은마성이 웃으며 말했다.

"크크크. 신경 쓰지 말게. 친구."

은마성의 입에서 친구라는 말이 나왔다.

은마성의 말이 사실이었다.

자신의 호적수라는 말.

무광 역시 느끼고 있었다.

자신이 가진 모든 것을 쏟아 보고 싶었다.

"그만 눈치 보고 재주껏 덤벼."

은마성의 입에서 허락의 말이 떨어지자 더욱 진하게 웃음 짓는 무광이었다.

"내가 할 소리를 먼저 하는군."

긴말은 필요 없었다. 은마성과 무광은 자신들이 가진 모든 것을 쏟아붓기 시작했다.

"내가 보여 줄 무공은 멸천마황공(滅天魔皇攻)이다! 크크크. 느껴 봐라!"

순식간에 은마성의 온몸을 짙은 마기가 감싸며 넘실거렸다.

"오냐! 나의 무공은 무극신공(無極神攻)이다."

둘은 정말로 사생결단할 것처럼 서로에게 공격을 퍼부었다.

수십 합.

수백 합.

수천 합.

전력을 다해 공격한 은마성.

그들의 공격으로 인해 주변의 지형이 변하고 있었다.

또한 공격으로 인한 진동이 사방을 뒤흔들고 있었다.

은마성이 먼저 내력이 고갈되며 자리에 주저앉았다.

무광 역시 거친 숨을 내쉬며 은마성에게 말했다.

"헉헉! 중원 정복의 꿈은 버려라."

"헉헉. 크크큭. 중원 정복이라……."

"왜 웃는 것인가?"

은마성이 씁쓸한 표정을 지으며 허탈하게 웃자, 무광이 물었다.

"나에게 내려진 명은 한 사람을 찾는 것이지 중원 정복이 아니었기 때문이다. 한때 그런 꿈을 꾼 적도 있었지. 중원을 통일하면 무슨 기분일까 하는……. 사실 눈앞에 있었다. 네놈이 나타나기 전엔."

"네가 찾는 그분은 나의 아버지다."

무광의 말에 은마성의 두 눈이 커졌다가 이내 원상 복귀되면서 다시 웃었다.

"하하하. 어쩐지…… 평범하지 않더라니."

은마성은 힘겹게 일어섰다.

그의 얼굴은 개운해 보였다.

"이제 우리의 마지막을 봐야겠지?"

은마성의 말에 무광이 허리를 펴며 고개를 끄덕였다.

"그래야지."

둘은 서로를 바라보며 웃었다.

"나의 최후 초식일세. 이제 더 움직일 힘도 없네."

"나 역시 마찬가지."

무광의 무극무심권(無極無心拳)과 은마성의 혈신강림(血神降臨)
이 충돌했다.

그 파괴력에 거대한 광구가 사방을 덮쳤다.

잠시 후, 바닥에 쓰러진 채 눈을 감고 있는 은마성.

그런 은마성의 귀에 전혀 생각지도 않았던 말이 들려왔다.

"가라."

잘못 들은 것인가?

눈을 뜨고 무광을 바라보는 은마성.

"가라고."

그 말에 은마성이 발끈하며 없는 기운을 모두 끌어모아 일
어섰다.

"지금 나를 모욕하는 것이냐?"

그 모습에 무광이 피식 웃으며 말했다.

"아직 팔팔하네. 한 판 더 할까?"

무광의 말에 은마성이 어이가 없는 표정으로 바라보다 이
내 피식 웃었다.

"이런 거였군. 왜 그분이 그토록 오랫동안 한 사람을 기다
렸는지 알 것 같군."

"무슨 헛소리를 하는지 모르겠지만, 더 강해져서 와라."

"크크크. 내가 두렵지 않은가? 나는 중원을 공포에 몰아넣

었던 혈천교의 교주다."

"두렵지 않다. 그리고 나는 믿는다. 중원의 아이들을. 그러니 보내 주는 것이다."

무광의 눈빛은 굳건했다.

그 모습에 은마성이 바깥으로 고개를 돌렸다.

자신이 그동안 키워 왔던 혈천교가 몰락하고 있었다.

수하 대부분은 이미 전투 불능이 되어 있었고, 군사는 젊은 것들에게 포위되어 공격당하고 있었다.

슬픔이 가득한 눈으로 그 모습을 바라보는 은마성이었다.

사실 오래전부터 이미 알고 있던 사실이었다.

혈천교의 역사는 오늘이 마지막이라는 것을.

은마성의 시선을 같이 바라보던 무광이 말했다.

"쟤들이 중원의 미래다. 너희가 아무리 발버둥을 쳤어도 안 됐을 거다. 그리고 네가 살아 있으므로 저들은 더욱더 정진할 것이다. 중원을 지키기 위해."

무광의 말에 은마성이 인정한다는 표정으로 고개를 끄덕였다.

"그렇군. 나를 저들의 자극제로 삼겠다는 것이군. 좋다. 되어 주지. 그리고 기억해라. 오늘의 빚은 반드시 갚아 줄 테니."

은마성의 말에 무광이 진한 미소를 지으며 말했다.

"언제든지!"

그런 무광의 모습에 고개를 흔들며 저 멀리 아직 싸움이 한창인 혈천교 무리를 바라보았다.

한참을 바라보다가 씁쓸한 미소를 지으며 발걸음을 옮기는 은마성이었다.

쓰러져 가는 혈천교에 대한 마지막 미련을 훌훌 털어 버리고 어디론가를 향해 경공을 펼치며 날아가는 은마성이었다.

잠시 은마성을 바라보다 고개를 돌렸다.

저 멀리 조방과 진천이 힘을 합쳐 혈천교의 군사를 공격하는 것이 눈에 들어왔다.

"이놈들! 내가 바로 천마대제다! 건방진 것들아!"

군사가 천마신공을 뿌리며 조방과 진천을 공격했다.

조방과 진천은 오랜 시간 동안 둘이 함께 수련해서인지 합격술이 예술의 경지까지 올라 있었다.

조방의 화룡현신과 진천의 무신현상이 결합하며 힘이 중첩되었다.

중첩된 힘은 군사를 향했고 군사는 그것을 막지 못했다.

거대한 폭발과 함께 군사가 있던 곳에 거대한 구덩이가 생겼다.

그곳의 먼지가 서서히 걷히며, 각혈을 하며 천천히 쓰러져 가는 혈천교의 군사가 보였다.

이로써 남은 한 사람까지 모두 쓰러지며 오랫동안 중원을 공포에 몰아넣었던 혈천교가 그 역사를 마무리하였다.

－혈천교가 운가장의 힘에 무너졌다!

－이제 세상의 중심은 무황성이 아닌 운가장이다!

운가장에 관한 엄청난 폭풍이 다 지나가기도 전에 다시 터진 엄청난 소식.

혈천교의 멸문이 온 세상에 전해진 것이다.

사방에서 운가장에 사람들이 밀려오기 시작했다.

운가장 주변은 몰려온 사람들로 가득 찼고, 연일 천룡을 찾는 함성이 이어졌다.

하지만 운가장에는 아무도 없었다.

삼세의 무인들만이 그곳을 철통같이 지키고 있었다.

천룡은 혈천교의 무인들을 나누어 무황성, 구룡방, 마교 등에 보냈다.

그곳에서 이들을 관리하게 한 후 다시 길을 떠난 것이다.

제갈군의 조언이 있었다.

"주군, 지금 가면 아마 난리가 날 겁니다. 당분간은 장원 쪽은 안 가시는 게 좋을 것 같습니다."

제갈군의 설명에 천룡이 고개를 끄덕이며 말했다.

"하아, 나는 정말로 조용히 살려고 나온 건데."

그 말에 다들 어이가 없는 표정으로 말했다.

"아버지, 조용히 사신다고요? 그게 정말로 가능할 거라 생각하신 건 아니죠?"

"왜? 안 되는 거였냐?"

"당연하죠! 여기 보세요. 여기에 있는 애 중 평범한 애가 있나."

무광의 말에 둘러보니 정말로 평범한 이가 없었다.

삼황과 칠왕십제, 화룡지체와 천무지체. 그리고 천하삼세의 무인들.

천룡은 인정하는 표정으로 고개를 끄덕였다.

"그렇구나. 이루어질 수 없는 거였군."

빠른 포기를 하는 천룡이었다.

천룡은 사람들에게 말했다.

"내가 봤을 때 이제 시작이다. 혈천교는 마진강 그 친구의 일개 조직이었어. 앞으로 어떤 세력이 또 나타날지 모르니 너무 마음을 놓고 있으면 안 된다."

천룡의 걱정 어린 말에 다들 고개를 끄덕였다.

그들 역시 짐작은 하고 있었던 부분이었다.

"나 역시 수련에 박차를 가하고 더욱 정진할 것이다."

천룡이 수련하는데 자신들이 가만히 있을 수는 없었다.

"저희도 죽어라 수련하겠습니다!"

그 모습에 천룡이 안심되는 얼굴로 고개를 끄덕였다.

"일단 당분간은 운가장에 못 갈 것 같으니 이곳에서 야영하면서 좀 쉬자."

"좋습니다! 애들아! 준비하자!"

그 모습을 흐뭇한 얼굴로 바라보는 천룡이었다.

⁓

한편, 혈천교가 무너졌다는 소식에 모인 사람들이 있었다.

남녀로 이루어진 모임.

그들은 심각한 얼굴로 대화를 나누고 있었다.

바로 마진강의 진정한 힘.

군자회였다.

군자회(君子會).

사군자를 따온 이름이었다.

그 이름답게 그들을 지칭하는 것 역시 사군자를 지칭하는 단어였다.

매난국죽(梅蘭菊竹).

매(梅)를 상징하는 사람은 여인이었다.

세상에는 사라졌다고 알려진 이화궁(移花宮) 궁주 옥영(玉英).

난(蘭)을 상징하는 사람은 단목세가(端木世家) 가주 단목천(端木天)이었다.

국(菊)은 태양궁(太陽宮) 궁주 곽정(郭貞).

마지막으로 죽(竹)은 중원 상권을 음지에서 좌지우지하고 있는 황금천(黃金天)의 천주 만금충(萬金充)이었다.

이들은 마진강에게 직접 무공을 전수 받은 비공식적인 제자들이었다.

무력도 무력이지만 이들을 더욱더 강하게 만드는 것은 다른 것이었다.

바로 마진강에게 받은 특이한 능력들.

그것이 이들의 진정한 무서움이었다.

"주군께서는 다른 말씀이 없으셨나요?"

옥영이 듣는 사람이 황홀경에 빠지게 만드는 목소리로 입을 열었다.

"없었다."

곽정이 무뚝뚝하게 답했다.

"끌끌끌. 주군께서는 세상사에 관심이 없으시다."

만금충이 웃으며 말했다.

"주군께서 관심을 가지시는 것은 오로지 두 개뿐이지. 바로 운천룡이라는 자와 오행체."

단목천이 진중한 얼굴로 말했다.

그런 단목천의 얼굴을 홍조가 어린 얼굴로 연신 바라보는 옥영이었다.

"끌끌. 운천룡이라는 자는 정말로 강한가 보군. 그러니 주군께서 관심을 가지시는 것인가?"

"모를 일이지. 무언가 이유가 있지 않으시겠는가."

천하무적
유가장

"흥! 아무리 강해도 주군을 상대할 사람은 없어요! 천 오라버니 혹시 이유를 알고 계시나요? 주군께서 왜 관심을 가지시는지?"

옥영이 감미로운 목소리로 단목천에게 묻자 단목천은 고개를 저으며 말했다.

"나도 모르지. 주군께서 말을 해 주지 않으셨으니. 그저 찾아라. 명하셨을 뿐."

"일단 운천룡이라는 자는 대놓고 세상에 나왔으니 딱히 찾고자시고 할 필요는 없어졌고……. 이제 남은 건 오행체인가?"

곽정의 말에 다들 고개를 끄덕였다.

"지금까지 찾아낸 오행체는 총 세 명이에요."

"금방 찾겠군. 벌써 세 명이나 찾았지 않은가."

곽정의 말에 다들 정색을 하며 말했다.

"벌써라니. 그들을 찾기 위해 수십 년 동안 들인 공을 생각하게."

"끌끌. 거기에 들어간 천문학적인 금액도 생각해 주시게."

옥영은 그런 그들의 말을 제지하며 말했다.

"문제는 그중 둘이 운천룡 밑에 있어요. 하나는 소림에 있고요."

"운가장에 둘? 하나는 무당으로 알고 있는데?"

"어느 순간부터 운가장에서 지내고 있더군. 거의 뭐 운가장 소속이라고 봐도 무방할 정도네."

"해서 그들을 빼내려면 운가장과 충돌은 불가피해요. 저희가 끌어내려 해도 끌려 나올 자들도 아니고요."

옥영의 말에 다들 심각해졌다.

혈천교의 멸문, 그리고 그에 따른 소문을 종합하면 운천룡과 거기에 관련된 사람들을 보면 절대 만만한 세력이 아니었기 때문이었다.

"뭘 그리 고민하나? 쉬웠다면 우리에게 맡기지도 않으셨겠지."

"끌끌. 나름대로 재미가 있겠는데 뭘 그리 심각들 하신가?"

옥영은 자신의 의견을 내놓았다.

"일단 나타난 애들은 잠시 신경을 꺼 두죠. 그들이 어디로 사라지는 것은 아니니까. 나타낸 애들한테 신경은 끄고 나머지를 찾죠."

옥영의 말에 만금충이 입을 열었다.

"우리 애들에게 들어온 정보에 의하면 광동(廣東) 쪽에 특이한 능력을 갖춘 아이가 나타났다더군."

"특이한 능력?"

"끌끌. 사람을 치료하는 능력이라고 하더군. 그래서 화타(華佗)의 재림이라며 난리가 났지."

"치료를 한다고? 그렇다면 설마, 천용지체(天用之體)?"

"확실하진 않지만 그럴 확률이 높지."

"정말로 오행체가 이렇게 세상에 전부 나오고 있다고? 그게 가능한 일인가?"

단목천이 놀란 목소리로 말하자 곽정이 무뚝뚝한 목소리로 답했다.

"주군께서는 이미 알고 계셨던 거지."

"끌끌. 세상에 어떤 혼돈이 오려고 그러는 것인지. 나는 두려우면서도 기대가 된다네."

"호호, 주군께서 계시는데 왜 저희가 그런 걱정을 하나요? 저 중원 놈들이 걱정해야지."

"옥영 말이 맞다. 단목천 너는 쓸데없는 걱정이 너무 많다. 그저 주군을 믿어라."

곽정의 말에 옥영이 발끈했다.

"곽정 오라버니! 왜 천 오라버니한테 뭐라 하세요? 걱정돼서 그러실 수도 있죠!"

"아, 아니, 난 그저……."

계속 무뚝뚝하게 말을 하던 곽정의 음성이 처음으로 당황해했다.

"그만. 광동 쪽은 내가 가까우니 내가 찾아보지."

단목천의 말에 다들 단목천을 보며 고개를 끄덕였다.

"그럼 나는 주군께 보고하러 다녀오지."

"좋네! 이제 그만 일어나지."

"네! 천 오라버니 다음에 봬요."

"끌끌. 이제 우리가 나설 차례가 오는 것인가? 끌끌끌."

단목천이 물었다.

"은마성은 완전히 사라졌는가?"

"그렇다는군. 크크크. 형편없는 자식. 어딘가에서 질질 짜고 있는 것은 아닌지."

그것을 마지막으로 은마성에 관한 이야기는 나오지 않았다.

혈천교가 사라지고 무광에게 패한 은마성은 갈 곳이 없었다. 마진강에게 가려 했지만, 그의 성격상 실패를 한 수하를 살려 둘 것 같진 않았다.

아니, 신경조차 쓰지 않을 것 같았다.

그래서 몸을 피한 곳이 천축이었다.

그나마 시선을 피할 수 있고, 이곳에 있는 밀교와도 밀접한 관계를 맺고 있기에 도움을 받을 수 있었다.

예상대로 밀교에선 은마성을 열렬히 환영했다.

자신들과 함께한 세월이 적지 않았기 때문이었다.

밀교에 온 뒤로 은마성은 방 안에서 그동안의 나날들을 정리했다.

가부좌를 틀고 명상을 하고 있을 때 한 승려가 조용히 찾아왔다.

"압도적인 힘을 얻을 수 있다면 하시겠습니까?"

눈을 감고 명상을 하는 은마성에게 밀교의 승려가 거부할 수 없는 제안을 해왔다.

순간, 절대 떠지지 않을 것 같던 은마성의 눈이 떠졌다.

그의 눈은 격정에 차 있었다.

자신이 그토록 원하던 말이 아니던가.

압도적인 힘.

그 누구보다 갈구하고 원했다.

은마성이 침을 삼키며 물었다.

"그, 그게 무슨 말이오? 아니, 그런 힘을 얻을 수 있다면 그대들이 얻었어야지 왜 나에게 권하시오?"

그러자 승려가 웃으며 말했다.

"저희는 안 됩니다. 그 힘을 감당할 수 있는 마기도 없고요."

"그게 무슨 말이오?"

"신의 힘을 소환할 수 있습니다. 하지만 그것을 담을 그릇이 없지요. 교주께서 저희 제안을 받아들이신다면 저희는 소환술을 시도해 볼 수 있으니 좋고, 교주께서는 절대적인 힘을 얻으실 수 있으니 좋겠지요."

"하하, 그 말을 지금 나더러 믿으라는 것이오?"

"물론, 실패할 확률이 더 높습니다. 그래서 여쭙는 것입니다."

승려의 말에 은마성의 표정이 굳었다.

"실패를 하면 어찌 되오?"

"몸이 터져서 죽습니다."

"……."

너무도 솔직했다.

그런데 그 솔직함이 은마성의 의지를 불태우는 계기가 되었다.

무광에게 지고 혈천교가 사라진 마당에 이렇게 살아서 뭐 하나 싶었다. 무엇보다 마진강에게 받아 보지 못한 애정이 너무도 사무쳤다.

군자회 일원들에게 언제나 나긋나긋했다.

자신은 그들과 다르게 하인 취급을 당했다.

인정받고 싶었다.

그래서 마진강으로 하여금 자신을 바라보게 만들고 싶었다.

"얼마나 강해지오. 내가 준비해야 할 것은?"

"저도 잘 모르겠습니다. 성공을 해 본 것이 아니어서. 준비는 딱히 할 것이 없습니다. 그저 몸만 있으면 됩니다."

은마성의 미간이 좁혀졌다.

"시간을 드리겠습니다. 천천히 생각을 하고 알려 주십시오. 딱히 하지 않는다고 해도 괜찮으니 무리하지 않으셔도 됩니다."

은마성에게 말을 하고 합장을 하며 나가려는 찰나, 은마성이 그를 잡았다.

"하겠소."

"네?"

은마성의 대답에 승려가 오히려 놀랐다.

이렇게 금방 답할 것이라고는 생각하지 않았다.

"하겠소! 어차피 지금 이렇게 사는 것은 사는 것이 아니오. 그러니 내 인생 마지막 도박을 해 볼 참이오."

"저, 정말로 괜찮겠습니까? 실패할 확률이 구 할에 가깝고 몸이 터져서 죽는다니까요?"

오히려 승려가 말리는 말투로 말했다.

"말하지 않았소. 이대로 있다가 내가 먼저 자진할 판이오. 해 주시오."

소환에 필요한 조건 중 하나가 강력한 마기였다.

마계의 힘을 소환하는 일이기에 무엇보다 중요한 것이 바로 마기였다.

적당한 마기를 지닌 자는 안 되었다.

적어도 천마급의 마기를 지닌 자여야 했다.

그렇다고 천마를 잡아 올 수는 없는 노릇이니 포기하고 있던 찰나였다.

그러던 중에 은마성이 찾아왔고 이렇게 넌지시 권해 본 것인데 그가 허락한 것이다.

승려는 일단 계시라고 말을 하고는 재빨리 보고를 하기 위해 밖으로 나갔다.

은마성은 자리에 앉아서 눈을 감았다.

심신을 안정시키기 위해서였다.

두려움이 없는 것은 아니다.

자신도 사람이기에 죽음에 대한 두려움은 크다.

서서히 숨소리가 조용해지며 깊은 명상 속으로 빠져드는 은마성이었다.

한편, 은마성의 허락을 받은 승려는 밀교의 교주 활불(活佛)을 찾았다.

"활불 님! 은마성 대협께서 허락하셨습니다!"

"뭐라? 정말인가?"

"네! 지금 확답을 듣고 오는 길입니다."

"허허, 하늘이 돕는구나. 이리 술술 풀리는 것을 보니 이번엔 성공할 수 있겠구나!"

"그렇습니다! 저 역시 그리 생각합니다!"

"하하하하, 우리의 염원이 풀리는 것인가? 어서 준비를 하거라! 어서!"

"네!"

"하하하, 마계의 문이 열리면 그분이 내려오신다 하였다. 우리를 구원해 주기 위해서 제석천 그분이 말이야."

환희에 찬 얼굴로 중얼거리는 활불.

세상의 구원자가 강림하려면 먼저 세상에 재앙이 닥쳐야 한다고 생각하는 그였다.

그의 얼굴이 광기로 뒤덮혀 갔다.

꿈

파앙-!

슝-!

파팡-!

운가장의 연무장에선 연신 공기가 터지는 소리가 들려왔다. 유가연이 그곳에서 온몸이 땀에 젖은 채로 열심히 무공을 연마하고 있었다.

처음 천룡이 무공을 가르쳐 준다고 했을 때는 그저 호신무술 정도로 생각했다.

그런데 천룡이 전수해 준 무공은 상승 무공이었다.

자신은 없었지만 그래도 천룡이 알려 주는 것이니 최선을 다해 익혔다.

처음에는 자신이 없었는데, 무공을 수련하면 할수록 무언가 익숙했다. 마치 오래전에 알고 있었던 동작처럼 너무도 자연스럽게 몸이 움직였다.

지금도 그랬다.

배운 지 얼마 되지 않는 자의 움직임이 아니었다.

파팡— 파파팡—!

눈에 보이지도 않을 정도로 움직이는 손과 발.

누가 보면 평생을 무공만 수련한 사람으로 착각할 것이다.

하지만 그녀는 무공을 정식으로 배운 지 얼마 되지 않았다.

천룡이 그녀에게 전해 준 무공은 월하천무신공(月下天武神功).

과거 그녀와 이름이 똑같았던 천룡의 기억 속의 유가연의 무공이었다.

천룡이 이 무공을 전해 준 이유는 그녀의 무공 수련에도 있었지만, 그녀가 환생한 것이 아닐까 하는 의구심도 들어 전해 준 것이다.

혹시라도 이 무공으로 인해 전생의 기억이 돌아오지 않을까 하는 마음에.

천룡의 바람이 닿았을까?

그녀는 최근 경지가 급격하게 늘어나고 있었다.

물론 천룡이 준 천령신단의 효과와 천룡의 추궁과혈도 도움이 되었지만, 그것과 별개로 그녀의 깨달음의 속도는 어마어마하게 빨랐다.

마치 알고 있는 무공이라는 것처럼.

지금도 그녀는 무아지경에 수련하고 있었다.

격렬하게 움직이는 그녀의 몸과 달리 그녀의 머릿속은 다른 기억들이 홍수처럼 밀려들어 오고 있었다.

콰쾅—!

잠시 후 연무장의 절반이 날아갔다.

그 모습을 지켜보던 장원의 무사들은 경악하고 있었다.

"저, 저게 정말 유 국주님이라고?"

"미쳤네. 와…… 아니, 어찌 인간이 저리 빨리 강해질 수 있지?"

"정말로 국주님이 엄청난 무공 천재 이런 거였나?"

"그보다 저 넘실거리는 기운을 봐. 강기잖아! 말도 안 돼!"

"저 경지가 단 몇 달 만에 가능한 건가?"

그 말에 다른 무사들이 고개를 격하게 흔들며 말했다.

"그럴 리가 없지! 절대로 사람이면 저게 가능할 리가 없네."

경악한 표정으로 서로를 바라보다가 다시 유가연을 향해 고개를 돌렸다.

그들이 알고 있는 유가연은 무공은커녕 여리디여린 정말 일반 여자였다.

그런데 지금 보라.

저 단단한 청강석이 깨지다 못해 터져 나가고 있었다.

제四장

이런 이들의 반응을 아는지 모르는지 유가연은 깨진 바닥 구석에 가부좌를 틀고 눈을 감았다.

그 모습에 지켜보던 무사들이 다급하게 외쳤다.

"국주님께서 깨달음을 얻으셨나 보다! 모두 사방 경계 철저히 해라!"

운가장의 무인들이 순식간에 그녀의 주변을 에워싸고 경계를 하기 시작했다.

이윽고 환한 빛이 그녀의 몸에서 사방팔방으로 퍼져 나갔다. 그녀의 몸은 공중에 높이 떠올랐고, 사방으로 퍼졌던 빛들이 다시 그녀의 몸으로 흡수되기 시작했다.

그녀의 심상은 끊임없이 쏟아지는 기억의 홍수 속에 있었다.

몇 날 며칠 동안 이어진 깨달음.

엄청난 기의 폭풍이 운가장 안에서 휘몰아치고 있었다.

"으읔! 대단하다! 이런 기운이라니!"

"유 국주님이 정말 맞으신 건가?"

경악하는 사람들의 시선을 받으며 유가연의 신형이 서서히 바닥으로 내려왔다.

눈을 감은 채 땅에 착지한 그녀가 눈을 떴다.

그런데 분위기가 예전의 유가연과는 많이 달랐다.

유약하고 사람들에게 친절했던 그녀.

하지만 지금 보이는 그녀의 모습은 절대자의 모습이었다.

엄청난 위압감이 그녀의 몸에서 뿜어 나오고 있었다.

그녀가 천천히 일어나 주변을 돌아보았다.

왠지 모를 위압감에 주변의 사람들이 침을 꿀꺽 삼키며 지켜보았다.

그녀는 잠시 눈을 감아 무언가를 생각하고 있었다.

고운 아미가 여러 번 찡그렸다가 펴졌다가를 반복하더니 이내 눈을 떴다.

"그랬군. 가가께서 나를 잊지 않고 찾아주셨구나."

여전히 곱지만, 힘 있는 목소리.

"모든 것이 기억났어."

그러면서 자신의 손을 바라보았다.

"대법은 대성공이었군. 그리고 나의 낭군을 무사히 만났다."

유가연의 눈이 주변의 수하에게 가자, 수하가 재빨리 달려와 포권을 하며 말했다.

"국주님! 대공을 축하드립니다!"

"대공을 축하드립니다!"

운가장에 울려 퍼지는 축하의 목소리.

그들의 말에 유가연이 웃으며 말했다.

"고맙군."

너무도 자연스러운 하대.

지금까지의 유가연과는 너무도 달랐다.

원래 하대를 하긴 했지만, 전에는 무언가 눈치를 보며 하대하는 기분이었다면 지금은 너무도 자연스러웠다.

"가가께선 아직 소식이 없으신가?"

유가연의 물음에 수하가 말했다.

"지금 오고 계신 중이라고 들었습니다."

수하의 말에 고개를 끄덕이는 유가연.

"나중에 다시 오겠다."

그리 말하고는 순식간에 시야에서 사라지는 유가연이었다.

그 모습에 남아 있던 운가장의 무사들이 경악하며 이야기를 나눴다.

"마, 맙소사! 봤어? 그 엄청난 위압감?"

"우와! 성주님이 보여 준 위압감과 같은 느낌이었어."

"예전의 국주님이 더 좋았는데……."

"갑작스러운 변화에 국주님도 놀라서 그러신 것이 아닐까?"

다들 복잡 미묘하고 슬픈 눈으로 유가연이 사라진 방향을 바라보았다.

운가장을 찾는 사람들이 사라지자 겨우 돌아온 천룡은 많은 보고를 받았다.

천룡이 보이지 않자, 수많은 문파에서는 축전들과 선물들을 보내기 시작했다.

어찌나 많이 보냈는지 연무장이 선물들로 가득 찰 정도였다.

그리고 자잘한 보고들이 이어졌다.

천룡은 그저 고개를 끄덕이며 듣고 있었다.

모든 보고를 다 듣고는 천룡이 물었다.

"우리 가연이는 무공 수련 열심히 하더냐?"

천룡의 물음에 보고하던 수하가 화들짝 놀라고 말했다.

"저, 그게……."

말을 못 하고 쭈뼛거리는 수하.

누가 봐도 이상한 모습이었다.

무슨 일이 있는지 물으려는 그때 문이 열리며 유가연이 들어왔다.

"가가!"

여전히 환하게 웃는 그녀.

그리고 천룡에게 달려와 안겼다.

언제나 그렇듯 그런 그녀를 토닥이며 웃는 천룡.

"가연아, 잘 있었어?"

그러면서 수하에게 이만 나가 보라는 손짓을 했다.

"하하, 국주님도 참! 저희는 안 보이시나 봅니다."

무광이 웃으며 말했지만 유가연은 요지부동이었다.

이윽고 그녀는 천룡의 품 안에서 눈물을 흘리기 시작했다.

작은 흐느낌은 점점 커졌다.

이윽고 품속에서 대성통곡을 하는 그녀.

이게 지금 무슨 상황인지 이해가 되지 않는 천룡과 사람들이었다.

그중에 천룡이 가장 크게 당황하고 있었다.

무슨 일이 있었는지 궁금했지만, 너무도 서럽게 울고 있기에 차마 물어볼 수 없었다.

그저 지금은 그녀의 등을 토닥일 뿐이었다.

한참이 지난 후에 나온 그녀의 말.

"가가! 보고 싶었어요! 너무너무 보고 싶었어요!"

아니, 자신이 나갔다 온 것이 한두 번도 아닌데 새삼스럽게 이리 말하는 것이 이해되지 않았다.

그것도 마치 몇십 년을 못 보다가 만난 사람처럼 행동하는 그녀가 이상했다.

"가, 가연아, 왜 그래? 무슨 일 있었어?"

당황한 천룡이 그녀를 달래 주며 물었다.

그러자 유가연이 고개를 들어 눈물범벅이 된 얼굴로 천룡을 바라보았다.

눈에 각인할 것처럼 눈도 깜박이지 않고 바라보는 그녀.

"가가…… 고마워요. 살아 주셔서 정말 고마워요. 이렇게 제 앞에 다시 와 주셔서 고마워요."

유가연의 말에 천룡의 표정이 살짝 굳어졌다.

지금 유가연의 말은 일반적인 대답이 아니었다.

"서, 설마?"

천룡의 반응에 유가연이 눈치를 챈 듯이 바로 대답을 했다.

"맞아요! 저예요. 가연이! 검각(劍閣)의 각주."

천룡표국의 국주가 아니라 검각의 각주라고 답하는 그녀.

"저, 정말로…… 환생을 한 거야?"

천룡이 떨리는 목소리로 물어오자 그녀가 고개를 저었다.

"아니요. 환생이라기보단 대법을 사용했어요. 이승에서 계속 머물도록."

"유마회혼대법?"

천룡의 말에 유가연의 눈이 커졌다.

"가가께서 어찌 그걸……."

오히려 유가연이 놀랐다.

그것은 아무도 모르는 사실이었기 때문이었다.

심지어 그때는 천룡이 사라진 후였기 때문에 천룡이 알 리가 없었다.

한편 옆에서 이 상황을 지켜보던 사람들은 이게 무슨 상황인지 감이 오지 않았다.

지금 유가연의 모습은 너무도 낯설었다.

평소 자신들이 알고 지내던 유가연이 아니었다.

그러다가 유가연의 입에서 나온 특정 단어를 들었다.

검각(劍閣).

세상에서 사라진 문파.

여인들로 이루어진 문파로 과거 천마대제가 유일하게 진땀을 흘리며 상대했다는 여인.

제갈군이 놀란 얼굴로 말했다.

"제가 알기론 중원 역사에 존재하는 수많은 절대자 중에 여인의 몸으로 그 당시 중원 제일인이었던 자. 그분의 성함이 유가연이었는데……."

제갈군의 말에 다들 놀란 얼굴로 다시 유가연을 바라보았다.

그들의 눈빛을 본 유가연은 천룡의 품에서 나와 옷매무새를 정돈하고 사람들에게 말했다.

"그래요. 나는 검각의 각주. 사람들이 나를 검후(劍后)라 불렀죠. 그리고 대법을 이용해서 혼을 이승에 붙잡아 두었죠. 도박이긴 했지만……. 이렇게 가가를 만났고 이제 모든 기억도 돌아왔으니 성공인 셈이네요."

철혈검후(鐵血劍后) 유가연.

천마신교에게 짓밟히고 있던 중원에 유일한 희망.

피도 눈물도 없는 차가운 여인.

어느 날인가 그녀는 검각을 다른 이에게 넘기고 자취를 감췄다.

그녀가 사라진 시기가 공교롭게도 천마대제와 천마신교가 봉문을 한 후였기 때문에 사람들은 천마신교를 무찌른 것이 그녀가 아니냐는 생각을 했다.

천마대제와의 싸움에서 크게 다친 그녀가 재빨리 검각에 후계를 넘기고 은거를 했다는 둥, 너무 심하게 다쳐 세상을 떠났을 거라는 둥 여러 가지 소문이 퍼졌었다.

그런 그녀가 지금 눈앞에 있었다.

다른 곳에서 이런 일이 일어났다면 말도 안 된다며 믿지 않았겠지만, 이곳은 운가장이다.

장주부터가 말이 안 되는 존재였기에 왠지 믿음이 갔다.

기억이 돌아온 그녀.

당황하던 사람들은 이내 환한 표정으로 변하며 축하했다.

"축하드립니다."

"축하드려요. 국주님!"

하지만 천룡의 표정은 굳어 있었다.

"가가?"

그런 천룡에게 유가연이 걱정스러운 모습으로 다가가 물었다.

"가가, 왜 그러세요?"

그러자 천룡이 미안한 표정으로 말했다.

"미안. 나는 아직 너에 대한 기억이 선명하지 않아."

정말로 슬픈 표정으로 말하는 천룡.

그 모습에 유가연이 웃으며 말했다.

"절 기억 못 하셔도 좋아요. 이렇게 옆에 계신걸요. 그리고 여전히 제 낭군이시고요. 전 그거면 만족해요."

그러고는 천룡을 꼭 안아 주는 그녀였다.

"다시 한번 말하지만…… 정말로 고마워요. 이렇게 살아 계셔 줘서."

천룡은 그녀의 품속에서 행복한 표정을 지었다.

그 모습을 다들 따뜻한 표정으로 지켜보았다.

어느 정도 시간이 지나고 분위기가 안정되자 무광이 궁금한 점을 물었다.

"정말로 검각의 각주셨어요? 검후예요? 아버지는 어찌 만나셨어요?"

궁금증이 폭발했다.

무광의 질문은 이곳에 있는 모든 사람이 공통으로 궁금해하는 질문이었기에 다들 초집중하며 유가연의 입을 바라보았다.

"그래, 나도 잘 기억이 안 나서…… 네 얘기를 들으면 기억이 돌아올지도 모르니 들려줘."

천룡까지 나서자 유가연이 웃으며 말했다.

"그럼요! 들려드릴게요. 그런데 시간이 오래 걸릴지도 모르는데……."

말을 하다 말고 탁자를 바라보는 그녀였다.

"상 위에 아무것도 없네요? 목도 마르고 할 텐데?"

그리고 넌지시 무언의 압박을 하는 그녀.

"뭐, 뭐 해? 빨, 빨리 한 상 차려!"

무광이 다급하게 외쳤다.

다들 분주하게 움직이기 시작했다.

천룡의 과거, 그리고 유가연의 과거라는 엄청난 이야기를 듣기 위해선 빠르게 움직여야 했다.

한바탕 소란이 지나간 후, 탁자 위에는 산해진미와 명주들이 줄지어 올라와 있었다.

"정말이었네요."

"뭐가?"

"저희가 알던 국주님이었다면 술을 절대 마시지 않으셨을 텐데."

"그렇지. 그런데 뭐가 정말이라는 거냐?"

"아! 제가 읽은 내용 중에 과거 검후의 이야기를 본 적이 있는데 엄청난 애주가셨다고……."

그리 말하며 유가연의 눈치를 살피는 제갈군이었다.

제갈군의 말에 유가연이 웃으며 말했다.

"맞아! 어휴, 기억이 없을 때는 이 좋은 것을 왜 마시지 않고 산 거야!"

그러면서 모든 잔에 술을 따르기 시작했다.

"가가! 저희의 재회를 축하하는 의미에서 한잔해요."

유가연이 배시시 웃으며 말하자 천룡이 피식 웃으며 잔을 들었다.

다들 따라서 잔을 들고 순식간에 입에 털어 넣었다.

"크으! 우아! 이거 무슨 술이에요? 엄청나네."

"내가 직접 담근 술이야. 가연이 넌 술을 못 하니 그동안 안 내줬는데……."

"정말요? 와! 억울하네. 왜 기억을 늦게 찾아서……."

진심 억울한 표정으로 술병을 노려보는 유가연이었다.

그렇게 한참 동안 술과 눈싸움을 한 유가연.

"이제 말씀해 주세요. 사부와 처음에 어떻게 만나셨습니까?"

태성이 더는 참지 못하겠다는 말투로 유가연을 재촉했다.

"알았어요. 그러니까 가가를 처음 만난 것은…….."

유가연의 이야기가 시작되었다.

❦

철혈검후(鐵血劍后) 유가연.

그녀는 중원에서 유일하게 천마신교의 교주 천마대제에 대항할 수 있는 무인이었다.

천마대제가 이기지 못한 단 한 사람이 바로 그녀였고, 그런 그녀를 중심으로 무림은 똘똘 뭉치고 있었다.

당연히 천마신교는 그런 그녀를 잡기 위해 총력전을 펼쳤다.

그 결과 유가연은 함정에 빠졌고, 그들을 피해 산으로 향하고 있었다.

"헉헉! 젠장! 독한 것들!"

거친 숨을 몰아쉬며 여기저기에 난 상처들을 바라보는 그녀.

치료할 시간조차 없었다.

검에는 적들을 베어 넘기고 남은 피들이 뚝뚝 떨어지고 있었다.

문제는 지쳐 가고 있다는 것.

피도 많이 흘렸고 내공 또한 대부분 소진한 상태였다.

적들은 유가연을 잡기 위해 한 번에 공격하지 않았다.

야금야금 유가연의 내공을 깎아 내기 위한 공격을 하고 있었다.

깊은 산으로 도망을 온 유가연은 잠시 한숨 돌리기 위해 근처의 바위에 등을 대고 눈을 감았다.

언제 적이 나타날지 모르기에 앉아서 쉴 수는 없었다.

어떻게든 체력을 조금이라도 회복해야 했다.

유가연은 주변을 둘러봤다.

그녀의 눈에 지나가는 뱀이 눈에 들어왔다.

파악-!

순식간에 움직여 뱀을 잡은 그녀는 그대로 뱀의 머리를 쳐 내고 꿈틀거리는 몸째로 입안에 욱여넣고 베어 물었다.

우적우적-!

뱀의 뼈까지 씹으며 배를 채우는 그녀.

그녀의 눈은 여전히 사방을 경계하고 있었다.

내력 소진이 심해 기감을 펼치지 못하고 있었다.

펼칠 수 있다고 하여도 참아야 했다.

조금의 내력이라도 아껴야 했기에.

우적우적-! 꿀꺽-!

비록 생고기지만 음식이 들어가자 조금 힘이 나는 듯했다.

입으로 흘러내리는 뱀의 피를 손등으로 닦아 내고는 다시 뱀의 몸을 입안으로 밀어 넣으려는 찰나, 뒤에서 목소리가 들려왔다.

"저기……."

화들짝 놀란 그녀는 목소리가 들려온 곳을 향해 검을 휘둘렀다.

"어이쿠!"

그곳을 보니 등 뒤에 나무집을 한가득 메고 있던 남자가 놀라며 바닥에 넘어지고 있었다.

"넌 누구냐!"

유가연의 물음에 남자가 대답했다.

"저, 전 여기서 나무 베어 파는 운천룡이라고 합니다."

유가연은 넘어져 있는 천룡을 유심히 살폈다.

전혀 내기가 느껴지지 않았다.

정말로 자신이 엄청나게 지쳤다는 것이 와닿았다.

'하아. 정말로 위험한 상태구나. 이런 일반인의 기척조차 감지를 못 한다니…….'

고개를 흔들던 그녀의 눈앞에 새하얀 주먹밥이 쓱 들어왔다. 놀라서 고개를 들어 보니 어느새 다가온 천룡이 자신 앞에 주먹밥을 내민 것이다.

"아무리 배가 고프셔도 생고기는 몸에 좋지 않습니다. 이거라도 드세요."

그리고 그녀를 여기저기 살피는 천룡.

나뭇짐을 내려놓고 품속에서 무언가를 꺼내어 내밀었다.

"이거 상처에 좋은 약입니다. 바르시고요."

얼떨결에 천룡이 내미는 것을 모두 받아 든 그녀.

"너, 너는 내가 무섭지 않으냐?"

지금 그녀의 모습은 온몸에 피범벅에 예민한 상태라 살기가 넘실거리고 있었다.

그런 그녀에게 전혀 거리낌 없이 다가온 이 남자.

천룡은 웃으며 바닥에 털썩 주저앉고는 말했다.

"전혀요. 제가 또 위기에 빠진 사람은 그냥 못 지나치거든요."

남자의 말에 유가연은 어이가 없어 저도 모르게 웃음이 나왔다.

왠지 이 남자가 밉지 않았다.

하지만 지금 이 산은 위험했다.

마음은 고맙지만, 이 힘없는 나무꾼이 상대할 수 있는 자들이 아니었다.

문제는 이대로 이자를 보내면 자신을 추격하여 올라오는 저들이 살려 줄 것이냐였다.

아니었다.

'하필이면……'

불쌍한 마음이 들었다.

자신이 아니었다면 이런 재앙은 일어나지 않았을 텐데.

그런 생각과 함께 자신의 손에 들려 있는 주먹밥과, 몸에 바르는 고약(膏藥)을 보았다.

"하아, 미안하구나. 나 때문에 너까지 위험에 빠지겠구나."

유가연의 사과에 천룡이 환하게 웃으며 말했다.

"역시 제 생각대로 착하신 분이군요."

"뭐라?"

"알고 있습니다. 이 산에 올라오는 사람들. 진득한 살기를 머금고 올라오고 있는 것도."

"그것을 어찌?"

"느껴지거든요. 그들의 기운이. 그리고 그들의 심성이."

천룡이 자리에서 일어나며 말했다.

"일단 드시고 어서 상처에 약을 바르세요."

무덤덤하게 말하는 천룡.

유가연은 지금 이게 무슨 뜻인지 이해가 되지 않았다.

"너, 너는 무인이더냐?"

자신이 지금 너무 지쳐서 저자의 기운을 못 느끼는 것인가?

아니었다.

그렇다면 다른 한 가지는.

'나보다 고수?'

그럴 리 없었다.

중원에서 자신 위에 있는 고수는 없었으니까.

그리 생각하고 있을 때 수백에 달하는 무리가 일제히 모습을 드러냈다.

천룡에 신경을 집중하느라 전혀 파악하지 못한 것이다.

"아차! 어, 어서 피하거라! 여긴 내가 맡겠다!"

그렇게 말하며 천룡이 준 주먹밥을 한입에 욱여넣는 그녀였다. 입이 터질 정도로 부푼 채 오물거리며 나타난 적들을 바라보는 그녀.

그 모습에 천룡이 미소를 지었다.

"크크크크크! 검후, 고작 도망을 가신 곳이 여기였소?"

대답을 못 하는 유가연.

입안에 밥이 가득했기 때문이었다.

"역시 대단하시군. 이 와중에도 밥을 먹다니. 과연 대제께서 끝까지 경계하는 이유가 있었소."

꿀꺽-!

입안에 있던 것을 삼키고 난 뒤 입을 여는 유가연이었다.

"호호호. 너희 마교의 대가리는 내가 무서워서 네놈들 등 뒤에 숨어 있구나. 사내놈 망신은 다 시키고 다니고 있구나."

유가연의 말에 그곳에 나타난 무인들이 일제히 부들거렸다.

"크큭. 그래그래. 그렇게 계속 떠들거라. 너는 모르겠지만 네년의 몸에 난 상처들은 그냥 상처들이 아니다."

선두에 있는 남자의 말에 유가연이 고개를 갸웃거렸다.

독이라면 그녀의 내력이 바로 반응했을 것이다.

"네년을 잡기 위해 특별한 독을 발라 두었다."

남자의 말에 유가연이 콧방귀를 뀌며 말했다.

"흥! 그런 말로 나를 흔들려 하다니. 미안하지만 내 몸은 아무 이상이 없구나. 너희들은 나를 너무 쉽게 생각했다."

그리 말하며 뒤를 자꾸 신경을 쓰는 그녀.

그런데 웬걸.

천룡이 그 자리에 그대로 있었다.

이들의 신경이 모두 자신에게 쏠렸을 때 도망가게 하려 한 건데 멀뚱멀뚱 서 있었다.

답답한 유가연이 소리를 질렀다.

"뭐 하는 거야! 도망가라고 했잖아!"

유가연의 소리에 남자가 뒤를 보았다.

"하하하하. 이런, 이런, 불청객이 있었나? 잡아 죽여라."

남자의 말에 천룡이 도망갈 수 있는 길목마저 막는 그들.

유가연이 이를 악다물며 말했다.

"일단 이놈들을 모두 처리하고 길을 터 주겠다. 그때는 뒤도 돌아보지 말고 뛰거라."

자신의 검을 세차게 움켜쥐고 그들을 상대하려고 내력을 집중하는 순간.

"쿨럭!"

후두둑—!

유가연이 피를 토했다.

"이, 이게 무슨?"

심지어 내력도 모이지 않았다.

"하하하하, 그대와 같은 절대 지경의 고수들을 상대하기 위해 교에서 만든 특별한 독이오. 조건이 여러 가지 독들을 그대의 몸에 쏘여 넣어야 한다는 것이지만."

그제야 그들이 자신의 목숨 따위는 신경을 쓰지 않고 어떻게든 자신의 몸에 상처를 내려 한 이유를 알았다.

"크크크, 그래도 우리 천마신교를 이렇게까지 괴롭히다니 그것은 인정하겠소. 훗날 역사에도 그대의 이름을 남겨 주지. 신교가 마지막까지 골치를 썩였던 절대 고수라고."

남자의 말에 유가연이 입가에 피를 닦으며 말했다.

"그거…… 정말 고맙군."

검에 몸을 지탱한 채 천마신교의 무인들을 노려보는 유가연이었다.

"처리해라."

남자의 명령이 떨어지자 일제히 유가연을 공격하는 그들이었다.

유가연이 다급하게 잘 모이지도 않는 내력을 억지로 끌어올려 대응하려는 그 순간.

"그래도 우르르 몰려와서 여인을 괴롭히는 건 좀 아니지 않냐?"

갑자기 들려오는 목소리.

나직하지만 모두에게 또렷하게 들리는 목소리.

약간 짜증이 섞인 듯한 목소리가 그곳에 울려 퍼졌다.

유가연에게 다가가던 무인들이 그 순간 멈췄다.

엄청난 기세가 느껴지기 시작했기 때문이었다.

유가연 역시 깜짝 놀라 뒤를 돌아보니 천룡이 심각한 표정으로 서 있었다.

"그냥 단순한 은원 관계인가 싶었더니 그건 아닌 것 같고, 천마신교라."

천룡이 천천히 걸어 나오고 있었다.

"그, 그대는 누구인가?"

남자가 물었다.

"나? 이 산에서 나무 하는 나무꾼."

"그런 말을 믿으라고?"

놀림을 받았다고 느낀 남자의 얼굴이 붉어지고 있을 때 천룡이 계속 말했다.

"그리고 네놈을 혼내 줄 정의의 사도."

그와 동시에 진각을 밟는 천룡.

쾅─!

땅을 타고 이동한 기파는 그곳에 있는 모든 무인의 자유를 뺏었다.

아무리 발버둥을 쳐도 꼼짝을 할 수 없었다.

지금까지 경험하지 못한 압도적인 힘이었다.

이런 자가 있다니 그곳에 있는 마교 무리가 모두 충격을 받은 채 서 있었다.

"들리는 말에 천마대제라는 놈이 많이 나댄다지? 안 그래도 날 잡아서 찾아가 볼까 했는데…… 이렇게 명분을 주는구나?"

"그, 그대는 누구요?"

선두에 있는 남자가 당황한 표정으로 물었다.

"방금 말했잖아. 나무꾼이라고. 사람 말을 잘 안 듣는 부류구나? 일단 여기 있는 놈들부터 처리하고 천마인지 뭐시긴지를 잡으러 가야겠군."

천룡이 자신의 내력을 풀었다.

쿠오오오오-!

천룡의 몸 주위로 기의 회오리가 피어올랐다.

"크윽! 이, 이런 말도 안 되는 내력이라니!"

남자가 경악하며 말했다.

유가연 역시 너무 놀라서 자신의 몸속에서 퍼지고 있는 독을 제어할 생각조차 못 하고 있었다.

그런 유가연의 몸에 한줄기 상쾌한 기운이 스며들었다.

그 기운은 유가연의 몸 안에 있던 독들을 순식간에 몰아내고, 진탕되어 엉망이 된 유가연의 혈도들을 치료하기 시작했다.

자신의 몸이 편안해진 것을 느낀 그녀였다.

화들짝 놀라며 앞을 바라보자 엄청난 광경이 펼쳐지고 있었다.

자신을 쫓아오던 무인들이 일제히 공중에 떠오른 것이다.

"마, 말도 안 돼. 허, 허공섭물(虛空攝物)을 저리……."

사람이면 절대로 시도할 수 없는 것이었다.

사람 하나를 저렇게 들어 올리려면 얼마나 많은 내력이 필요한지 누구보다 잘 아는 그녀였다.

그런데 그것을 한 명도 아니고 수백에 달하는 무인들에게 전개하고 있었다.

"세상에 네놈들에 대한 소문이 별로 좋지 않아서 한번 찾아가려는 참이었다. 일단 네놈에게 벌을 내린 후에 다시 이야기하자."

무슨 벌을 준단 말인가?

빠지지직-!

이게 무슨 소리란 말인가.

유가연이 천룡을 바라보자 그의 몸에서 뇌전이 일어나고 있었다.

"헉! 뇌, 뇌기! 마, 말도 안 돼! 인간이 저렇게 강한 뇌기를 품고 있다고?"

천하에서 가장 강력하다는 기운.

그렇지만 그것을 다루는 것은 아무나 할 수 없는 기운.

심지어 천룡의 몸에서 나오는 뇌기는 일반적이지도 않았다.

자신이 아는 한 저렇게 강력한 뇌기는 낼 수 없었다.

공중에선 당황한 얼굴로 천룡을 바라보던 무사들이 뇌전을 보며 기겁을 했다.

"천뢰(天雷)."

빠지지지지직-!

"크아아아아악!"

"아아아악!"

"끄아악!"

엄청난 광경이 펼쳐졌다.

강력한 뇌전이 하늘에 그냥 떠 있는 것도 아니고 둥글게 공처럼 모인 사람들 사이로 끊임없이 뿌려지고 있었다.

극한의 고통이 느껴지는 장면이었다.

단 한 사람.

선두에 있던 남자만 바닥에서 두려움이 가득한 얼굴로 그것을 지켜보고 있을 뿐이었다.

"넌 아는 게 많을 것 같아서 일부러 남겨 뒀다. 아는 것이 정말로 많아야 할 거야."

천룡의 나지막한 말에 혼자 남은 남자는 필사적으로 자신의 모든 기억을 정리하기 시작했다.

그리고 제발 자신이 아는 한도 내에서 질문해 주길 간절히 바랐다.

유가연은 경악을 하며 그 장면을 모두 바라보고 있었다.

자신의 몸 상태가 최상이었다고 해도 상대가 되지 않을 절대 고수.

그런 자가 지금 눈앞에 있었다.

그녀의 눈에 희망이 싹트기 시작했다.

천마신교에 의해 대부분이 점령당한 무림을 다시 예전으로 되돌릴 수 있다는 희망이.

그런 유가연의 마음을 아는지 모르는지 천룡은 여전히 벌을 내리고 있었다.

죽지 않은 정도로 벌을 준 뒤에 땅 위에 내려온 무인들.

그 누구도 일어서지 못하고 있었다.

죽지는 않았지만, 예전으로 돌아가기 위해선 무던한 노력을 해야 할 것이다.

천룡이 남은 한 남자에게 천천히 걸어갔다.

"이제 우리 대화를 해야지?"

천룡의 물음에 남자가 고개를 끄덕였다.

하지만.

"너도 살짝 맛은 봐야겠지?"

천룡의 말에 남자가 다급하게 고개를 저으며 말했다.

"아, 아닙니다! 맛 안 봐도 충분히 알 것 같습니다!"

"아냐, 아냐. 무엇이든 경험은 좋은 거라 그랬어. 울 사부가."

속으로 그런 말을 한 사부를 욕하는 남자.

그러든지 말든지 남자의 머리 위에 손을 올리는 천룡이었다.

두려운 눈으로 천룡을 바라보는 남자.

그런 남자를 보며 환하게 웃으며 뇌전을 뿌리는 천룡이었다.

"끄어어어억!"

남자의 눈이 뒤집혀 흰자위만 보였다.

"엄살이 심하네."

천룡이 나지막하게 말하며 세기를 살짝 더 올렸다.

"끄가가가각─!"

뇌전이 그의 턱을 마구 흔들고 있었다.

온몸의 근육들이 제멋대로 움직이고 있었다.

남자는 결국 기절하고 말았다.

"어라? 벌써? 이러면 곤란한데……."

천룡은 쓰러진 남자를 바라보다가 유가연을 향해 고개를 돌렸다.

"깨어나려면 좀 기다려야 하니 치료해 줄게요."

"네? 깨어나요?"

"하하, 몇 번 더 해야죠."

"뭐, 뭘요?"

"방금 그거."

"……."

유가연은 진지하게 고민했다.

정말로 이 남자가 천마대제보다 나은 것인지 생각했다.

잠시 후.

그 후로도 몇 번을 기절하면서 뇌기의 맛을 제대로 본 남자는 천룡의 질문에 재깍재깍 대답하고 있었다.

"그러니까 맘에 안 들면 모두 불태운다고?"

"그, 그렇습니다."

"왜?"

"중원인들로 인해 저희 마교가 오해를 받았고, 그로 인해 많은 희생을 당했습니다. 천마대제께서는 저희의 복수를 하신다고……."

천마대제에 대해 상세하게 말을 하는 남자였다.

그것을 들은 천룡은 조용히 고개를 끄덕이고 있었다.

남자에게 신교의 위치를 물어본 천룡은 남자를 기절시킨 후에 자리에서 일어났다.

유가연에게 다가가 괜찮냐고 묻는 천룡.

그런 천룡을 보며 유가연은 고개를 끄덕였다.

자신도 모르는 절대 고수.

지금까지 천마대제가 가장 강한 자라 생각했다.

하지만 지금 이 순간 그 생각이 전면 수정되었다.

'이 남자다!'

압도적인 강함에 마음을 뺏겨 버린 유가연이었다.

'독이 아직 남아 있나? 왜 이리 맥박이 진정이 안 되지?'

문제는 그것이 사랑이라는 감정인지를 모른다는 것이었다.

평생 남자라는 동물에 감정을 가져 본 적이 없었기에 더욱 그랬다.

"일단 저는 저들이 말한 천마신교를 좀 다녀와야 할 것 같네요."

"저도 같이 가겠어요."

결연한 표정으로 일어서며 말하는 유가연의 말에 천룡이 고개를 저었다.

"위험해요. 여기서 저들을 감시하며 기다려요."

천룡의 말에 여기저기 쓰러진 채 앓는 소리를 내는 마교의 무인들이 눈에 들어왔다.

"모두 내공을 금제했으니 큰 어려움은 없을 겁니다."

"은공! 꼭 돌아오셔야 합니다."

아까까지만 해도 하대를 하던 그녀.

지금은 천룡을 대하는 모습이 완전히 달라져 있었다.

그런 유가연의 말에 미소를 지으며 고개를 끄덕이고는 그 자리에서 순식간에 자취를 감춘 천룡이었다.

유가연이 처음 천룡을 만났던 이야기를 끝냈다.

천룡은 무언가를 심각하게 생각하고 있었고, 나머지는 초롱초롱한 눈으로 유가연을 바라보고 있었다.

"우와, 정말 기가 막힌 만남이었네요? 그런데 정말로 환생하신 건가요?"

"맞아요. 유 국주님이 전생에 검후였다는 겁니까?"

사람들의 질문에 유가연이 답했다.

"가가께서 사라지고 누군가가 찾아왔어요. 그는 저에게 말했죠. 세상 어딘가에 살아 있다고. 처음 보는 사내였지만 믿음이 갔어요."

유가연의 말에 천룡이 말했다.

"마진강. 그가 널 찾아갔었나 보구나."

"마진강? 맞아요! 그런 이름이었어요. 가가께서 혹시 저를 찾아오시지 않았나 하고 물었어요. 그리고 혹시라도 가가를 찾게 되면 자신의 이야기를 꼭 해 달라며."

유가연의 말에 천룡이 고개를 끄덕였다.

"그럼 어떻게 환생을 하신 겁니까?"

"유마회혼대법이라고 아세요?"

"네! 알고 있습니다. 하지만 그 대법은 성공률이 정말로 희박하다고……."

"맞아요. 그 대법은 성공할 확률이 정말로 극악하죠. 하지만 전 할 수밖에 없었어요. 그것이 가가를 만날 유일한 길이었으니. 마진강, 그가 그러더군요. 가가께선 불사에 가까운 몸을 얻으셨다고."

나왔다.

불사.

"그가 말했어요. 자신이 치료했고 불사의 능력을 만들어 주었다고. 그러니 확실하다고."

천룡이 나이를 먹지 않는 이유를 알게 된 사람들.

모두가 경악했다.

마진강이라는 자가 정말로 천룡의 몸을 불사로 만들었다면 그의 정체가 도대체 무엇이란 말인가.

천룡의 말을 들어 보니 그 역시 수백 년을 살아온 괴물이었다. 거기에 세상에 적수가 없을 것으로 생각했던 천룡의 맞수였다.

"아무튼, 세상 어딘가에 가가께서 불사의 몸으로 살아 계신다면 저 역시 그 비슷한 상태가 되어야 했죠."

유가연의 말에 제갈군이 물었다.

"제가 알기로는 그 대법은 혼을 불러올 수만 있다고 들었습니다. 그런데 어찌?"

제갈군의 말에 고개를 저으며 말했다.

"혼을 이승에 머물게 하는 방법 역시 존재해요. 저의 경우는 이승에 남은 혼을 빙의시키는 방법이에요. 다만 제 기억은 모두 상실이 된 상태로 빙의가 되는 거죠. 그렇게 살다가 죽으면 다시 혼이 나와 다른 태아의 몸으로 들어가 빙의를 해요."

"그건 너무 극단적인 거 아닙니까?"

"그렇죠. 어디서 누군가로 태어날지를 모르는 것이니. 그리고 가가를 다시 만난다는 보장도 없었고."

"정말로 말도 안 되는 확률에 모든 것을 거셨군요."

유가연이 고개를 격하게 끄덕였다.

그리고 천룡을 보며 말했다.

"그래도 다행이에요. 이렇게…… 가가를 다시 보게 되다니……."

다시 눈물을 글썽이는 유가연이었다.

"그럼 검각은 어찌 된 겁니까? 세상에 존재하지 않는데."

그 질문에 유가연은 슬픈 얼굴이 되었다.

"검각은…… 멸문했어요."

"천마신교인가요?"

"아니요. 이화궁."

"이화궁? 그 천축이화신궁?"

고개를 끄덕이는 유가연.

"아니, 그들이 갑자기 왜?"

"천마신교와 싸움으로 엉망이 된 중원을 먹겠다며 쳐들어

왔죠. 이화궁, 태양궁, 그리고 대라밀교까지."

새외무림의 침공이었다.

겨우겨우 천마신교에서 벗어났더니 이번엔 새외에서 쳐들어온 것이다.

"저는 가가와 만난 후에 검각을 떠났어요. 검각은 여자들로 구성된 문파. 혼인하면 문을 떠나야 하죠. 그래서 전 떠났어요."

"아니, 그래도 검각이 공격을 당할 때 가서 도와주실 수도 있지 않습니까?"

무광의 물음에 유가연이 슬픈 눈으로 말했다.

"그 당시엔 운 가가께서 많이 아프셨어요. 그래서 중원 전역을 돌아다니고 있었죠. 그래서 소식을 늦게 접했어요."

"네? 아버지께서 그렇게 상태가 심각했었습니까?"

"네, 언제 죽을지 모를 정도로 매우 아프셨어요. 운 가가를 치료하기 위해 온 중원을 돌아다니던 때에요."

그 말에 천룡 역시 슬픈 얼굴로 고개를 숙였다.

점점 기억이 나기 시작했다.

자신 때문에 그녀는 자신의 가족들을 잃은 것이다.

"소식을 듣고 검각으로 달려갔을 땐 이미 멸문하고 난 뒤였죠."

유가연의 말에 다들 아무 말도 못 하고 고개를 숙였다.

"그래도 복수는 했어요. 이화궁을 세상에서 지워 버렸으니."

독기 가득한 얼굴로 말하는 그녀.

"그때 조금 더 고통을 주면서 멸문을 시켰어야 했는데……. 아직도 억울하죠."

다시 생각해도 화가 나고 분한지 술을 마시는 유가연.

"사부님의 병이 무엇이었습니까? 그리고 사부님은 어찌 사라지신 겁니까?"

천명의 물음에 유가연이 답했다.

"운 가가의 병명은 몰라요. 아무도 알아내질 못했어요. 천의라고 불리는 운 가가의 친구분도요. 운 가가께서 사라진 이유는……."

잠시 원망스러운 눈빛으로 천룡을 바라보는 유가연.

"어떤 분과 약속을 지켜야 한다며 가셨어요. 그게 마지막 모습이었어요."

그런 유가연의 말에 천룡이 입을 열었다.

"마진강."

"네?"

"그와 대결을 위해 갔었다."

"네? 그분이랑 싸우셨다면 왜 그분은 가가의 행방을 모르시는 거죠?"

유가연의 물음에 천룡이 눈을 감고 잠시 가만히 있었다.

그 모습에 무광이 말했다.

"기억이 돌아오고 계시나 봐요. 요즘 자주 저러십니다."

무광의 말에 유가연이 고개를 끄덕이며 조용히 그 모습을 지켜보았다.

얼마간의 시간이 지난 후.

눈을 뜬 천룡.

"그래. 나는 마진강과 마지막 전투를 했지."

"마진강이라는 분은 어떤 분이십니까?"

무광의 질문에 천룡이 말했다.

"나도 모른다."

"네? 친구분이라면서 모르신다고요?"

사람들의 반응에 천룡이 고개를 끄덕였다.

"전에 말했지? 마애불상 앞에서 대결했다고. 그게 첫 만남이었어. 그의 정체는 나도 모른다. 어느 문파 사람인지, 심지어 중원 사람인지도 잘 모르겠다."

천룡이 술잔을 비운 후에 다시 말했다.

"그가 어느 날 나에게 서신을 보냈다. 자신의 무공을 완성했다고. 다시 붙어 보자고. 나는 허락했지. 비록 죽어 가고 있었지만……. 가연이에겐 미안하지만, 나의 마지막은 그와 대결을 하며 죽고 싶었다."

"가가!"

"내 느낌이었다. 그를 만족시키지 못하면…… 중원에 정말 큰 재앙이 닥치리라는 것을. 내가 죽는다고 해도 그가 만족한다면 거기서 멈추리라 생각했지. 그만큼 그는 위험했다."

천룡의 말에 다들 왠지 모를 소름이 돋았다.

고금 무적인 천룡의 입에서 위험하다는 소리가 나왔기 때문에.

"그것이 모두를 지키는 길이라 생각했다. 내 한목숨을 던져 모두를 구하는 방법. 그래서 갔다. 그것이 내 운명이고 사명이었으니까."

"이기셨습니까?"

무광의 질문에 천룡이 고개를 저었다.

"졌다."

천룡의 말에 다들 침묵했다.

천하의 천룡이 졌다고 말했다.

천룡불패라 생각했는데 졌었단다.

그것이 그곳에 있는 사람들을 더욱 침울하게 만들었다.

"녀석들. 사람이 살다 보면 질 때도 있는 거지. 나는 뭐 사람 아니냐?"

"그래도 저희는 아버지가 진다는 것을 상상해 본 적이 없어서 충격입니다."

무광의 말에 다들 고개를 끄덕이며 격하게 공감했다.

"사부! 사부는 그때 몸 상태가 좋지 않으셨잖아요! 그러니 패한 것이 아닙니다!"

"하하, 녀석…… 실전에서 그런 것이 통하겠느냐? 적이 네가 아프다고 봐주겠느냐? 그것은 핑계다. 나는 당당하게 싸웠다. 그러니 그런 말은 나를 욕하는 것이다."

천룡의 말에 태성이 고개를 숙이며 용서를 구했다.

"죄, 죄송합니다, 사부. 제가 생각이 짧았습니다."

"괜찮다. 아무튼, 그가 말했다. 이것은 제대로 된 싸움이 아니라고. 자신은 만족하지 못했다고."

일승일패.

"마지막 싸움으로 모든 것을 가려 보자고 했다. 하지만 나에겐 시간이 없었지. 그를 만족시킬 시간이……. 그와의 싸움으로 내 생기는 급격하게 빠져나갔다."

천룡의 생기가 급격하게 빠져나가는 것을 느낀 마진강은 그를 점혈해서 재웠다.

"그가 나를 점혈하며 재우더구나. 그리고 나에게 말했다. 다시 만나자고. 너는 절대 죽지 않을 것이라고."

그동안 궁금했던 모든 것이 풀리고 있었다.

"눈을 떠 보니…… 너희들을 만나기 전까지 살던 그곳이더구나. 아무런 기억도 없이 그곳에서 수백 년을 살았다. 그러다가 너희를 만났고, 이렇게 세상에 나와 내 집과 가족을 만들었구나."

천룡의 말에 다들 침울했던 표정이 풀렸다.

마지막 말.

내 집과 가족이라는 단어 때문이었다.

"기억이 다 돌아오신 겁니까?"

"그런 거 같다. 군데군데 끊기긴 했지만 웬만한 과거는 다 기억이 난다."

"가가, 다행이에요."

유가연이 옆으로 다가와 안겼다.

"고맙다, 가연아. 그런 위험한 대법까지 시행하면서까지 날……."

"이렇게 만났잖아요. 그걸로 전 행복해요. 이제 절대로 제 곁을 떠나지 마세요."

"저희도 마찬가지입니다. 아버지! 절대로 떠나시면 안 됩니다!"

다들 이구동성으로 말했다.

"알았다. 그리고 고맙다."

천룡의 기억, 유가연의 기억이 모두 돌아온 날.

모두가 행복한 날이었다.

◈

알 수 없는 문장으로 둘러싸인 동그란 원 안에 별 모양의 도형이 그려져 있었다.

사방에는 역한 냄새를 풍기는 향들이 피어 있었고, 양의 머리가 제단에 올려져 있었다.

원과 도형을 이루는 것은 양의 피로 보였으며, 그 주변에 밀교의 승려들이 열심히 무언가를 중얼거리고 있었다.

원 가운데에는 은마성이 실오라기 하나 걸치지 않은 채 눈을 감고 가부좌를 틀고 있었다.

"이제 모든 준비가 다 되었소."

승려가 조심스럽게 헝겊에 겹겹이 쌓인 무언가를 들고 은마성 앞으로 갔다.

헝겊을 풀자 기형적인 모양의 작은 칼이 모습을 드러냈다.

"이것으로 은 대협의 피를 바닥에 뿌리셔야 합니다."

승려의 말에 은마성이 고개를 끄덕이며 무덤덤하게 칼을 들어 올렸다.

그리고 곧바로 자신의 팔뚝에 꽂아 넣었다.

푸욱-!

촤하하학-!

꽂힘과 동시에 엄청난 기세로 치솟는 피.

여전히 무덤덤한 얼굴로 팔을 휘둘러 바닥에 자신의 피를 뿌렸다.

눈으로 승려에게 물었다.

더 뿌려야 하는지.

승려가 그 눈빛을 알아듣고는 고개를 저었다.

은마성은 피가 철철 나는 팔은 신경도 쓰지 않은 채 다시 눈을 감았다.

승려가 조심스럽게 팔의 상처를 헝겊으로 감아 주었다.

그러면서 이 의식을 하는 이유를 알려 주었다.

"이 의식이 성공을 하게 된다면 대협께선 마계의 힘을 얻으실 겁니다. 저희는 그 힘을 이용해 한 분을 세상에 모셔 오면 됩니다."

"그게 누구요?"

"저희들이 모시는 분, 바로 제석천 님이시지요."

"그렇군. 나는 단지 제물일 뿐이군."

승려는 아니라고 대답하지 않았다.

"훗, 내가 그 제석천이라는 자보다 강해지면 어찌 되오?"

"그러면 저희들이 당신을 따를 것입니다."

"그리 쉽게 모시는 분을 바꾸어도 되는 것이오?"

"강자숭배. 그것이 저희 교의 교리입니다."

"마교와 비슷하군."

"그럴 수밖에요. 저희에게서 떨어져 나간 종파가 변한 것이 마교니까요."

"그건 몰랐던 사실이군요. 그런데 제석천은 언제 온답니까?"

"그대가 세상에 나타나면 그분께서 누군가의 몸에 강림하실 것이오. 우리는 그것을 기다리면 되는 것이오."

은마성은 알겠다는 표정으로 고개를 끄덕였다.

그때 뒤에서 한 승려가 말했다.

"이제 모든 준비가 완료되었습니다. 대법을 시행하겠습니다."

젊은 승려의 말에 은마성 앞에 있던 승려가 은마성에게 행운을 빈다고 말하고는 뒤로 물러섰다.

원을 빙 둘러싸고 알 수 없는 언어로 주문을 외우기 시작하는 그들.

그러자 원에 새겨진 이상한 글자들에서 붉은빛이 감돌기 시작했다.

빛은 점점 더 강해져 갔고, 원 안에 글자들을 채우고 있던 피들이 끓기 시작했다.

피들은 순식간에 증발하면서 수증기가 되었고, 그 수증기는 서서히 사람의 형태로 변해 갔다.

사람 형상을 한 수증기는 입으로 보이는 곳으로 무언가를 말하고 있었다.

그런데 이곳 언어가 아니었다.

알아들을 수 없는 언어로 무언가를 말하는 사람 모양의 형상이었다.

아무도 알아듣지 못하자 수증기 형상이 턱을 긁는 모습으로 변했다.

그러다가 가부좌를 틀고 앉아 있는 은마성을 바라보는 모양으로 바뀌었다.

손뼉을 치는 모양으로 변하더니 은마성의 콧속으로 빨려 들어갔다.

붉은 수증기가 은마성의 몸으로 모두 흡수되었다.

이윽고 은마성의 몸이 거대하게 부풀어 올랐다.

그 모습을 본 승려들이 한탄했다.

"제길! 또 실패인가? 다들 피해! 곧 폭발한다!"

경험이 있기에 그들은 서둘러서 그곳을 피해 달아났다.

은마성 혼자 남아 끊임없이 부풀었다가 쪼그라들었다가를 반복했다.

그리고 은마성의 몸이 터져 나갔다.

콰콰쾅-!

우르르르르-!

그 충격이 얼마나 컸는지 의식을 진행했던 동굴이 있는 산 전체가 진동으로 울렸다.

"휴우! 이번에도 실패군."

"이번엔 그 폭발력이 더 강했던 것 같습니다."

"이번에 소환된 자가 마계에서도 알아주는 강자였던 것 같다. 은마성의 몸으로도 버티질 못하다니."

진동이 가라앉자 승려들이 안으로 들어갈 준비를 했다.

"시신은 최대한 찾아라. 우리를 위해 희생한 영혼이다. 양지바른 곳에 묻어 주어야 하니 최대한 찾아라."

승려들이 고개를 끄덕이고 안으로 들어서려 할 때 안에서 누군가가 걸어 나왔다.

은마성이었다.

그런데 은마성의 표정이 이상했다.

"이곳은 어디인가?"

첫 물음이 이상했다.

이곳이 어디냐니?

말투도 이상했다.

그러고 보니 눈에 흰자가 하나도 없었다.

온통 진한 검은색의 눈동자가 승려들을 바라보고 있었다.

"서, 설마?"

승려가 무언가를 눈치챈 듯 부들부들 떨며 손가락으로 은마성을 가리켰다.

"크크큭. 나에게 감히 손가락질하다니."

퍼억-!

손가락으로 가리킨 승려의 몸이 터져 나갔다.

"대답하거라. 이곳이 어디냐?"

"처, 천축이옵니다!"

"천축? 처음 듣는 곳인데?"

은마성이 고개를 갸웃거리며 주변을 서서히 둘러보았다.

"처음 보는 피부색이고, 처음 보는 풍경이군."

그러더니 가만히 눈을 감고 미간을 찡그렸다.

압도적인 마기를 풍기며 서 있는 은마성.

그곳의 승려들이 할 수 있는 것은 아무것도 없었다.

그저 엄청난 공포에 몸을 떨고 있을 뿐이었다.

잠시간의 시간이 흐르고 눈을 뜬 은마성.

평범한 눈으로 돌아와 있었다.

"고맙군. 정말로 엄청난 기연이야."

은마성이 환한 미소를 지으며 말했다.

"괘, 괜찮습니까?"

"괜찮냐고? 하하하하하!"

"크으윽!"

은마성이 크게 웃자 주변에 있던 승려들이 귀를 막으며 고통스러워했다.

"최고다! 크크크크. 이런 힘이라니."

이상했다.

분명히 방금 전에 모습을 드러냈던 자는 은마성이 아니었다.

전혀 다른 사람이었는데 지금은 은마성 본인이었다.

은마성의 내면 안에 또 다른 자아가 들어선 것이다.

'크크크. 당분간 네놈에게 자리를 양보하마. 나에게 이 세상을 구경시켜다오. 크크크. 나의 힘은 네가 양껏 사용할 수 있도록 개방해 두었다.'

또 다른 자아는 은마성에게 양보를 하며 자신은 당분간 이 세상을 구경하며 적응하겠다는 말을 남기고 모습을 감추었다.

누구인지 중요하지 않았다.

지금 이 힘을 어디에 쓰느냐가 중요했다.

그것은 이미 정해져 있었다.

"군자회…… 기다려라. 네놈들부터 정리해 주마. 크크크크."

항상 자격지심을 갖게 했던 그들.

언젠가 힘이 생기면 저들부터 밟아 주겠다고 생각했다.

그리고 담무광을 생각했다.

담무광에게 느끼는 감정은 분노가 아니었다.

설렘.

기분 좋은 미소가 새어 나왔다.

"기다려라. 너와의 대결은 가장 마지막이니."

은마성이 웃음을 지으며 주변을 둘러보자 수많은 승려들이 존경심을 표하며 엎드려 있었다.

승려들이 고개를 들었을 때는 이미 은마성의 신형이 사라지고 난 뒤였다.

마진강의 앞에 태양궁의 궁주인 곽정이 부복하고 있었다.

"오행체 중에 셋을 찾았다고?"

"네! 그렇습니다. 주군!"

"오호, 정말로 고생이 많았구나. 그래. 나머지 둘은 아직 찾는 중이고?"

"하나는 의심이 가는 자가 있어 단목천이 직접 확인하러 갔습니다. 나머지 하나는 지금 열심히 찾고 있습니다."

"하하하, 그래? 단목천이 확인하러 간 자가 정말로 오행체 중 하나라면 넷이나 찾은 게로군?"

"그렇습니다."

"어디 어디 애들이더냐?"

"무당, 소림 그리고 운가장입니다."

곽정의 보고에 마진강의 표정이 변했다.

"운가장?"

"네! 운가장입니다."

"하하하, 그렇군. 그 녀석이 있는 장원이군."

마진강의 반응에 곽정은 소문이 사실이라는 것을 알았다.

정말로 운가장의 운천룡이 그가 찾던 인물이 맞았다.

"저, 정말로 주군께서 찾아 계시던 그자가 맞습니까?"

곽정이 조심스럽게 질문을 하자 마진강이 웃으며 말했다.

은마성을 대할 때와는 다른 부드러운 모습이었다.

"왜? 궁금하더냐? 하긴 너희들에겐 말을 해 주지 않았구나."

"아, 아닙니다. 소신이 주제넘게……."

"아니다. 너희들도 알아야지. 내 진정한 수족들인데."

마진강의 말에 곽정이 감격하고 있었다.

진정한 수족들.

이것만큼 그를 벅차게 하는 말이 없었다.

"그는 내 친구다."

"네?"

너무 놀라 반문을 하고만 곽정.

아차 싶었는지 재빨리 고개를 조아리며 용서를 빌었다.

"소, 소신이 결례를 저질렀습니다. 요, 용서를……."

그런 곽정을 부드러운 표정으로 달래는 마진강.

"녀석 겁먹기는. 내가 너를 어찌한단 말이냐? 섭섭하구나?"

"아, 아닙니다. 소, 소신은 그저."

"쯧쯧. 되었다. 아무튼, 계속 이야기하마. 그는 내 친구이자 내 호적수다. 크크크크. 나로 하여금 땅에 무릎을 닿게 한 유일한 인물이고, 내 입에서 졌다는 말이 나오게 한 유일한 사람이지. 크하하하하. 다시 생각해도 즐겁구나!"

즐거워하는 마진강과 달리 곽정은 경악하고 있었다.

자신이 느끼기에 마진강은 사람이 아니었다.

신이었다.

그의 강함은 그러지 않고서는 설명이 되지 않았기 때문이다. 거기에 그가 자신을 포함해 군자회 사람들에게 심어 준 특수한 능력.

그것은 신이 아니고서는 절대 할 수 없는 것이었다.

"무엇을 그리 생각하느냐?"

마진강의 물음에 곽정이 화들짝 놀라며 답했다.

"주, 주군께서 지셨다는 말씀에 너, 너무 놀라서."

"일승일패다. 아직 진정한 승부가 남았어."

"그렇습니까? 한데 그자가 어디에 있는지 알고 계시면서 왜 가지 않으시는지?"

곽정의 질문에 마진강이 답했다.

"행복해 보이더구나. 크크크. 세상에 나온 지 얼마 되지 않았다더라. 그래서 조금 즐기도록 놔두고 싶었다."

마진강의 말에 곽정은 그저 고개를 조아리고 있을 뿐이었다.

"그리고 얼마 전에 한판 붙었었다. 크크크. 아직 자신의 진짜 힘을 제대로 쓰지 못하고 있지만, 그래도 강하더구나. 그와 부딪혔던 주먹이 아직도 욱신거리는 것을 보니."

그리 말을 하고는 놀라서 입을 벌리고 있는 곽정을 지그시 쳐다보았다.

"너희들이 힘을 좀 써야겠구나."

"무엇을 말입니까? 명령만 내려 주십시오!"

"언제가 좋을까……. 그래. 내년쯤 해서 그를 즐겁게 할 방안을 마련해 보아라."

"즐겁게요?"

"그래. 그가 자극을 받아 더욱더 힘을 키울 수 있게 만들 방

안. 그것을 위해선 모든 수단과 방법을 가리지 않아도 된다."

"저희가 중원에 힘을 드러내도 된다는 말씀이십니까?"

"그래! 너희가 가진 모든 것을 드러내라! 옳지! 그게 좋겠구나! 하하하하!"

"가, 감사합니다! 소신, 모든 것을 총동원해 주군을 즐겁게 해 드리도록 하겠습니다!"

"오냐! 부디 날 즐겁게 해다오! 하하하하하!"

"그럼 소신은 돌아가서 바로 준비를 시작하겠습니다!"

"애들에게도 전하고."

"네! 알겠습니다!"

곽정이 나가든지 말든지 눈을 감고 즐거워하는 마진강이었다.

"술술 풀리는 것인가? 오행체도 순조롭게 찾고 있고, 그리고 무엇보다 천룡 그 친구와 제대로 다시 한번 붙는 날이 머지않았다는 거지. 크크크, 즐겁구나, 즐거워."

천룡의 수하가 된 만보상회(萬寶商會)의 회주 백금만이 제갈군을 만나고 있었다.

만보상회는 천룡표국을 만나면서 승승장구하고 있었다.

덕분에 천하 십대 상단에 이름을 올릴 정도로 세력이 커졌다. 하지만 최근에 알 수 없는 세력에 의해 방해를 받고 있었다.

처음에는 그저 자신들의 성장을 경계한다 생각하고 대수롭지 않게 여겼는데 날이 갈수록 그 타격이 심해졌다.

덕분에 상회 최대 위기가 찾아왔다.

금전도 금전인데 무엇보다 유통을 할 상품 자체가 귀해진 것이다.

자신들이 유통을 하는 상품들을 저쪽에서 훨씬 싼 가격에 풀어 놓기에 언제나 손해를 보고 팔고 있었다.

그래서 나름대로 대책을 세워 저들이 함부로 가격을 내릴 수 없는 것들로 대처를 해 왔는데, 최근에는 그것마저 힘들어진 것이다.

아무리 머리를 굴려도 답이 나오지 않자 답답한 마음에 이렇게 제갈군을 찾아 온 것이다.

제갈군은 천룡과 함께 다과를 즐기고 있었다.

"장주님! 백금만 상회주가 찾아왔습니다."

"아! 그래? 어서 들어오라고 해라."

천룡의 허락과 함께 백금만이 안으로 들어섰다.

"주군! 불충한 소신이 주군께 인사 올립니다."

부복을 하며 천룡에게 인사를 하는 백금만이었다.

"무슨 소리냐. 그래 무슨 일이더냐?"

천룡의 물음에 백금만이 잠시 머뭇거리더니 제갈군을 보

며 말했다.

"군사께 도움을 요청하러 왔습니다. 주군."

"군사에게?"

천룡과 제갈군이 눈을 마주쳤다.

제갈군이 우선으로 얼굴을 가리며 물었다.

"무슨 일이신지요?"

그에 백금만이 그동안의 일들을 모두 제갈군에게 말했다.

"흐음, 금전도 금전인데 상품이 문제군요."

"그렇습니다. 군사님! 제발 저 좀 도와주십시오!"

백금만이 애절하게 매달리자 제갈군이 난감한 얼굴을 하였다.

금전이야 당장 운가장에 있는 여윳돈을 융통해 주면 된다지만 상품은 아니다.

일단 정보를 모아야 했기에 장천을 부르려는 찰나 천룡이 끼어들었다.

"금전과 상품이라……. 그 비급이나 영약, 보검 이런 것도 상품으로 쳐주나?"

천룡의 말에 백금만이 맹렬하게 고개를 끄덕였다.

제갈군이 물었다.

"주군, 무슨 좋은 생각이라도 있으십니까?"

제갈군의 질문에 천룡이 미소 지으며 말했다.

"내가 좀 가지고 있거든."

"뭘 요?"

"무공 비급이랑 보검, 그리고 영약."

"전 못 봤는데요? 그리고 조금 가지곤 안 됩니다."

백금만이 물었다.

"주군, 군사님 말씀대로 조금 가지곤 안 됩니다."

둘의 말에 천룡이 조심스럽게 얘기했다.

"비급은 대략 오만 권 정도 있고……."

"퀵!"

"헉!"

오만 권이란다.

그게 조금인가?

이어지는 천룡의 폭탄 발언.

"보검이랑 명검, 기보 이런 거는 세어 보진 않았지만 대략 팔만 점?"

"……."

제갈군과 백금만은 생각했다.

자신들이 알고 있는 조금과, 천룡이 알고 있는 조금은 완전히 다르다는 것을.

"영약은 음…… 금방 금방 자라나니 거의 무제한? 혹시 공청석유는 잘 팔리나?"

공청석유가 잘 팔리냐니?

그걸 지금 질문이라고 하시는 것인가?

없어서 못 판다.

아니, 있어도 부르는 게 값이다.

두려웠지만 조심스럽게 물었다.

"어, 없어서 못 팔죠. 어, 얼마나 있는지 소신이 알 수 있을지……."

백금만의 질문에 제갈군도 궁금한지 귀를 활짝 열고 집중했다.

"응. 웅덩이로 있어. 퍼내면 대략 백 동이는 나올걸?"

자신이 지금 뭘 들은 건가?

뭐가 백 동이?

술도 아니고 공청석유가 백 동이가 있단다.

지금 꿈을 꾸는 것인가?

불경스럽게도 천룡 앞에서 귀를 후비는 두 사람이었다.

"왜? 적나?"

"아니요!"

"아닙니다!"

동시에 외치는 두 사람.

이제 두려웠다.

천룡이 말하는 저 조금이라는 것이.

제갈군이 물었다.

"도, 도대체 그런 것들이 어디에 있는 겁니까? 소신은 지금까지 한 번도 못 봤는데요?"

현재 운가장의 살림은 제갈군이 전부 맡아서 하고 있다.

그런데 자신도 모르는 재산이 있다니.

제갈군이 다급하게 물었다.

"저, 정말로 그런 게 있습니까?"

천룡은 제갈군과 간절한 눈빛으로 자신을 바라보는 백금만을 번갈아 보며 말했다.

"응. 대신 좀 가야 해. 여기서 거리가 좀 되거든. 가져오는데, 시간이 좀 필요한데 그때까지 괜찮겠어?"

천룡의 말에 백금만이 고개를 끄덕이며 대답했다.

"물론입니다! 올해까지는 버틸 여력이 됩니다!"

그 말에 천룡이 고개를 끄덕였다.

"한 달이면 되니 충분하군. 알았다. 그 부분은 내가 해결해 주지."

"저, 정말입니까?"

눈물을 글썽이며 자신을 바라보는 백금만을 토닥이며 말하는 천룡.

"그럼. 내가 너의 주군이다. 그 정도도 해결 못 해 줄까. 금력도 해결해 주지."

"그, 금력까지요?"

"응! 일단 간단하게 황금 십만 관을 주지."

"끄어어억!"

백금만이 가슴을 부여잡고 기절하려 했다.

너무 놀랐기 때문이다.

십만 냥도 아니고 십만 관이란다.

황금 한 관이 금화로 백 냥이다.

십만 관이면 금화 천만 냥이었다.

그런데 일단이라고 하셨다.

그렇다는 얘기는······.

"나머진 일단 여기에 창고를 좀 짓고 나서 지원해 주지."

무서웠다.

얼마만큼의 황금이 있는지 묻기가 너무도 무서웠다.

그래도 인간은 호기심의 동물인지라 참지 못하고 물었다.

"주, 주군. 그것이 일단이면······ 전체적으로는 얼마나 있는 것입니까?"

백금만의 질문에 천룡이 턱을 쓰다듬으며 생각을 하다가 말했다.

"정확하게는 모르고······."

또 나왔다.

정확하게는 모르겠다는 말이 이리도 무섭다니.

"대략 백만 관 이상? 나도 잘 모르겠다. 심심풀이로 세다가 지쳐서 말았으니."

대답 없는 백금만.

거품을 물고 기절했다.

그 모습에 깜짝 놀란 천룡이 다급하게 활인기를 불어넣었다.

그 기운에 다시 정신이 든 백금만.

자신의 눈앞에 괜찮냐고 묻는 천룡이 보였다.

그 모습이 너무도 찬란하여 백금만은 자신도 모르게 눈을 감았다.

"네! 괘, 괜찮습니다."

대답을 하며 부르르 떠는 백금만을 뒤로한 채 천룡이 제갈 군에게 말했다.

"너도 가자. 가서 네가 직접 봐 봐. 괜찮은 건지."

"네!"

"가서 애들한테도 얘기하고, 먼 길 가야 한다고."

"알겠습니다!"

제갈군이 나가고 백금만은 연신 천룡에게 감사하다며 인사를 하며 나갔다.

천룡은 제자들과 함께 자신이 기거했던 선유동으로 향했다. 많은 짐을 실어 와야 했기에 천룡표국의 짐수레도 대량으로 끌고 나섰다.

조방과 진천, 그리고 장천과 여월까지 합세했다.

"드디어 가 보는군요. 아버지를 꼭꼭 숨겨 두었던 그 빌어

먹을 곳을."

원수를 만나러 가는 표정으로 길을 나서는 무광.

그런 무광의 심정을 격하게 공감한다는 천명과 태성.

천룡은 그런 제자들을 보며 웃었다.

제자들과 함께 고향으로 돌아가는 기분이었다.

제자들도 겉으로는 투덜거리지만, 입가엔 미소가 가득했
다. 예전에 자신들이 수련했던 장소도 지나간다니 추억에 잠
긴 표정을 지으며 행복해했다.

가는 길에도 천룡과 제자들은 수련에 박차를 가했다.

밤만 되면 천룡과 제자들은 대련을 했다.

그것도 부족해서 조방, 진천, 여월, 장천까지 가세했다.

그럼에도 천룡을 어쩌지 못했다.

그래도 매일같이 이런 수련을 한 덕에 모든 이들의 무공이
비약적으로 늘고 있었다.

천룡 역시 자신 안에 숨겨진 힘을 꺼내기 위해 끊임없이
노력했다.

마진강을 확실하게 이기기 위해선 그 힘이 필요했기 때문
이다.

보름 동안 이렇게 이동하다 보니 어느덧 목적지에 다다랐
다.

"저기다."

천룡이 가리키는 곳을 바라보니 그냥 절벽이 보였다.

"저기요? 저긴 아무리 봐도 천 길 낭떠러지인데요?"

"그러니까요. 바닥이 아예 안 보이는데요? 설마…… 저 아래입니까?"

제갈군만 신기한 눈으로 그곳을 바라보았다.

"우와! 이런 미친! 세상에!"

호들갑을 떠는 제갈군.

"뭐냐? 뭐라도 발견했나?"

무광의 물음에 제갈군이 흥분한 얼굴로 대답했다.

"이런 엄청난 진법이라니요! 이건 절벽이 아닙니다! 우와! 만약 제 경지가 조금이라도 낮았다면 전혀 눈치를 채지 못했겠어요."

"뭔 소리야? 너보다 높은 우리도 모르겠는데. 진법이 어디 있어?"

"당연히 모르시죠. 진법에 대해 모르시니. 이건 평범한 자연의 기운이 아닙니다. 세상의 모든 생명의 기운이 이곳에 모여 있습니다."

제갈군의 말에 다들 집중해서 절벽을 살폈다.

무언가 신성한 기운이 느껴졌지만, 딱히 그렇다고 이상하거나 하진 않았다.

그런 제자들과 제갈군을 본 천룡이 웃으며 말했다.

"녀석들. 일단 들어가자."

"어디를요?"

그 말에 천룡이 손을 휘저었다.

그러자 눈앞에 있던 절벽이 울렁거리더니 점차 사라지기 시작했다.

"헉! 저, 저게 뭐야!"

"저, 절벽이 아니고 환상이었어?"

"이상하네? 아까 분명히 절벽이 맞았는데? 돌도 떨어뜨려 봤잖아."

다들 신기해하는데 제갈군은 초롱초롱한 눈으로 연신 진법을 살피고 있었다.

"주군! 저 이거 세상에 가져가도 됩니까?"

제갈군의 물음에 천룡이 고개를 끄덕였다.

"맘대로 하거라."

"감사합니다! 하하하하! 정말 최고의 선물입니다! 주군!"

기뻐하는 제갈군을 뒤로하고 천천히 안으로 들어서자 울창한 숲이 나왔다.

"이곳이 내가 살던 곳이다."

천룡의 말에 제자들은 알 수 없는 감정을 느꼈다.

아무것도 없었다.

이런 곳에서 천룡이 몇백 년을 살았다니.

제자들은 자신들도 모르게 눈물을 흘렸다.

그 긴 시간을 이런 곳에서 외롭게 지냈을 것을 생각하니 너무도 가슴이 아팠던 것이다.

"왜, 왜 그러냐?"

제자들의 눈물에 천룡이 당황하며 물었다.

그러자 제자들이 다가와 천룡의 품에 안겼다.

"아버지, 앞으로 더 잘 모실게요."

"사부님, 항상 곁에서 떨어지지 않겠습니다."

"사부! 흑흑."

제자들의 말에 그 뜻을 눈치챈 천룡이 행복한 미소를 지으며 제자들의 머리를 쓰다듬었다.

그 모습을 지켜보는 사람들 역시 무언가를 결심한 얼굴로 바라보고 있었다.

광동성(廣東省) 심천(深圳).

중원의 상권을 좌지우지하는 거대한 조직이 심천에 있었다.

황금천(黃金天).

황금천의 천주 만금충(萬金充)이 수하들과 진중한 이야기를 나누고 있었다.

"그래. 준비는 잘되어 가고 있느냐?"

"네! 운가장이 운영하는 상단은 머지않아 무너질 것입니다."

"끌끌끌. 그러하냐? 더더욱 몰아붙여라."

"그런데 정말로 괜찮으시겠습니까?"

"무엇을 말이냐?"

"운가장은 지금 중원에서 가장 명성이 자자한 곳입니다. 훗날에 무슨 문제가 생기는 것은 아닐지 걱정입니다."

"크크크크. 문제? 무슨 문제? 우리가 한 일인지를 어찌 증명할 건데? 또한, 망하는 것은 우리 탓이 아니지. 자신들의 상재(商材)가 부족한 탓을 해야지."

"맞습니다."

"이 바닥은 그런 곳이다. 무림과는 다른 세상이다. 금력과 상재에 졌다고 어디에 하소연을 할 수 있는 바닥이 아니야. 그런 쓸데없는 걱정 하지 말고 할 일에 집중해."

"알겠습니다."

"단목세가에서 연락은 왔느냐?"

"아직 오지 않았습니다."

"흠…… 예상외로 쉽게 찾지 못하는 것인가? 신의라고 소문까지 났으면 쉬울 거라 생각했는데."

심각한 표정으로 탁자를 두드리는 만금충이었다.

"우리도 그곳에 사람을 풀어 찾아보아라. 운가장보다 그것이 더 중요한 일이니."

"알겠습니다."

"운가장 쪽은 뿌린 돈의 두 배를 더 준비해서 몰아붙여."

"네? 지금까지 뿌린 돈만 해도 천문학적인 금액……. 컥!"

말을 하다 말고 갑자기 자신의 목을 움켜쥐는 수하.

"이놈들이 내가 그동안 설렁설렁했더니 아주 기어오르는 구나."

"요, 용서를……."

"알고 있겠지? 두 번은 없다."

수하를 풀어 주며 경고하는 만금천이었다.

수하들에게 엄한 경고를 한 뒤에 만금충은 나직하게 말했다.

"주군께서 명령을 내리셨다. 운가장의 장주 운천룡을 최대한 즐겁게 해 주라고."

다들 입을 다물고 듣기만 했다.

"돈이 문제가 아니야. 무슨 수를 써서라도 그를 괴롭혀라. 알겠느냐?"

"알겠습니다!"

이구동성으로 대답하는 수하들을 보며 고개를 끄덕이는 만금충이었다.

"다른 쪽에서도 한창 준비를 하고 있을 것이다. 그러니 우리도 그에 못지않은 준비를 해야 한다. 그리고……."

말을 하다가 잠시 뜸을 들이는 만금충.

"이제 세상에 우리도 당당히 나갈 수 있게 되었다. 주군께서 허락하셨다."

천하무적
운가장

"저, 정말입니까?"

"끌끌끌. 그렇다. 그러니 그것도 염두에 두고 잘 준비하거라."

"충!"

"그렇게 알고 모두 나가 봐."

만금충의 말에 다들 인사를 하고 나갔다.

홀로 남은 만금충은 탁자에 있는 차에 열양지기를 불어넣어 따뜻하게 만든 뒤 입에 가져갔다.

"끌끌끌. 이제 세상에 우리를 내세울 때가 왔구나. 정말 오랫동안 기다렸던 그 순간이……."

천룡의 손짓에 안개진이 좌우로 갈라졌다.

마치 안개 폭포 사이로 길이 난 것처럼 몽환적인 분위기였다.

천룡이 먼저 들어가자 뒤의 사람들이 일제히 움직였다.

다들 신기한 현상에 주변을 두리번거리며 침만 꿀꺽 삼키고 있었다.

적막함 가운데 수레바퀴 돌아가는 소리만 요란하게 울려 퍼졌다.

한참을 들어가니 밝은 세상이 모습을 드러냈다.

형형색색 종류의 식물들이 조화롭게 어우러지고 있었다.

인세에선 볼 수 없는 아름다운 풍경.

다들 입을 벌린 채 감탄하고 있었다.

그렇게 풍경을 감상하며 어느 정도 들어가자 천룡이 멈춰섰다.

천룡의 앞에는 거대한 폭포수가 끊임없이 쏟아져 내리고 있었다.

그 앞의 물보라에 펼쳐진 찬란한 무지개가 어서 오라고 반기는 듯했다.

"이곳을 지나야 한다. 다들 조심해서 지나가도록 해."

그러고는 천룡이 손을 들어 물줄기를 옆으로 비켜나게 해서 사람이 지나갈 수 있도록 통로를 만들어 주었다.

그 모습조차 신기했다.

신선이 자신의 집으로 지상의 사람들을 초대하는 모습이었다.

천룡의 도움으로 거대한 물줄기를 피해 무사히 동굴 속으로 들어간 일행들.

그 동굴 앞에는 선유동이라는 글자가 보일 듯 말 듯 새겨져 있었다.

얼마나 오랜 세월 동안 저 자리를 지켜 왔는지 알 수 있었다.

"선유동이라. 정말로 이곳은 신선들이 살던 곳이 아닐까요?"

무광의 물음에 천룡이 답했다.

"나도 그리 생각했는데, 수백 년 동안 코빼기도 안 비추는 걸 보면 아닌 것 같다."

"그럼 누가 이런 공간을 만들었을까요?"

"글쎄다. 나도 그것을 알기 위해 이곳저곳을 다 뒤졌는데 찾지 못했다. 이곳에서 살아온 세월이 수백 년인데 그 시간 동안 못 찾았음 뭐. 없는 거지."

천룡의 말에 다들 고개를 끄덕였다.

동굴 안으로 들어서자 하얀 액체들이 모여 작은 웅덩이를 이루고 있었다.

"헉! 저, 저건 서, 설마!"

"사, 사부님! 저거 진짜입니까?"

제자들과 일행들이 경악하며 바라본 그곳엔 공청 석유가 가득 모여 작은 연못을 이루고 있었다.

"왜? 좀 마실래? 목말라?"

마치 뒷산에 가서 약수(藥水) 권하듯이 권하는 천룡.

그곳의 모든 사람이 고개를 격하게 끄덕였다.

그 모습에 천룡이 피식 웃으며 말했다.

"한 번에 많이 먹으면 오히려 독이 되는 거 알지?"

"네! 알고 있습니다!"

"그래! 알아서들 적당히 마셔라."

"네!"

무광이 선두에 서서 말했다.

"줄을 서라! 내가 직접 배급하겠다!"

무광의 말에 다들 일사불란하게 줄을 섰다.

무광은 내공으로 공청 석유를 각각 열 방울씩 입안으로 넣어 주었다.

공청 석유가 입안으로 들어가자 다들 서둘러 가부좌를 틀고 최대한 흡수하기 위해 노력했다.

가부좌를 튼 모든 이의 입가에 행복한 미소가 감돌고 있었다.

삼황과 칠왕십제급 무인들을 제외하고 난 모든 무인들의 내공이 비약적으로 늘었다.

눈을 뜬 수하들은 환호성을 지르며 천룡을 연호했다.

한바탕 소동이 지나고 다들 행복한 미소를 지으며 앞으로 나아갔다.

안으로 들어가니 넓은 분지가 아름다운 자태를 드러냈다.

"와! 여, 여기는 기운의 농도가 엄청나네요."

"여기서 수련을 하면 엄청나겠어요."

"이곳에 있는 기운만 제대로 흡수해도 엄청난 내공을 얻겠는데요?"

그 말에 천룡이 손뼉을 치며 말했다.

"오! 좋은 생각이구나! 그래. 여기 있는 물건 다 옮기고 여기를 수련 장소로 정하자."

"좋은 생각입니다!"

"우와! 세상에 이런 곳이 있다니! 이런 곳에서 수백 년을 수련하면 사부처럼 될까요?"

"가능할지도?"

천룡의 말에 다들 의지가 불탔다.

천룡을 따라갈 방법을 찾은 것이다.

천룡도 이곳에서 수련을 해서 강해졌을 것이라 확신을 하는 제자들과 수하들이었다.

제자들과 수하들이 의지에 불타자 귀엽다는 표정으로 피식 웃는 천룡이었다.

그 후로 계속 울려 퍼지는 환호와 감탄사가 연이어 흘러나왔다.

"우와! 세상에 여기 천년 산삼 천지야."

"저긴 어떻고! 음양과가 주렁주렁 열려 있어!"

"여긴 어떻고요. 사부! 이 풀들이 그거죠?"

태성의 물음에 천룡이 고개를 끄덕이며 말했다.

"그래. 그 풀이 바로 천령초다."

"와! 천년산삼은 상대도 안 되네. 천령초에 비하면 천년 산삼은 그냥 잡뿌린데?"

"이걸 팔겠다고요? 이거 하나만 나가도 온 무림이 뒤집힐 텐데요?"

"뒤집히면 자기들이 어찌할 건데? 우리를 상대로 해보겠다는 거야?"

"하긴 그렇겠네요. 우와, 진짜 여긴 다른 세상이네요."

엄청난 풍경에 경악하며 계속 이동하는 그들.

이윽고 도착한 곳은 모든 사람이 입을 다물지 못하게 만들었다.

바닥에 희미하게 그려진 팔괘(八卦)의 문양.

그 문양의 방향대로 지어진 거대한 전각들.

자세히 보니 기둥과 기와가 금으로 이루어져 있었다.

전각에 있는 금만 떼어다가 가져가도 중원 제일의 부자였다.

한 채 한 채가 거대한 궁궐 같았다.

어찌나 크고 넓은지 다들 믿지 못하는 눈으로 전각들을 바라보았다.

"세, 세상에. 저렇게 엄청난 건물들을 이런 오지에 지었다고? 그게 가능해?"

"정말 궁금하네요. 이곳을 지은 사람이 누구인지."

금으로 새겨진 현판에는 각각 숫자가 적혀 있었다.

천룡이 하나하나 문을 열며 설명했다.

"이곳은 제일관. 무공서적이 있지. 주로 정파 쪽 서적이야."

열린 문으로 들여다보니 어마어마한 넓이에 가득 찬 책들.

신기하게도 보관 상태가 너무도 좋았다.

"대략 오만 권? 그쯤 될 거야. 그런데 다 상고시대 무공들이라 요새도 통할지 모르겠다."

제五장

천룡의 말에 각자 들어가 아무 무공서나 펼쳐 살펴보았다.

"컥! 이게 안 통한다고요? 이거 엄청난 상승 무공인데요?"

"이것도요!"

다들 난리가 났다.

"사부, 이걸 정말로 파시겠다고요? 다시 생각해 보세요. 난리가 날 것입니다!"

"음, 그런가?"

"네! 이곳에 있는 무공서는 이대로 보관하시죠. 정말로 큰일 납니다."

"정 팔고 싶으시면 적당한 걸 추려서 파시는 게 좋겠어요."

다들 반대하고 나서니 천룡도 더 권하진 않았다.

"그래. 알았다."

천룡은 밖으로 나와 제이관과 삼관의 문을 열었다.

"이곳은 심법서와 의학서가 있지."

"의학서는 관천이한테 주면 좋아하겠는데요?"

어찌 됐든 의학서를 제외한 심법서 역시 이곳에 두기로 했다.

그리고 대망의 제사관과 오관.

문이 열림과 동시에 다들 정신 나간 표정이 되었다.

엄청난 양의 보물이 눈앞에 펼쳐졌다.

눈이 너무 부셔서 인상을 찡그려야 할 정도로 그야말로 보물 천지였다.

그리고 육관과 칠관.

산처럼 쌓여 있는 엄청난 양의 황금들.

"마, 맙소사. 이, 이게 다 황금이라고?"

"중원 전부를 다 사도 남겠는데요?"

"돈으로 무림 정복도 가능하겠다."

말도 안 되는 물량에 다들 기가 질려 버렸다.

너무도 엄청난 것을 봐서 그다음 전각들은 그냥저냥 보고 넘겼다.

그다음 전각엔 은이 산처럼 쌓여 있었지만 이미 엄청난 것을 봤기에 그런가 보다 하고 넘어간 것이다.

"자! 뭐를 가져갈까? 일단 황금과 은은 다 싣고, 영약도 다

챙겨."

천룡의 말에 다들 재빠르게 움직이기 시작했다.

제갈군이 난감한 표정으로 다가왔다.

"주군. 저희가 가져온 수레로는 턱없이 부족합니다."

"그래? 어쩌지?"

"시간을 들여서 조금씩 옮기는 것이 좋겠습니다."

"방법이 없을까?"

천룡의 말에 제갈군이 곰곰이 생각하더니 태성에게 물었다.

"구룡방이 여기서 안 멀죠?"

"그렇지."

"지원 요청을 좀 하실 수 있겠습니까?"

"아하! 그러네. 우리 쪽 애들을 부르면 되겠구나. 사부! 제가 애들이랑 수레 잔뜩 끌고 오겠습니다."

천룡은 그러라고 했고, 태성은 지원군을 데리러 떠났다.

남은 사람들은 분주히 움직이며 이곳의 재물들을 수레에 차곡차곡 쌓기 시작했다.

깊은 산 속을 수백 대의 수레가 지나고 있었다.

힘겹게 움직이는 수레가 무게를 짐작하게 해 주었다.

선유동을 출발해서 운가장으로 향한 지도 벌써 일주일이 지났다.

하루라도 빨리 이동하기 위해 최대한 서둘렀음에도 생각보다 많이 이동하지 못했다.

이 엄청난 행렬은 곧 주변의 문파들에게 전해졌다.

상단이겠거니 하고 신경을 끄려 했다.

그런데 문파의 수하 중 하나가 우연히 그 행렬의 무사들이 하는 이야기를 들었다며 달려왔다.

"뭐라? 뭐가 들어 있다고?"

"화, 황금과 엄청난 양의 영약이라고 합니다!"

"황금과 엄청난 양의 영약이라고?"

"네! 그래서 저렇게 엄청난 행렬이 이루어진 것이라고 합니다."

이곳은 사파의 오문육방 중 한 곳인 사연문이었다.

사연문주는 혀를 뱀같이 날름거리며 생각에 잠겼다.

"우리가 먹을까?"

"위험하지 않겠습니까? 가뜩이나 요즘 중원 분위기가 뒤숭숭한데."

"엄청난 양의 황금과 영약이라잖냐! 야! 그것을 경호하는 무인들의 수준은?"

"초일류로 보였습니다."

"몇 명이나 되더냐?"

"수는 많지 않았습니다."

"거봐. 수가 많지 않다잖냐. 내가 봤을 때 저들은 위장을 한 거야. 무인들을 적당히 배치해서 별 볼 일 없는 물건을 운송하는 것처럼 말이지. 우리도 저 얘길 듣기 전까지 시큰둥했었잖아. 안 그래?"

사연문주는 잠시 턱을 쓰다듬다가 천천히 일어났다.

"하자! 그냥 넘기기엔 그 안의 과실이 너무도 탐나는구나."

"그곳은 혈호방 영역입니다."

"형님한테는 내가 양해를 구하지. 총력전으로 갈 테니 모든 무인들을 준비시켜."

"네!"

서둘러 나가는 수하를 보며 사연문주 역시 다급하게 혈호방으로 향했다.

사연문과 앙숙 관계로 있는 사도방.

사도방주는 한 가지 보고를 받고 있었다.

보고하는 자는 사도방에서 세작으로 침투시켰던 무인이다.

"그러니까 사연문에서 그 황금과 영약들을 가로챌 계획을 짜고 있다는 거지?"

"그렇습니다. 지금 모든 무인들이 그 준비로 분주합니다."

"어느 정도나 되길래 그 난리냐?"

"어마어마한 양이라고 합니다. 소신도 자세히는 모르겠으나 탈취에 성공만 한다면 사연문의 세력은 오문육방 중에서 최상위를 차지할 것으로 보입니다."

다른 것들은 귀에 들어오지 않았다.

황금?

많으면 좋다.

하지만 황금보다 관심을 끌게 한 것은 바로 사연문이 오문육방의 최상위 문파가 된다는 것.

쾅—!

"그건 안 되지! 안되고말고. 내 두 눈에 흙이 들어가기 전에는 그 꼴을 못 보지."

이를 갈면서 씩씩거리는 사도방주.

"우리도 준비해라!"

"네?"

"크크크. 그놈들이 탈취한 것을 우리가 다시 탈취하면 되는 것이 아니냐? 나중에 문제가 생기면 저놈들이 악행을 저질러서 우리가 벌을 주고 주인이 올 때까지 잠시 보관한 것이라 둘러대면 그만이고. 그도 아니면 우리가 먹던가. 크크크."

광기에 어린 눈빛으로 웃는 사도방주를 보며 몸을 부르르 떠는 수하였다.

천룡의 선유동 이전 작전은 본의 아니게 사파의 오문육방을 뒤흔들게 된다.

❧

천룡을 포함한 모든 사람이 황당한 표정으로 어딘가를 바라보고 있었다.

특히 태성의 표정이 가관이었다.

얼굴이 벌게진 태성의 앞에 수백 명의 무인이 길을 가로막고 서 있었다.

"크하하하하. 겁을 먹은 것이냐? 대답들이 없느냐! 가진 것을 모두 내놓으면 목숨은 살려 주겠다!"

앙천광소하며 연신 떠들어 대는 인간.

바로 사연문주였다.

그 모습에 무광이 말했다.

"정파 놈들 정리해 놨더니 이번엔 사파냐?"

그리 말하고는 태성을 바라보았다.

태성의 얼굴이 민망함과 분노로 부들거리고 있었다.

간만에 태성을 향해 능글거리며 약 올렸다.

"크크. 뭐? 사람들의 인식이 잘못돼? 저거 봐라. 저러니 사파 소리 듣지."

"사, 사형. 태성이 울겠습니다. 그만하시죠."

"뭐가? 저놈 저거 정파 애들이 나댈 때 우릴 얼마나 갈궈 댔냐?"

"그렇긴 하지만……."

태성의 귀엔 그 어떤 것도 들리지 않았다.

그동안 정파에서 하는 꼬락서니를 보며 놀려 댔던 지난날 이 후회됐다.

그 모습을 뒤에서 지켜보던 구룡방의 무인들은 혀를 차며 사연방 사람들을 안쓰러운 얼굴로 바라봤다.

"저놈들 지금 자신들의 앞에 있는 이가 지옥의 염왕인지 꿈에도 모르겠지?"

"어후, 저거 봐. 지 죽을 자린지 모르고 엄청나게 나댄다."

"방주님, 엄청 열받으셨는데? 야 야, 최대한 뒤로 피해 있 자. 불똥 튈라."

구룡방 무사들이 태성의 모습에 온몸을 부르르 떨면서 뒷 걸음질 치기 시작했다.

그 모습을 보고 자신들 때문에 겁에 질린 거라 착각한 사 연문주는 더욱 기고만장해졌다.

"이놈들! 너무 겁먹진 말고. 그 수레만 넘기면 곱게 보내준 다니까 그러네."

실실 웃으며 말하는 사연문주.

더는 참지 못하고 태성이 나서려 할 때, 어디선가 우렁찬 목소리가 들려왔다.

"크하하하, 아우! 우리가 왔네!"

모든 사람이 호탕하게 웃는 웃음소리를 따라 고개를 움직였다.

그곳엔 수염이 덥수룩하게 나 있는 곰 같은 사내가 하얀 이를 드러내며 웃고 있었다.

그 사내를 선두로 뒤에 수많은 무사들이 우르르 달려 나왔다.

그리고 천룡 일행의 주변을 빙 둘러쌌다.

"하하, 형님 오셨습니까? 이 아우가 준비 다 해 놓았습니다. 거저 주워 가시면 됩니다."

"크하하하, 역시 나의 의제로고! 고마우이. 이 우형까지 챙겨 줘서."

"하하하! 의형을 아우가 챙겨야지 누가 챙깁니까. 부담 갖지 말고 챙겨 가십시오."

아주 자기들끼리 신이 나서 떠들고 있었다.

"크하하, 그래도 물건 주인들 얼굴은 좀 봐 둬야지. 훗날 불상사가 생기지 않게 하려면 말이야."

"하하, 형님도 참. 제가 알아본 결과로는 특이한 인물은 없습니다. 그래도 정 형님이 원하신다면 둘러보십시오."

사연문주가 의기양양하게 대답을 했다.

그 모습에 혈호방주가 고개를 끄덕이고 천천히 주변을 둘러보기 시작했다.

사람들 면면을 유심히 보다가 한 곳에 딱 멈춰 섰다.

그곳엔 태성이 흉신악살 같은 얼굴로 혈호방주를 노려보고 있었다.

"이놈! 감히 누구에게 눈을 부릅뜨느냐!"

사연문주가 호통을 치자 혈호방주의 표정이 급격하게 변했다.

어디서 많이 본 얼굴이었기 때문이었다.

그리고 기억이 났다.

"컥! 저, 저……."

"형님도 황당하십니까? 소제가 직접 가서 버릇을 고쳐 놓겠습니다!"

사연문주의 말에 혈호방주가 화들짝 놀라며 말렸다.

"헉! 아, 안 돼! 아, 아우! 그, 그러지 마시게."

오들오들 떨면서 말리는 혈호방주를 보며 고개를 갸우뚱하는 사연문주였다.

"형님, 갑자기 왜 그러십니까?"

"자, 자네 저, 정말 저기 저 사람을 모르는가?"

사연문주가 정말 모르겠다는 표정으로 자신을 바라보자 혈호방주는 미칠 것 같았다.

'지금이라도 도망갈까? 도망가면 안 쫓아올까? 아니지 이미 날 본 거 같은데? 아닌가?'

별의별 생각이 다 들었다.

그러나 때는 늦었다.

"야! 너 이리 와 봐."

태성의 호출.

손가락을 까닥거리며 손짓을 하고 있었다.

사연문주가 어이없는 웃음을 지었다.

저놈이 아직 세상 무서움을 몰라서 저러나 싶어 버럭 대려 할 때 자신의 옆에 있던 혈호방주가 미친 듯이 달려가는 모습이 눈에 들어왔다.

정말로 자신이 가진 모든 내공을 동원해서 달려가고 있었다.

"하하, 형님도 참. 아무리 화가 나셔도 그렇지. 저렇게 있는 힘을 다해 달려가시다니. 성격 여전하시네."

혈호방주가 정말로 열받아서 분노를 참지 못하고 달려 나갔다고 생각하는 사연문주였다.

하지만 그다음에 이어지는 장면은 사연문주 입을 벌어지게 했다.

"부, 부르심에 혀, 혈호방주 대령했습니다!"

자신의 의형이 웬 청년 앞에 부복하며 벌벌 떨고 있었다.

"저번에 맞은 게 다 잊혔나 보다? 세상에 나를 치러와? 미쳤냐? 어? 미쳤어?"

"아, 아닙니다! 사, 살려 주십시오! 저, 저는 정말로 모르고 왔습니다!"

혈호방주는 손발이 닳도록 싹싹 빌었다.

"정말로 몰라서 왔어? 확실해?"

"그, 그렇습니다! 세, 세상에 구룡방주님의 물건을 털러 오는 미친놈이 어디에 있습니까! 저, 정말로 몰랐습니다. 알았다면 제가 이렇게 왔겠습니까?"

혈호방주의 입에서 나온 단어가 사연문주의 귀에 쏙하고 들어갔다.

그런데 머리에서 받아들이지를 않고 있었다.

구룡방주.

자신의 의형이 지금 저 청년을 가리켜 구룡방주라고 했다.

자신이 아는 구룡방은 하나다.

그리고 그 구룡방주는 사황이다.

사황은 모든 사파의 지존이다.

사황 용태성.

"커헉!"

이제야 머릿속에서 정리가 되었는지 눈앞의 사내가 제대로 보이기 시작했다.

붉은 머리였다.

"부, 붉은 머리!"

생각할 겨를이 없었다.

이미 그의 몸은 생존 본능이 발동되어 달려가고 있었다.

너무 놀라 내공을 사용하는 것도 까먹은 채로 정신없이 달렸다.

그리고 엎드리려고 하는데 태성의 목소리가 들려왔다.

지옥의 염왕의 목소리처럼 냉기가 풀풀 풍기는 목소리였다.

"안 돼, 어딜 엎드리려고."

알 수 없는 기운이 사연문주를 감싸며 엎드리지 못하게 방해했다.

자신의 몸인데 자신의 마음대로 조종할 수가 없었다.

동공이 세차게 흔들리는 사연문주.

그 동공 앞으로 태성이 고개를 들이밀며 나직하게 말했다.

"너는 나랑 면담 좀 하자."

싫다고 고개를 저으려고 했다.

그러나 몸은 주인의 그런 애타는 마음을 아는지 모르는지 움직이지 않았다.

울상이 된 얼굴로 질질 끌려가는 사연문주를 바라보는 사람들.

혈호방주는 고개도 들지 못하고 그저 벌벌 떨고 있었다.

한편 자신의 문주가 질질 끌려가는데도 문도들은 움직일 수 없었다.

그가 누군지 여기 있는 모든 사람이 똑똑히 들었기 때문이었다.

자신들이 가만히 있는 것이 문주도 살고 자신들도 살길이라는 것을 본능적으로 깨달은 것이다.

조용하게 지나가길 바랐는데 그것은 큰 욕심이었을까?

구룡방의 무인들이 건들거리면서 사연문의 문도들과 혈호방의 무인들이 있는 곳으로 걸어갔다.

엄청난 기세를 뿌리며 걸어오는 구룡방의 정예들.

과연 사파 최강의 문파다웠다.

여기 있는 사연문과 혈호방의 무인들이 다 덤벼도 상대가 되지 않을 것 같았다.

명불허전이라는 단어가 머릿속에 떠오를 때 구룡방 무인들의 입이 열렸다.

"일단 전부 대가리 박아 봐. 간단하게 그거부터 시작하자."

반항?

있을 수 없는 일이다.

일사불란하게 자신의 머리를 땅에 박는 사람들.

본격적으로 매타작을 하려 할 때 천룡이 말했다.

"정신 사납다. 조용."

머리를 박은 모든 사람들이 그 말에 경악했다.

구룡방주도 아닌 자가 구룡방의 무인들에게 명령을 내렸다.

구룡방의 행사에 다른 이가 나선다면 그것은 그 사람에게 재앙의 시작이었다.

이제 저자는 큰일이 나겠다고 생각하는 사람들이었다.

그런데 웬걸?

구룡방의 무인들이 쩔쩔매며 모두 물러서는 것이다.

어찌나 말을 잘 듣는지 순간 저자가 구룡방주인 줄 착각했다.

혈호방주 역시 깜짝 놀라 자기도 모르게 고개를 들었다.

'천하에 구룡방의 정예 무인들에게 명령하고, 또 구룡방의 무인들이 그것을 벌벌 떨면서 받아들인다고? 그것도 구룡방주가 눈앞에 있는데? 이게 지금 현실인가?'

있을 수 없는 일이었다.

그러다가 최근에 자신에게 보고되었던 말도 안 되는 소식이 생각났다.

−이제 중원 제일인은 운가장의 장주다! 삼황이 그에게 무릎을 꿇었다!

말도 안 되는 개소리라며 보고서채로 찢어 버린 게 얼마 되지 않았다.

'서, 설마. 지, 진짜?'

물어보고 싶었지만, 꾹 참았다.

괜한 호기심에 목숨을 걸기는 싫었으니까.

잠시 후.

사람인지 걸레인지 구별되지 않는 사연문주를 질질 끌고

오는 태성.

어찌나 맞았는지 얼굴 형태가 변해 있었다.

태성은 개운한 얼굴로 사연문주를 대가리 박고 있는 사연 문도들에게 던져 줬다.

"야! 그만 일어나서 데려가."

자신들이 잘못 들었는가 싶어서 아무도 움직이지 않자 태성이 큰 소리로 말했다.

"어라? 지금 내 말 씹은 거냐? 너희도 면담할래?"

벌떡− 벌떡−!

사방에서 엄청난 속도로 일어나는 사연문도들.

"저, 정말로 가도 됩니까?"

"응, 깨어나면 말해. 조만간에 다시 방문하겠다고. 그때 보이는 정성에 따라 용서를 할지 말지 결정한다고."

"네! 아, 알겠습니다."

"꼭 전해야 한다. 정성이다, 정성."

"네! 꼬, 꼭 전달하겠습니다!"

"도망가면 중원 끝까지 쫓아간다고도 전하고."

"아, 알겠습니다."

태성이 손을 휘젓자 고개를 숙이고는 걸레가 된 자신들의 문주를 둘러업고 정신없이 도망갔다.

혈호방주는 슬그머니 일어나 그 행렬에 따라가려 했다.

"지금 움직였냐? 이야, 내가 허락도 하지 않았는데 움직이네?"

태성이 건들거리며 다가왔다.

혈호방주가 목청껏 소리쳤다.

"아, 아닙니다!"

"아니야? 조기서 요기로 왔는데…… 움직인 게 아니라고?"

"마, 맞습니다. 우, 움직였습니다. 사, 사황께서 오시기 번
거로우실까 봐 제가 이동한 겁니다!"

필사적으로 변명하는 혈호방주였다.

걸레가 되어 업혀 가는 사연문주를 보니 과거의 악몽이 떠
오른 것이다.

"온 김에 수레 끄는 것 좀 도와라."

"네?"

"허허, 말대꾸하네?"

그러더니 눈빛으로 방금 사연문주를 걸레로 만든 방향을
가리켰다.

"너도 면담을 원해? 갔다 올까?"

태성의 말에 격하게 도리도리를 하는 혈호방주였다.

그리고 목이 터져라 큰 소리로 대답했다.

"성심성의껏 목적지까지 저희가 모시겠습니다!"

"그렇지, 그 자세야. 도착할 때까지 그 자세를 쭉 유지하도
록."

"네! 알겠습니다!"

"마지막이다. 전에 네놈 아들이 내 아들한테 시비 걸 때도 참았어."

"네? 누, 누가 가, 감히 소방주님께 시, 시비를 걸었답니까?"

"네 아들. 네놈 아들. 너네 소방주!"

"제, 제 아들요?"

고개를 끄덕이는 태성을 보며 속으로 자기 자식 욕을 했다.

'이, 이런 우라질 놈이 밖에서 무슨 짓을 하고 다니는 거야!'

돌아가면 확실하게 교육을 해야겠다고 마음을 먹는 혈호 방주였다.

"제, 제가 가서 확실하게 교육을 시켜 놓겠습니다!"

"그건 네가 알아서 하고 나 말고 저기 저분 보이지?"

"네? 저, 저기 저분요?"

그곳을 보니 방금 전에 구룡방의 무인들에게 명령을 내린 청년이 보였다.

"응. 저기 저분. 넌 이제부터 저분 곁에서 보필을 한다. 알겠냐?"

"바, 방주님이 아니고요?"

"응! 저분을 보필하는 것이 더 중요하니 심기 거스르지 말고 잘해라. 알았냐?"

혈호방주가 태성을 보필하기 위해 옆에 서자 태성이 한 청
년을 가리키며 저분을 보필하라고 전했다.

방주는 속으로 구시렁거렸지만, 겉으론 환한 미소를 지으
며 천룡에게 달려갔다.

그 후로 혈호방주는 정말로 열심히 천룡을 보필했다.

어찌나 눈치 빠르게 행동하는지 그렇게 편할 수가 없었다.

그런데 그것이 혈호방주 인생에 있어 가장 큰 패착이었다
는 것을 후에 알게 된다.

꿈

혈호방의 영역이 끝나는 지점.

그곳에 사도방의 무인들이 진을 치고 있었다.

"아! 언제 와!"

제일 선두에 있는 방주가 버럭 소리를 지르자 뒤에 따르던
수하가 재빨리 다가와 대답했다.

"저, 저기 오고 있다고 합니다."

"오! 드디어 오는 건가?"

방주가 안력을 높여 수하가 가리킨 방향을 바라봤다.

정말로 사연문의 무사들이 이곳을 향해 달려오고 있었다.

그런데 무언가에 쫓기는 듯한 모습들이었다.

"뭐야? 황금이 안 보이는데? 수레는?"

"정말입니까? 아니, 그럼 저희는 여기에 있을 필요가 없는 거잖습니까."

"맞습니다. 그냥 가시죠."

다들 방주의 말에 기다렸다는 듯이 회군을 요청했다.

정말로 오기 싫었나 보다.

"이 자식들이? 뭐야? 너희들 겁먹었나? 응? 지금 사연문 따위한테? 응?"

방주의 심기가 점점 안 좋아지는 것이 실시간으로 느껴지자 다들 손사래를 치며 극구 부인했다.

"무, 무슨 말씀입니까? 아, 아닙니다! 사연문따위는 식후운동 거리도 안 됩니다!"

"맞습니다! 방주님! 방금 그 말씀은 저희를 너무 무시하시는 발언입니다."

발끈하는 수하들을 보며 그제야 인상을 풀고 웃는 방주였다.

"그렇지? 그나저나 저놈들 무언가에 쫓기는 모양새인데? 뭔가 다급해."

점점 가까워지는 사연문의 문도들.

드디어 서로가 마주쳤다.

"크크크, 어디를 그리 급하게 가시나?"

사연문도들은 화들짝 놀랐다.

뜬금없이 자신들과 앙숙 지간인 사도방이 왜 이곳에 있단 말인가.

"어, 어찌 이곳에?"

"너희들 기다렸지. 너네 문주 어디 있느냐?"

사도방주의 말에 사연문도들이 일제히 경계하며 주춤거렸
다.

그때 사도방주의 눈에 업혀 있는 문주가 보였다.

처음엔 누더긴 줄 알았다.

가만 보니 사람이었고, 더 자세히 보니 사연문주였다.

"뭐야? 왜 사람이 걸레가 되어 있어?"

사도방주가 더 놀랐다.

사연문주의 경지는 자신과 비슷했다.

앙숙이긴 해도 속으론 호적수라 여겼기에 지금의 모습은
충격이었다.

"누구한테 당했냐? 그 황금을 가지고 이동한다는 무리냐?"

사도방주의 말에 사연문도들이 놀랬다.

"그, 그걸 어찌 아셨습니까?"

사도방주가 사연문도의 말에 자신의 수염을 쓰다듬으며
말했다.

"크크크. 말이 건방지지만, 지금은 그게 중요한 게 아니니.
너희들의 일거수일투족은 우리가 다 지켜보고 있다."

사도방주의 말에 사연문도들은 두려운 모습으로 자꾸 뒤
를 돌아봤다.

"우, 우리를 어찌하려는 겁니까? 보, 볼일이 없다면 이만 비켜 주십시오! 저, 저희가 지금 급한 일이 있어서…….."

다급했다.

누가 봐도 저들의 지금 모습은 정상이 아니었다.

식은땀을 연신 흘려 대며 계속 뒤를 돌아봤다.

궁금했다.

궁금해서 미칠 것 같았다.

"무슨 일인지 말해 주면 비켜 주지?"

"빠, 빨리 이곳을 벗어나야 합니다. 느, 늦었다가는 정말로 큰일이 납니다!"

"하아, 좀 알아듣게 설명해 줄래?"

"구, 구룡방주님이 뒤, 뒤에 오고 계십니다. 그, 그러니 어서 비켜 주십시오. 더 늦었다가는 큰일 납니다."

사연문도의 말에 사도방주가 어이가 없는 표정을 잠시 지었다가 크게 웃었다.

"뭐? 하하하하하, 지금 그거 나 겁먹으라고 한 소리냐? 내가 그딴 소리에 겁먹을 것 같아?"

"지, 진짜입니다! 저희 말을 믿고 어서 돌아가십시오."

"하하하, 거짓도 믿을 만한 내용을 말해야 통하는 법. 무언가를 숨기고 있구나. 크크크. 우리가 이곳에 있는 것을 미리 눈치를 챈 것이냐? 그래서 그렇게 연기를 하는 것이냐? 그래. 어디에 두었느냐? 황금은?"

사연문도는 답답해 미칠 지경이었다.

지금 이렇게 떠들고 있을 시간이 없었다.

한 시라도 빨리 이곳을 벗어나야 했다.

"저, 정말입니다. 그러니 제발 비켜 주십시오! 저희 문주님 상태가 좋지 않습니다. 빨리 가서 치료하셔야 합니다."

애절하게 애원하자 사도방주의 표정도 살짝 풀어졌다.

상황이나 저들의 행동을 보아하니 정말인 것 같았다.

대충 정리를 해 보니 그 황금은 구룡방의 물건인 듯싶었다.

'하긴, 그런 엄청난 물건을 옮기는 곳이 평범한 곳일 리가 없지. 쯧쯧. 이놈들 재수도 없었군.'

사도방주가 생각을 정리하고는 선심 쓰는 척 말했다.

"흠, 정말인가? 아니, 구룡방주 그 자식은 왜 약한 애들 노는 곳에 끼어서 난리야. 거참. 안되었네. 자, 자! 어서 지나가게."

사도방주가 선의를 베풀고 있을 때 하늘에서 소리가 들려왔다.

"미안하군. 눈치 없는 구룡방주 자식이 애들 노는데 끼어서."

사도방주의 온몸에 소름이 돋았다.

아무런 기척도 느껴지지 않았는데 등 뒤에서 소리가 들려왔다.

자신이 느끼지도 못할 정도의 고수라는 소리였다.

"허헉!"

다급하게 하늘을 보니 그곳에 붉은 머리를 한 청년이 하얀 이를 드러내며 웃고 있었다.

요 앞에서 많은 무인들이 서성거리자 또 어떤 놈들인가 싶어 태성이 나서서 정찰을 온 것이다.

천천히 하강하는 태성.

그 모습에 사연문도들은 부들부들 떨면서 용서를 빌었다.

"저, 저희는 정말 최선을 다해 가고 있었습니다! 정말입니다!"

"저, 저들이 막은 겁니다. 저희는 정말로 이곳을 최대한 빨리 빠져나가려 했습니다!"

"제발! 부디 자비를!"

처절했다.

울먹거리며 태성에게 자신들의 억울함을 호소하고 있었다.

그런 그들에게 구원의 말이 들려왔다.

"알지, 알아. 다 지켜봤어. 너희들은 그냥 가라. 한눈팔지 말고 열심히 가야 한다."

"가, 감사합니다! 방주님!"

"앞으로도 저희 사연문은 방주님께 충성을 다할 것입니다!"

"구룡방 만세! 방주님 만세!"

태성의 말에 사연문도들은 감격의 눈물을 흘리며 연신 감사하다고 인사를 하고는 다시 정신없이 자신의 문파가 있는 방향으로 달리기 시작했다.

순식간에 사라지는 사연문도들을 사도방은 잡지 못했다.

아니, 잡을 수가 없었다.

엄청난 살기가 이곳 전체를 뒤덮고 있었기 때문이다.

"크, 크윽!"

어찌나 강렬한지 살기만으로도 죽을 것 같았다.

정말이었다.

정말로 저자는 구룡방주, 사황이 맞았다.

간신히 입을 열어 용서를 빌었다.

지금 이 사태를 해결할 사람은 자신뿐이었다.

"제, 제가 말실수를 해, 했습니다. 부디 요, 용서를……."

"말실수? 나 안 보이는 데서 내 욕 엄청나게 하고 다니는 건 아니고?"

"아, 아닙니다……."

그런 사도방주를 보며 태성이 말했다.

"하아, 내가 그동안 관리를 하지 않았더니 이 사달이 난 거 같군. 기대해도 좋아. 오늘부터 내가 아주 제대로 관리를 할 예정이거든."

이글거리는 눈빛으로 말하는 태성.

관리 알아서 잘하겠다는 말이 목구멍까지 올라왔지만, 입
밖으로 내보내진 않았다.

　그랬다간 한 대 맞을 거 두 대, 아니 수십 대 맞을 것 같아
서.

　열심히 몸을 풀며 다가오는 태성을 보며 사도방주와 방도
들은 울상이 되었다.

　그리고 들어간 관리.

　태성의 정성 어린 관리를 맛본 사도방의 방주와 방도들의
행복한 비명이 저 멀리 열심히 돌아가고 있는 사연문도에게
도, 그리고 천룡에게까지 울려 퍼졌다.

　중원에 엄청난 소식이 퍼졌다.

　공청석유를 섞은 술이 있다는 소문.

　사람들은 그 소문을 듣자마자 무시해 버렸다.

　말도 되지 않는 이야기였기 때문이었다.

　수많은 낭설이 판치는 중원에서도 낭설 중에서 낭설로 취
급되었다.

　다른 것도 아니고 전설상의 영약이라는 공청석유를 술에
섞는다는 말도 안 되는 이야기를 누가 믿을까.

　그리고 그런 엄청난 영약을 술에 섞어서 파는 미친 짓을

하는 곳이 있다는 것을 누가 믿겠는가.

그런데 그것을 판매하는 상단이 운가장 소속인 것이 알려지면서 상황이 급변했다.

삼세를 휘하에 거느렸다고 알려진 진정한 천하제일의 장원.

거기에 의술이 하늘에 닿았다는 천공의선이 보증하고 삼황이 인정했다.

그리고 가장 중요한 사실.

술을 제조한 자가 운가장의 장주, 운천룡이라는 사실이었다.

명실상부한 천하제일인이 바로 그였다.

그런 그가 만든 명주.

거기에 극소량이지만 공청석유가 들어갔단다.

이건 믿을 수밖에 없었다.

온 무림이 발칵 뒤집혔다.

사람들은 줄을 서서 그 술을 구매하였다.

천상객잔(天上客棧).

만보상회 앞에 새로이 문을 연 객잔이었다.

이곳에서도 그 술을 맛볼 수 있었다.

그날 분량이 모두 팔려서 미처 사지 못한 사람들은 전부 이곳으로 몰렸다.

엄청난 크기의 객잔임에도 불구하고 모든 자리가 만석이

되었다.

사람들이 찾는 것은 전부 한 가지였다.

"이, 이것이 그 유명한 천상공주(天上貢酒)란 말이지?"

"어디 공청석유가 들어간 술은 어떤지 맛을 보자!"

객잔의 사람들이 저마다 술을 입안으로 조금 넣고 맛을 음미했다.

"헉!"

"커헉! 이, 이게 뭐야!"

"미친! 이, 이런……."

아직 술이 나오기를 기다리던 사람들은 먼저 맛을 본 사람들의 반응에 놀라 물었다.

"왜, 왜 그러시오? 맛이 이상하오?"

"무슨 맛이오? 그렇게 경악할 정도요?"

궁금함을 참지 못하고 물어보는 사람들.

"저, 정말 이름 그대로요. 이, 이건 천상의 술이요. 인세에 다시없을 맛이오!"

"큰일이오. 앞으로 나는 다른 술은 입에도 못 댈 것 같소."

"오늘부터 열심히 돈을 모아야겠소. 그래야 이 술을 계속 마실 테니."

마신 이마다 극찬을 했다.

그 후로도 객잔에서는 탄성이 끊임없이 흘러나왔다.

"회주님, 대, 대박입니다."

"그러게. 이게 꿈이나 생시냐?"

"아직 다른 물건들은 풀지도 않았습니다. 매일같이 이렇게 팔린다면······."

"중원제일상단은 우리 차지겠지."

환희에 찬 얼굴로 손님들을 바라보는 만보상회 사람들.

"자! 주군 덕에 큰 위기도 넘겼고 자본도 생겼으니 다음 사업을 진행하자."

"네!"

의지를 불태우던 중에 천룡의 호출을 받은 백금만.

서둘러 천룡을 찾아가니 천룡이 백금만을 어디론가 데리고 갔다.

사실 천룡이 백금만을 부른 이유는 바로 천상공주 때문이었다.

천룡은 천상공주를 매일 만들 수 없었다.

그냥 한 번에 왕창 만들어서 알아서 가져가라 하고 싶은데 마땅한 장소가 없었다.

제갈군은 그런 천룡을 위해 한여름에도 차가운 기운을 머금고 있는 동굴을 찾았다.

그리고 언제나 같은 온도를 유지할 수 있도록 진법을 설치했다.

그 안에 거대한 구덩이를 파고 술을 보관할 수 있도록 공사를 하기 시작했다.

공사가 끝나고 천룡은 그곳에서 한 달간 술을 제조하며 지냈다.

제조가 모두 끝나고 완성된 동굴 속 술 보관함에 넣었는데 그 크기가 어찌나 큰지 술로 이루어진 호수를 보는 듯했다.

"이정도 양이면 올해는 걱정 없이 팔겠지?"

"그, 그렇습니다. 주군. 이, 이 은혜를 어찌 다 갚아야 할지."

눈물을 글썽이며 말을 더듬는 만보상회 회주 백금만이었다.

천룡은 그런 그의 등을 토닥이며 무언가를 건네주었다.

"술 제조법이다. 고이 간직하고 이제부터 너희가 만들어라. 일 년 정도면 제조 과정을 익히는 데 충분하겠지."

"네? 이, 이런 귀한 것을 어찌 소신에게 주시옵니까? 바, 받을 수 없습니다. 주군."

"내 귀찮음을 너희에게 떠넘기는 것이다. 그러니 오히려 내가 미안해해야지. 어서 받거라. 팔 아프다."

천룡의 말에 백금만은 감격에 겨워 부들부들 떨었다.

그리고 간신히 마음을 진정하고 천룡이 넘겨주는 술 제조법을 받아 들었다.

"시중에서 구하기 힘든 영약들로 만들어지는 술이라 남들은 따라 하려 해도 못 따라 하는 술이다. 그래도 어지간한 재료들은 다 운가장에 있으니 그것으로 제조하면 될 것이니 너무 걱정하지 않아도 된다."

천룡의 아낌없는 사랑을 느낀 백금만의 두 눈에 의지가 활활 타올랐다.

이제부터 자신의 생은 주군을 위해 모든 것을 다 하겠다는 각오를 했다.

⸻

한 달 동안 무림에 몰아친 천상공주의 열풍.

황금천주의 앞에 바로 그 주역이 놓여 있었다.

"이것이 그 구하기 힘들다는 천상공주란 말이지."

"네! 그렇습니다. 하늘에 바친다는 술 이름처럼 정말로 인세에 없을 맛입니다."

"너도 맛보았느냐?"

"네! 간 김에 그곳에서 파는 것을 마셔 봤습니다."

맛에 대해선 따로 묻지 않아도 될 것 같았다.

이미 수하의 표정은 황홀함에 빠져 있었다.

도대체 얼마나 대단하기에 수하의 표정이 저리 변한단 말인가.

호기심에 잔에 따라 마셨다.

꿀꺽-!

술은 만금천의 입술을 적시며 혀를 자극하고 목구멍을 통과했다.

그렇지만 만금천의 반응은 없었다.

만금천의 눈엔 초점이 없었다.

"처, 천주님?"

수하의 부름에 정신을 차린 만금천.

"헉! 이, 이게 뭐야!"

정신을 차리고 경악을 하는 만금천이었다.

"내가 지금까지 살면서 이런 명주는 처음 맛보았다."

수하는 이해가 된다는 표정으로 연신 고개를 끄덕이고는
술병을 바라보며 침을 삼켰다.

그 모습에 만금천이 슬그머니 술병을 자신의 앞으로 끌어
당겼다.

"그, 그만 나가 보라."

수하는 엄청 아쉬운 표정을 지으며 천천히 물러났다.

마지막까지 미련을 못 버린 채로 말이다.

"휴우, 이거 정말 엄청나군."

연신 입으로 들어가는 술.

마실 때마다 정말 천상의 기분을 느끼게 해 주었다.

순식간에 바닥을 보인 술병.

다 먹고 나니 이제야 현실이 보였다.

이런 엄청난 술을 어찌 이긴단 말인가.

자신마저 푹 빠져 정신없이 마셔 댔을 정도니.

"대단하군. 운가장의 장주. 왜 주군께서 최선을 다해야 한다고 하신 것인지 알겠군."

눈빛이 변하는 만금천이었다.

"이런 술을 만드는 자를 이기려면 어떤 방법을 써야 할까."

빈 술병을 보며 연신 탁자를 두드리는 만금천이었다.

"권력을 이용해야 하나? 아니면 만보상회 놈들을 포섭해야 하나?"

그의 고심이 점점 깊어져 가고 있었다.

대막 태양궁.

궁주 곽정은 의식을 치르는 것처럼 알몸 상태로 반듯이 누워 태양 빛을 쬐고 있었다.

온몸으로 태양의 기운을 흡수하기 위함이었다.

천천히 들이마시고 내쉬는 호흡으로 최대한의 기운을 흡수하는 곽정.

그런데 곽정의 심기를 거스르는 기운이 있었다.

무시하려 해도 미세하게 자신을 향해 쏘아져 오는 기세.

이건 분명히 자신을 노리고 보내는 기세였다.

'어떤 버러지가 감히…….'

결국, 눈을 뜨고 자리에서 일어나 옷을 챙겨 입고는 기세가 쏘아져 오는 방향으로 몸을 날리는 곽정이었다.

그의 눈에는 살기가 풀풀 풍기고 있었다.

하루 중에서 가장 중요하고 방해받고 싶지 않은 시간을 방해받은 것이다.

'누군지 몰라도 새까맣게 태워 죽여 주마.'

곽정이 도착한 곳에는 의외의 인물이 뒷짐을 지고 서 있었다.

바로 은마성이었다.

"너, 너는? 은마성?"

곽정의 물음에 은마성이 천천히 등을 돌리며 고개를 끄덕였다.

"오랜만이오. 그동안 잘 지내셨소?"

"네놈이 나에게 기파를 계속 쏘아 보낸 것이냐?"

으르렁거리며 사나운 목소리로 쏘아붙이는 곽정이었다.

항상 은마성을 자신의 아래로 생각했기에 지금 이 상황이 너무도 기분이 나빴다.

언제나 자신들의 발밑에 있던 놈이 건방지게 자신을 불러내다니.

그런 곽정의 기분을 아는지 모르는지 여전히 미소를 지으며 말하는 은마성이었다.

"그렇소. 내가 쏘아 보냈소. 그대가 가장 방해받고 싶어 하지 않는 이 시간을 일부러 골라서 말이오."

"네놈이 미쳤구나? 죽고 싶은 것이냐? 나는 같은 편이라 해도 내 기분을 상하게 한다면 용서하지 않는 사람이다. 더욱이 그것이 내 발밑에서 버둥거리던 벌레 새끼라면……."

벌레가 누구를 지칭하는지는 굳이 묻지 않아도 알 거 같았다.

곽정의 말에 은마성이 씁쓸한 미소를 지으며 말했다.

"너희는 항상 그랬어. 나를 항상 하인 부리듯이 부렸지. 그저 조금 더 나은 신체로 그 사람의 선택을 받았을 뿐인데."

"뭐?"

"그 사람에게 똑똑히 보여 주려 한다. 내가 어떤 사람인지. 얼마나 유능한 사람인지 말이다. 그 전에 그 사람이 아끼는 너희들을 먼저 사냥해야겠지."

은마성의 말에 황당한 표정으로 바라보는 곽정.

자신에게 일초지적도 안 되는 놈이 무슨 배짱으로 저런단 말인가.

"어디서 무언가를 익히고 기연을 얻었는지 모르겠다만, 나에게는 통하지 않는다."

"그거야 싸워 봐야 알지. 나는 보이는 것 같은데. 잠시 후 내 발밑에서 비굴하게 빌고 있는 네 모습이."

"크크크. 나를 자극하기 위한 것이라면 축하한다. 성공했다. 네놈 소원대로 붙어 주지."

곽정이 기세가 사납게 변하기 시작했다.

그의 몸에서 초열(焦熱)의 기운이 사방팔방으로 분출되기 시작했다.

"세상에서 가장 고통스럽게 태워 죽여 주마."

화르르륵—!

불꽃인지 사람인지 구별이 안 될 정도로 타오르는 곽정이었다.

은마성은 그 모습에도 전혀 동요가 없었다.

그것이 곽정을 더욱 자극했다.

분노한 곽정이 결국 참지 못하고 먼저 공격에 들어갔다.

"으드득! 오냐. 언제까지 태연한지 보자꾸나!"

곽정이 은마성을 향해 돌진했다.

"염화폭(炎火爆)!"

화르르륵—!

더욱 커진 불꽃이 은마성을 향해 날아갔다.

그 순간 은마성의 눈이 새까맣게 변했다.

"크크크. 이런 재미난 상황은 내가 맡아야지."

즐거운 듯 연신 웃으며 자신에게 날아오던 불꽃을 아무렇지도 않게 맞았다.

무언가 성격이 변한 것 같은 은마성.

목소리 역시 달라진 것 같았다.

무엇보다 분위기가 변했다.

'이 느낌…… 주군이랑 비슷한데? 어찌?'

이해가 되지 않았다.

은마성을 녹여 버릴 듯이 타오르던 불길이 순식간에 그의 입속으로 빨려 들어갔다.

"크으으. 아주 맛있는 불길이네. 크크크크. 이런 곳에서 이런 멋진 기술을 보다니."

곽정이 알고 있던 은마성이 아니었다.

"당신은 누구인가?"

곽정의 물음에 은마성이 대답했다.

"크크크크. 말해 줘도 모를걸? 이쪽 세상은 나도 처음이라."

역시 짐작대로 은마성이 아니었다.

무언가가 은마성의 탈을 쓰고 세상에 나온 것이다.

온몸에 소름이 돋았지만, 지금은 그것이 중요한 게 아니었다.

자신의 모든 감각이 어서 도망가라고 외치고 있었다.

"으드득! 나는 도망가지 않아!"

주먹을 피가 나도록 꽉 쥔 곽정이 크게 소리치며 은마성에게 달려들었다.

"크크크크. 좋아! 그런 자세 아주 좋아!"

잇몸이 보일 정도로 환하게 웃으며 자신을 향해 달려드는 곽정을 맞이하는 은마성이었다.

퍼퍼펑-!

콰콰쾅-!

땅이 울리고 하늘엔 세상을 녹여 버릴 것 같은 불길이 가득했다.

끊임없이 공격에 공격을 계속했지만 은마성, 아니 은마성의 탈을 쓴 누군가에겐 전혀 소용이 없었다.

여유롭게 곽정의 모든 공격을 막아 내며 물었다.

"이쪽 세상에 너만 한 강자가 있다니. 크크크. 내가 있던 세상보다 재미난 세상이구나. 네가 이곳에서 가장 강한 자더냐?"

현재 상황과 어울리지 않는 평온한 말투였다.

사방이 터져 나가고 자신을 위협하는 뜨거운 불길이 끊임없이 몸을 뒤덮고 있음에도 그의 표정은 변화가 없었다.

곽정이 이를 악물었다.

그러나 방법이 없었다.

강해도 너무 강했다.

주군 외엔 자신을 상대할 자가 세상에 없을 것이라 자부했는데 오늘 그것이 산산이 깨졌다.

"아니다! 나 같은 것은 상대도 안 될 정도로 강한 분이 계시다! 그분이라면 너 따위는 한 방에 사라지게 할 것이다!"

곽정이 악을 쓰며 외쳤다.

은마성의 탈을 쓴 무언가의 표정이 환해졌다.

"오호라! 그렇단 말이지? 크크크. 되었다. 들으면 재미가 없지. 내가 직접 찾겠다. 크크크. 이제 네놈은 필요 없겠지.
잠시나마 나를 즐겁게 해 주었으니 고통 없이 죽여 주지."

"쉽게 죽을 것 같으냐!"

주변의 땅이 녹을 정도로 극한의 열기가 사방에 휘몰아쳤
다.

"태양마광(太陽魔眺)!"

거대한 태양이 곽정의 머리 위에 생성되더니 은마성을 향
해 떨어져 내리기 시작했다.

곽정이 할 수 있는 모든 것을 쏟아부어 만든 최후의 초식
이었다.

어찌나 뜨거운지 바닥이 고열로 인해 녹아내리고 있었다.

지글지글—!

"오호! 이건 좀 위험하구나."

전혀 위험하지 않은 말투.

"죽어라!"

곽정의 외침과 함께 거대한 화구가 은마성을 향해 내리꽂
혔다.

쿠우우우—!

태양마광이 대지와 부딪히며 땅을 녹이는 소리를 냈다.

쿠콰콰콰쾅—!

이윽고 거대한 연쇄 폭발을 일으키며 그곳의 모든 것을 초
토화시켰다.

곽정이 거친 숨을 내쉬며 먼지가 사라지기를 기다렸다.

자신의 모든 힘을 쥐어짜서일까?

움직일 힘조차 없어 보였다.

그런 곽정의 등 뒤에서 목소리가 들려왔다.

"와우! 대단하네. 직격으로 맞았으면 타격을 좀 받았겠는데?"

천천히 뒤를 돌아본 곽정의 눈에 은마성의 탈을 쓴 무언가가 능글거리며 웃고 있었다.

"내가 있던 세상에도 너만 한 강자는 드물었다. 크크크. 자랑스러워해도 된다. 정말이야."

은마성의 탈을 쓴 무언가가 위로하듯이 말했다.

"더 즐기고 싶지만…… 상태를 보아하니 그건 힘들 것 같고. 고생했다. 인제 그만 쉬어라."

쩡-!

허무했다.

이렇게 죽으려고 그렇게 노력하고 고생을 한 것이 아닌데.

쿠당탕탕-!

공기의 파동이 일어날 정도의 타격을 받은 곽정이 지면을 구르며 날아갔다.

"호오! 그것을 견뎌 내? 가만? 어디서 많이 보던 능력인데?"

은마성(?)의 눈이 가느다랗게 변했다.

자신의 타격에도 죽지 않고 오히려 기운을 차리는 곽정을 보며 호기심이 생긴 은마성(?).

곽정을 향해 천천히 걸어가던 은마성(?)이 손뼉을 치며 말했다.

"세상에! 이곳에서 권능을 가진 자를 보다니! 크크크. 그 힘은 어디서 났느냐?"

"말……해 줄 것 같으냐?"

곽정이 힘겹게 일어서며 말하자 은마성(?)이 웃으며 말했다.

"됐다. 어차피 이 세상 구경도 해야 하니. 크크크. 내가 직접 찾아보지. 날 즐겁게 해 준 대가로 살려 주고 싶다만…….
이 몸의 원주인이 그것을 원하지 않는구나. 크크."

그리 말을 하고는 손을 흔들었다.

푸하학—!

곽정의 몸이 터져 나가며 사방에 곽정의 피가 흩뿌려졌다.

무덤덤한 눈으로 그것을 보다가 입술을 핥으며 중얼거렸다.

"크크크. 여기 생각보다 재미난 곳이잖아? 좋아! 좋아! 크하하하."

기대감이 가득한 얼굴로 남쪽 방향을 향해 천천히 걸어가기 시작했다.

운가장 앞에 서성이는 한 무리의 사람들이 있었다.

한참을 서성이다가 용기 내어 다가오는 남자가 있었다.

옷차림을 보았을 때 신분이 심상치 않은 자로 보였다.

그동안 이런 일은 하도 많이 봐 왔던 터라 무덤덤하게 그 남자에게 포권을 하며 질문을 하는 수문위사였다.

"어디서 오셨습니까?"

수문위사가 질문을 하자 당황하는 남자.

허둥지둥하고 있었다.

"그, 저, 뭐라고 해야 하나?"

자신에 대해 뭐라 말해야 할지를 고민하는 듯했다.

남자가 앞에서 아무 말 못 하고 그냥 서 있자 뒤에 나이가 제법 있는 남자가 고개를 흔들며 다가왔다.

그리고 정중하게 위사에게 말했다.

"황궁에서 사람이 왔다고 장주님께 전해 주시겠습니까?"

수문위사가 화들짝 놀라며 말했다.

"화, 황궁에서 오셨다고요? 아, 알겠습니다. 잠시만 기다리십시오."

그리 말하고는 재빨리 안으로 들어가는 위사였다.

그런 위사를 뒤로하고 나이가 있는 남자가 젊은 남자에게 귓속말했다.

"폐하, 궁이 아니라고 그리 주눅이 들어 계시면 어찌합니까."

"그, 그게 이곳에 상국이 있다고 생각하니 벅차서 말이네."

그들의 정체는 바로 황제와 조천생이었다.

나랏일은 모두 대신들에게 맡기고 암행을 핑계로 천룡을 만나러 온 것이다.

천룡을 만날 생각에 가슴이 벅차서 차마 말을 못 했던 것이다.

"하하, 폐하도 참. 꼭 동경하는 사람을 만나러 온 것 같지 않습니까. 폐하께선 만인의 어버이십니다."

"만인의 어버이기 전에 한 사람을 동경하는 청년이다."

단호하게 말하는 황제.

그러나 표정은 상기되어 있었다.

그런 모습에 고개를 절레절레 흔드는 조천생이었다.

그리고 생각했다.

'주군을 만나는구나. 허허허.'

조천생 역시 얼굴이 상기되어 있었다.

겉과 다르게 조천생 역시 두근거리는 마음으로 기다리고 있었다.

잠시 후, 안에서 요란한 소리가 들려왔다.

그리고 천룡의 모습이 보였다.

순간 천룡의 모습이 사라지나 싶더니 그들의 앞에 나타났다.

절을 하려고 자세를 잡는 천룡을 재빨리 잡는 황제였다.

"그러지 마시오. 내 누누이 말하지 않았소. 상국께선 그러지 않아도 된다고."

"하오나 폐하……."

뒤따라온 제자들과 수하들이 일제히 엎드리며 인사를 했다.

"만세! 만세! 만만세! 황제 폐하를 뵈옵니다!"

그들의 모습에 황제가 환하게 웃으며 말했다.

"저들의 인사로 충분하오. 그러니 그대는 하지 않아도 되오."

"망극하옵니다. 폐하."

"하하하."

"그런데 어찌 이곳에?"

천룡의 물음에 황제가 쑥스러운 듯, 작은 목소리로 말했다.

"사, 상국이 보고 싶어서 이리 왔소."

"폐, 폐하."

"아니, 보고 싶은 것을 어찌한단 말이오. 그러니 궁에 좀 자주자주 오시오!"

"아, 알겠습니다."

천룡이 고개를 안으로 집어넣으며 대답을 하자 만족스러

운 표정으로 천룡의 등을 토닥이는 황제였다.

"하하. 농이요. 농. 자! 집 구경은 언제 시켜 줄 요량이오?"

"소신이 지금 안내하겠습니다."

그러면서 뒤에 있는 조천생에게 전음을 보냈다.

ㅡ오느라 고생하시었소. 내 폐하 때문에 제대로 반겨 주지 못해 미안하오.

전음을 받은 조천생은 그저 고개만 끄덕이며 감격하는 표정을 숨기느라 바빴다.

그런 조천생을 보며 미소 짓는 천룡이었다.

한편 운가장은 한바탕 난리가 났다.

엄청난 손님이 방문한 탓이다.

이 세상 모든 것의 주인.

바로 황제의 방문이었다.

천룡은 직접 운가장의 곳곳을 안내하며 소개했다.

그때마다 황제는 감탄사를 내비치며 웃었다.

그저 천룡의 집에 왔다는 사실 자체로 행복한 것 같았다.

그리고 답답했던 황궁을 벗어난 것도 황제를 행복하게 만드는 요인일 것이다.

장원 소개를 다 끝낸 천룡은 황제를 자신의 방으로 안내했다.

"폐하, 이곳이 소신이 거주하는 전각입니다."

"오! 우리 상국께서 거하시는 곳이군요. 하하하."

"그렇습니다. 들어가시지요."

들어가니 가운데 원탁에 수많은 음식과 술이 올라와 있었다.

"급하게 준비하느라 많이 부족합니다. 내일은 제대로 준비하겠습니다. 오늘은 너그러이 용서를 바라옵니다."

"하하하, 상국. 나는 괜찮습니다. 그리 신경을 쓰지 않으셔도 됩니다. 그저 상국과 이렇게 편히 술 한잔할 여유가 있다는 것만으로도 행복합니다."

"망극하옵니다. 폐하."

"하하하, 안에서는 그렇게 듣기 싫었는데 이곳에서 그 소리를 들으니 색다르고 좋구려. 자, 자. 앉읍시다. 저 술병에서 나는 주향이 사람 미치게 만드는구려."

그러면서 황제가 자리에 앉았다.

천룡 역시 그 옆에 앉았다.

그런데 다른 이들이 앉지 않고 멀뚱멀뚱 서 있는 것이었다.

"뭣들 해? 어서 앉아."

천룡의 말에 다들 고개를 저으며 대답했다.

"하하하, 폐하께서 아버지를 뵈러 오신 것 같은데 오늘은 두 분이 대작하시지요. 저희는 내일 또 뵈면 되지 않습니까."

"맞습니다, 사부님. 오늘은 폐하와 단둘이 그동안 못다 한 이야기를 나누시지요."

다들 그리 말하며 우르르 나갔다.

단둘이 남은 황제와 천룡.

"하하하하, 짐의 마음을 아주 잘 아는 충직한 신하들이로다. 내 돌아가는 즉시 진급을 시켜 줘야겠소. 하하하."

"폐하, 지금도 과분합니다. 그 말은 거두어 주십시오."

"도대체 왜 이리 관직을 싫어하시는 게요. 남들은 그 자리를 차지하려고 아귀다툼까지 하는 마당에."

"그러니 싫은 거지요. 그것이 뭐라고 그렇게까지 해서 얻으려고 하겠습니까. 어차피 지나면 다 부질없는 일인데."

천룡의 말에 황제가 부드럽게 웃으며 말했다.

"조정의 모든 대신이 그대와 같은 마음과 생각으로 살았으면 원이 없겠소."

"감사합니다. 폐하."

쪼르륵-!

천룡은 공손하게 황제의 잔에 자신이 직접 담근 술을 따랐다.

"폐하, 소신이 직접 담근 술이옵니다."

"오! 그래요? 하하하. 기대됩니다."

황제는 기대 가득한 표정으로 단숨에 잔을 비웠다.

그러고는 잠시 동안 아무런 말 없이 있었다.

"폐하?"

천룡의 부름에 황제가 그제야 숨을 내쉬며 말을 했다.

"푸하! 세상에! 이게 무슨?"

그러면서 빈 술잔과 천룡을 계속 번갈아 가며 봤다.

"이, 입맛에 좀 맞으십니까?"

"맞다니요? 이건 그런 표현으로 부족한 술입니다. 상국. 도대체 못 하는 것이 무엇입니까? 하하하하. 내 궁에서 온갖 산해진미와 명주를 전부 먹어 보았지만, 이것을 능가하는 것은 맛보지 못하였습니다."

"망극하신 말씀이옵니다."

"정말입니다. 상국! 이 술을 궁으로 좀 보내 주실 수 있겠소?"

"폐하께서 이리 맛있게 드셔 주시니 소신이 어찌 거부하겠습니까. 최선을 다해 담근 후에 진상하도록 하겠습니다."

"고맙소! 정말 고맙소! 하하하. 태어나서 지금까지 받은 선물 중에 이것만큼 기쁜 선물은 없었던 것 같소!"

황제는 연신 싱글벙글하며 계속 술을 마셨다.

"폐하, 술이 너무 과하십니다."

"하하하. 오늘은 아무리 마셔도 취하지 않을 것 같습니다. 짐이 기분이 너무 좋습니다."

황제와 천룡은 그 후로도 한참 동안 대작하며 그동안 못다 한 말들을 나눴다.

"전에 국경의 일은 정말 잘해 주었소. 하하하. 대장군이 어찌나 상국의 칭찬을 하는지 아주 귀에 딱지가 앉았소."

"과찬이십니다."

"내 그대를 만난 것은 정말 하늘이 돕고 아버님이 도운 것이오."

"그런데 어찌 세상에 나오신 것입니까?"

천룡의 물음에 황제가 웃으며 말했다.

"암행이오."

"암행요?"

"그렇소. 전에 국경으로 암행을 하러 못 간 것이 너무도 마음에 남아 이 기회에 아주 나와 버렸소. 세상을 돌아보며 백성들의 삶을 직접 보려 하오. 상국, 그대가 같이 다녀 주겠소?"

황제가 천룡의 손은 잡으며 말했다.

그런 황제의 말에 천룡이 웃으며 답했다.

"명 받드옵니다. 폐하."

"하하하하, 명이 아니오. 부탁이거늘."

"그저 명만 내리시면 됩니다. 폐하."

"그럼 황궁에도 같이?"

"폐, 폐하, 그, 그건……."

"끄응. 겉으로만 충신이었구려."

"폐, 폐하. 소, 소신은 그, 그저……."

엄청나게 당황하며 어쩔 줄 몰라 하는 천룡을 보며 황제는 즐거운 듯 크게 웃었다.

"하하하하. 상국. 천하에서 가장 강하고 무서운 상국의 이런 모습이 나는 정말 좋소. 그리고 고맙소."

"폐하."

"언제나 나를 먼저 생각하는 그 모습. 그대야말로 이 중원에 유일한 나의 충신이오."

황제의 칭찬은 그 후로도 한참 동안 이어졌다.

그러다가 본론을 이야기했다.

"중원을 한 바퀴 돌아보려 하오. 내정은 대신들에게 맡겼고, 급한 경우엔 파발을 띄우라 했으니 큰 문제는 없을 것이오."

"그러다가 궁 안에서 문제가 생기기라도 하면 어쩌려고 그러십니까?"

천룡의 말에 황제가 지그시 쳐다보더니 말했다.

"그대 이름 석 자를 대신들에게 말했소."

"네?"

"모르는군. 그대 이름 석 자면 다 통하오. 무엇이든."

황제에 뜻에 반하거나 다른 의견을 내는 대신에게 상국을 불러오라고 외치면 바로 엎드려 잘못을 빈단다.

어처구니가 없는 상황에 천룡은 웃지도 못하고 멍하니 있었다. 그런 천룡을 보며 웃고는 앞으로의 일정을 말하는 황제였다.

"일단 장강을 구경할 생각이오. 그 후에 한왕이 머물렀던 항주를 가 볼 생각이오. 그곳이 그렇게 경치가 좋다지요?"

"그, 그렇습니다."

"그리고 복건을 거쳐 광동, 광서, 운남, 사천을 지나 복귀할 예정이오."

전부였다.

중원 전부를 돌아보겠다는 소리였다.

정말로 작정을 하고 나온 것 같았다.

놀란 얼굴을 하는 천룡을 보며 연신 즐거운 미소를 보이는 황제였다.

"상국의 그 얼굴은 나에게 또 다른 즐거움을 주는구려. 하하하."

황제의 웃음과 달리 억지 미소를 지으며 고민에 빠진 천룡이었다.

백금만은 천룡의 도움으로 기사회생을 한 뒤에 열정적으로 사업을 확장하기 시작했다.

하오문과 연합하여 전 중원에 천상객잔을 운영하기 위해 준비했고, 그것도 모자라서 고급 기루를 운영하기 위해 준비도 하고 있었다.

또한, 천룡이 준 쓸 만한 비급과 무기들을 팔기 위한 고급 상점 역시 준비를 하고 있었다.

그런데 이번엔 상단의 견제가 아닌 다른 곳에서 견제가 들어왔다.

　백금만은 다시 제갈군을 찾았다.

　"흠, 그러니까 만보상회에 관련된 상행은 유달리 검문검색이 심하다 이겁니까?"

　"그렇소. 다른 상단과 달리 이상하게 우리 상회에만 엄격한 잣대로 검문검색을 하고 있소. 아무리 생각해도 이상하단 말이오."

　백금만의 말에 제갈군이 우선으로 입을 가리며 생각에 빠졌다.

　"제가 생각해도 이상하군요. 관부가 개입을 한 것 같습니다."

　"관부요? 저희는 관부와 척을 진 일이 없습니다."

　"최근에 만보상회의 기세가 무서웠던 것은 사실이지요. 그것을 경계하는 무리가 없으리라는 보장은 없습니다. 하나…… 전 중원에서 그런 일이 벌어진다는 것은 그만한 금력을 가진 거대 세력이 개입했다는 소린데."

　"네? 그, 그러니까 저 모든 성에 있는 자들을 매수한 세력이 있다는 말씀입니까? 그게 가능할 리 없습니다."

　"알고 있습니다. 하지만 불가능한 것도 아닙니다. 생각해 보니 회주님의 전 상회가 어려움에 빠진 이유가 바로 그 의문의 세력일 수도 있겠군요."

"그만한 금력을 지닌 세력을 제가 모를 리가 없습니다!"

"장담은 금물입니다. 세상 사람들이 장주님 같은 분이 계실 것이라 생각했겠습니까? 회주님은 생각하셨습니까?"

제갈군의 말에 백금만은 아차 하는 마음으로 고개를 숙였다.

"그거 보십시오. 무엇이든 확실하지 않은 상황에서 확신은 금물입니다. 어찌 됐든 지금 회주님 말씀을 들어 보면 확실하게 관부가 개입을 한 것 같습니다."

"어, 어찌해야 합니까? 저, 저도 뿌려야 할까요?"

백금만의 말에 제갈군이 고개를 저었다.

"보아하니 그 세력은 전 중원을 움켜쥐고 있는 것 같은데…… 죄송하지만, 금력만으로는 무리입니다."

"하아, 그럼 전 어찌해야 합니까?"

"아니, 회주님께는 가장 든든한 뒷배가 있지 않습니까? 무엇을 그리 걱정하시는 겁니까?"

"네? 제게 든든한 뒷배가 있다니요?"

"하하하. 주군이 계시지 않습니까? 주군께 도움을 요청하시지요."

제갈군의 말에 백금만이 고개를 번쩍 들었다.

그랬다.

모든 관부의 정점에 올라 있는 절대 권력.

바로 자신의 주군 천룡이었다.

하지만 백금만은 고개를 저었다.

"아닙니다. 도움을 받은 지 얼마나 되었다고 또 이런 일로 염치없이 주군께 심려를 끼칠 순 없지요. 당분간은 제 힘으로 버텨 보겠습니다."

백금만의 말에 제갈군이 고개를 저으며 말했다.

"하나만 알고 둘은 모르시는군요. 거대한 성도 작은 균열에 무너지는 법입니다. 지금이야 버틸 수 있지만, 나중에 가면 사태가 더 심각해지겠지요. 그때는 주군께서 나서서 해결해도 상회는 엄청난 피해를 볼 것입니다. 그러면 주군께서 마음이 편하실까요? 자신의 수하를 도울 힘이 있는데도 수하가 도움을 요청하지 않아 무너져 내리는 것을?"

제갈군의 말에 백금만은 고개를 푹 숙인 채 아무 말도 하지 못했다.

"이렇게 흔들리라고 주군께서 도움을 주신 것이 아니지 않습니까. 이왕 도움을 받으시려면 확실하게 받으십시오. 주군을 잘 아시지 않습니까? 그분께서는 수하의 고민은 곧 자신의 고민이라 생각하시는 분입니다."

제갈군은 손뼉을 치며 계속 말했다.

짝-!

"이럴 것이 아니라 저와 같이 가시지요. 마침 주군께 가는 길이니."

"알겠습니다."

마음을 정한 백금만은 제갈군을 따라 천룡이 있는 전각으로 향했다.

그 시각 천룡은 황제와 함께 차를 즐기고 있었다.

느긋하게 이야기를 나누며 시간을 보내고 있을 때 제갈군이 인기척을 내었다.

"주군! 소신 제갈군입니다. 잠시 들어가도 되겠습니까?"

"들어오거라."

천룡은 제갈군과 함께 들어오는 백금만을 보며 의아한 표정을 지었다.

"오! 오랜만이구나. 그동안 잘 지냈느냐? 이제 어려움은 없고?"

천룡이 환하게 웃으며 자신을 반기자 몸 둘 바를 몰라 하며 엎드리는 백금만이었다.

"자주 찾아뵙지도 못하는 불충한 소신을 이리 반겨 주시니 몸 둘 바를 모르겠습니다. 주군!"

갑자기 엎드리며 울부짖는 백금만을 보며 당황하는 천룡이었다.

이 자리엔 황제가 있었기 때문이었다.

"아, 아니. 그, 그렇게까지 할 필요는 없는데. 너 바쁜 것을 내가 뻔히 아는데 이러느냐."

당황하면서 백금만을 말리는 천룡이었다.

황제가 있는데 아랫사람이 이런 인사를 받는 것은 예의에 어긋나는 행동이었기 때문이었다.

"하하하하, 전에도 보아서 알고 있었지만 다른 수하들도 이리 충성스럽습니까? 부럽습니다. 상국."

백금만은 지금 이게 무슨 소린가 싶어 고개를 들었다.

천하의 상국을 저리 말하는 청년.

두 눈을 끔벅거리는 백금만에게 천룡이 말했다.

"이 나라의 황제 폐하시다. 폐하께 인사 올리거라."

천룡의 말에 백금만은 기겁하며 재빨리 황제에게 절을 올렸다.

"시, 신이 미처 몰라뵈었습니다. 마, 만세! 만세! 만만세! 황제 폐하를 뵈옵니다!"

부들부들 떨면서 절을 하는 백금만이었다.

"하하, 되었다. 그리 떨지 않아도 된다."

천룡은 황제에게 양해를 구하고 온 이유를 물었다.

"무슨 일이 있느냐? 이렇게 둘이 같이 온 것을 보니 무언가 곤란한 일이 있나 본데?"

천룡의 말에 제갈군이 대신 말해 주었다.

백금만이 현재 처한 상황과, 이해할 수 없는 각 성의 검문 검색에 관한 이야기들을 말이다.

"호오, 누가 봐도 뇌물을 받은 것이군."

옆에서 가만히 듣고 있던 황제가 입을 열었다.

"하하, 괘씸한 놈들이고. 백성들을 살피라 관직을 내려 줬

더니 사리사욕을 챙기다니. 상국, 아무래도 내가 때를 아주
잘 맞춰서 암행을 나온 것 같소."

황제는 가만히 생각하더니 백금만에게 물었다.

"어디가 가장 심하였느냐?"

황제의 의도를 파악한 백금만은 재빨리 고개를 조아리며
답했다.

"절강성과 광동성입니다. 그곳은 아예 들어가지도 못하고
있습니다."

백금만의 말에 황제가 고개를 돌려 천룡에게 말했다.

"상국, 저 두 곳을 먼저 가 봅시다. 상국의 충실한 수하면
나에게도 마찬가지요."

황제의 말에 천룡이 감사의 뜻을 표하고 제갈군에게 말했
다.

"가서 애들한테 이 상황을 설명하고 준비하라고 전해."

"알겠습니다!"

둘이 밖으로 나가자 황제가 말했다.

"반드시 부정부패를 뿌리 뽑고 말 것이오."

"저 또한 도울 것입니다. 폐하."

"하하하하, 상국만 곁에 있다면야 천군만마가 두렵겠소.
일단 절강부터 가 봅시다."

"알겠습니다. 폐하."

그렇게 제일 먼저 갈 목적지가 정해졌다.

황제와 천룡은 만금상회의 일행이 되어 상행을 나섰다.

　　황제는 암행이니 이제 황실에서 쓰는 언어는 절대로 사용하면 안 된다고 천룡과 일행들에게 신신당부했다.

　　특히 천룡에게 망극, 폐하 이런 말은 절대 안 되고 그냥 아우라고 칭하라 명했다.

　　처음에는 절대 안 된다고 펄쩍 뛰던 천룡이었다.

　　하지만 황명이라고 못을 박으니 어쩔 수 없이 따르는 천룡이었다.

　　황제는 길을 가는 내내 무엇이 그리 즐거운지 연신 웃었다.

　　"하하하! 형님! 정말 즐겁습니다. 갑갑한 궁에서 벗어나 이리 다니니 정말 행복합니다."

　　"그, 그런가? 아우님이 좋다니 나도 좋네."

　　하대가 아직은 어색한 천룡.

　　그런 천룡을 바라보며 연신 즐거워하는 황제였다.

　　한편 뒤에서 이 모습을 바라보던 운가장 사람들.

　　"아무리 봐도 황제가 작정했네, 했어."

　　"그러게 말입니다. 누가 봐도 저거 사부를 형님으로 모시려고 작정한 것 같은데요?"

　　"황명이라잖냐. 그것도 평생!"

"그런데 사부를 형님이라고 부르기 시작하면서 황제 표정이 엄청나게 밝아졌어요."

"그렇긴 하지. 그리고 풍기는 기세도 엄청 편안해졌다."

"하하, 아버지 곁이 편하기는 하지. 안 그러냐?"

뒤돌아 따라오는 애들에게 물어보는 무광.

뒤에 묵묵히 따라오던 제갈군, 조방, 여월, 장천은 고개를 격하게 끄덕였다. 그들의 눈에는 천룡에 대한 확실한 믿음과 애정이 가득했다.

그런 그들을 보며 웃는 무광이었다.

이렇게 웃으며 즐겁게 지내는 날이 올 줄이야.

무슨 일이 있어도 이 행복을 지키겠다고 다짐하는 무광이었다. 뒤에서 재잘대는 제자들과 수하들의 음성을 들은 천룡은 피식 미소를 지었다.

마음이 전해졌기 때문이었다.

'그래. 이러면 어떻고 저러면 어때. 이렇게 살아가는 거지.'

마음을 비우니 편해졌다.

유일하게 마음 편히 있지 못하는 사람이 있었다.

바로 백금만이었다.

도움을 요청했는데 돕겠다고 나선 이들이 화려했다.

그중에 정점이 바로 황제였다.

'미친…… 관부에 관한 문제를 해결해 달라고 했더니……
황제가 직접 나설 줄이야. 주군께선 도대체 정체가 뭘까? 역

시 주군은 신이 맞는 거 같군.'

아무리 생각해도 이해가 되지 않았다.

지금 상황을 보라.

천하 만물의 주인인 황제가 천룡 옆에 딱 붙어서 떨어질 생각을 안 한다.

그것뿐인가?

정말로 애정 가득한 얼굴로 천룡을 바라보고 있었다.

누가 봐도 형님을 아끼는 마음으로 보는 아우였다.

"하아, 나도 모르겠다."

백금만의 한숨을 들은 부총관이 물었다.

"뭐가 말입니까? 그나저나 주군께서 나설 줄은 몰랐는데요?"

부총관의 말에 백금만이 고개를 끄덕이며 대답했다.

"그러니까…… 너 저런 분을 본 적 있냐? 세상 어느 누가 수하를 위해 직접 길을 나선단 말이냐?"

"그만큼 저희가 중요하다는 뜻 아닐까요? 운가장의 유일한 상단이지 않습니까?"

"야, 우리 없어도 운가장엔 돈이 넘쳐흐른다. 창고에 가득 찬 영약들 못 봤어? 우리가 일순간에 세력을 키울 수 있었던 가장 큰 이유가 바로 그 영약들이었어."

"저희가 팔아 주었기에 돈이 생긴 것 아닙니까?"

"얘가 계속 헛소리하네. 굳이 우리를 통하지 않아도 사겠다는 사람은 줄을 섰을 거고, 거기에 초지의문을 통해 유통해도 될 일이었어. 하지만 우리에게 넘기셨지. 그뿐이냐? 엄청난 무력도 주셨잖냐. 저분은 신이다."

어찌나 푹 빠져 있는지 약도 없었다.

"그런데 주군 옆에서 알랑방귀를 계속 뀌는 저 인간은 뭡니까? 첨 보는데? 주군께 아우가 있었습니까?"

부총관의 말에 백금만이 화들짝 놀라며 입을 막았다.

"너 미쳤어? 죽고 싶어?"

"읍읍?"

"절대로 저분 앞에서 경거망동하지 마라. 주군만큼 중요하신 분이다. 그러니 주군께서 아우로 삼으셨지."

백금만의 신신당부에 고개를 끄덕이는 부총관이었다.

"정체를 알려고도 하지 말고, 그저 높으신 분이구나 하고 정성을 다해 모셔."

"푸하! 알겠습니다."

막은 입을 풀어 주자 숨을 몰아쉬며 대답하는 부총관.

뒤에서 어떤 상황이 벌어졌는지 전혀 알지 못하는 황제는 여전히 천룡 옆에 딱 붙어서 계속 떠들고 있었다.

그러다가 저 멀리 장강이 보이자 환호했다.

"우와! 형님, 저기 저것이 장강이라 불리는 강입니까?"

황제는 환한 미소를 보이며 계속 쳐다보았다.

천룡이 고개를 끄덕이며 답했다.

천룡은 자신이 아는 한에서 장강에 관해 설명해 주었다.

그때 저 멀리 울지랑이 이끄는 수로채의 배들이 보였다.

"아우님, 이제는 저 배를 타고 이동할걸세."

"우와! 형님! 장강도 형님이 장악하셨던 겁니까? 하하하. 이거 이 아우 정말로 엄청난 분을 형님으로 모셨군요."

"아, 아니, 그, 그게……."

"하하하, 괜찮습니다. 다 이해합니다."

천룡이 왜 당황하는지 눈치를 챈 황제가 괜찮다며 웃었다.

잠시 후, 배 위로 올라간 천룡 일행들.

"신 울지랑! 주군을 뵈옵니다!"

"주군을 뵈옵니다!"

천룡을 보며 일제히 부복하는 그들이었다.

얼마나 훈련을 했는지 정예군인들 같았다.

"오오! 과연! 형님의 수하들입니다. 만나는 사람마다 평범한 이가 없군요."

황제가 연신 즐거워하며 떠들어 대자 울지랑과 수로채의 군사는 고개를 갸웃거렸다.

─주군께 아우가 있었나?

군사에게 전음을 보내는 울지랑.

─제가 알기론 없습니다. 최근에 사귀신 것 같습니다.

─그치? 누굴까?

─누군지는 모르겠지만 일단 주군께서 아우로 삼으셨다면 절

대로 평범한 이는 아닐 겁니다.

군사의 전음에 울지랑이 고개를 끄덕였다.

그때 둘의 귓속으로 들려오는 천룡의 전음.

-황제 폐하시다. 그러니 절대로 경거망동해선 안 된다.

"컥!"

"켁!"

갑자기 사래가 들린 울지랑과 군사였다.

'역시 주군! 아우로 삼은 분이 황제라니!'

'역시 대단하신 분.'

너무 놀라서 잠시 사래가 걸렸지만, 천룡에 대한 존경심이
더욱 커지는 둘이었다.

-그런데 우리 전음 들으신 건가? 아니겠지?

-설마요, 그냥 우연이겠죠.

너무도 완벽한 순간에 들어온 전음 때문에 둘은 말도 안
되는 생각을 했다.

-다 들린 거 맞다.

천룡의 전음에 둘은 말이 없어졌다.

"……."

설마설마했는데 전음을 들을 줄이야.

천룡의 곁에 있으면 항상 이렇게 놀랄 일뿐이었다.

-주군은 저희의 태양이시며…….

갑자기 군사에게 천룡의 찬양을 줄줄이 전음으로 말하는

울지랑.

천룡이 머리를 짚었다.

-알았으니 그만해.

-넵!

이걸로 확실해졌다.

'정말로 들으실 줄이야.'

초롱초롱한 눈으로 연신 천룡을 쳐다보는 둘이었다.

그 모습을 본 황제가 웃으며 말했다.

"형님 수하들은 전부 눈빛이 한결같습니다."

"어떤데?"

"저것 보십시오. 하나같이 형님을 바라보는 눈빛에 충심이 가득합니다. 부럽습니다. 정말."

"부러워할 것도 많다. 자네 곁엔 내가 있지 않은가."

천룡의 말에 황제의 미소가 더욱더 진해졌다.

"그 소리 정말로 듣기 좋습니다. 형님! 하하하!"

황제와 함께 안으로 들어간 천룡.

밖에 남은 무광은 울지랑에게 물었다.

"그동안 잘 지냈냐?"

"네! 덕분에 별일 없이 잘 지내고 있습니다."

"약탈하거나 그러진 않지?"

무광의 말에 격렬하게 손사래를 치며 말하는 울지랑.

"저, 절대 아닙니다! 그, 그랬다간 어찌 될지 뻔히 아는데

제가 감히 그러겠습니까?"

"알지, 알아. 혹시나 하고 물어본 거야. 왠지 불만이 많은
놈들이 있는 것 같아서."

"하하하, 그럴 리가 있습니까? 장강을 지배하는 건 저 울
지랑입니다!"

"아니, 불순한 기운들이 이곳으로 향하고 있어서. 아무래
도 아버지가 저놈들 때문에 내려가신 것 같은데."

"불순한 기운요?"

무슨 소린지 이해가 되지 않아 고개를 갸우뚱하는 울지랑
이었다.

어느 정도 시간이 지나자 수십 척이 넘는 배들이 모습을
드러냈다.

"헉! 저들은……."

"아는 애들 맞지?"

무광의 말에 울지랑이 고개를 끄덕였다.

"마, 맞습니다. 수로채를 이루고 있는 수적 연합들입니다."

"아무래도 널 노리고 온 것 같은데? 알아서 처리할래? 아
님, 도와줄까?"

다음 권으로 이어집니다

꿈의 도약, 로크에서 하십시오
(주)로크미디어에서 신인 작가를 모십니다

즐거운 세상, 로크미디어는 꿈을 사랑하고 도전을 두려워하지 않는 작가 분들의 참신한 작품을 기다리고 있습니다. 21세기 장르 문학계를 이끌어 갈 차세대 선두 주자 (주)로크미디어에서 여러분의 나래를 활짝 펴 보시길 바랍니다.

모집 분야 판타지와 무협을 포함한 장르 문학
모집 대상 아마추어 작가, 인터넷 작가
모집 기한 수시 모집
 작품 접수 시 유의 사항
　1. 파일명은 작가명_작품명.hwp형식을 갖춰 주십시오.
　1. 파일에 들어갈 내용은 다음과 같습니다.
　　─ 성명(필명인 경우 실명을 밝혀 주세요), 연락처, 이메일 주소.
　　─ 제목, 기획 의도.
　　─ A4 용지 1장 분량의 등장인물 소개.
　　─ A4 용지 2장 분량의 전체 줄거리.
　　─ 본문.
　1. 작품이 인터넷에 연재되고 있다면, 게시판명과 사이트의 구체적이고 정확한 주소를 기재해 주십시오.

선택된 작품은 정식 계약 후 출판물로 간행되어 전국 서점에 유통됩니다.
작가분은 (주)로크미디어의 전폭적인 지원하에 전속 작가로 활동하시게 됩니다.
※ 자세한 내용은 로크미디어 홈페이지(rokmedia.com)를 참조하세요.

(04167)서울시 마포구 마포대로 45 일진빌딩 6층
(주)로크미디어 편집부 신간 기획 담당자 앞
전화 : 02 ─ 3273 ─ 5135
www.rokmedia.com　　이메일 : rokmedia@empas.com